江苏散文·秋实卷

江苏散文学会　编

民主与建设出版社
·北京·

© 民主与建设出版社，2020

图书在版编目 (CIP) 数据

江苏散文. 秋实卷 / 江苏散文学会编 . —北京：
民主与建设出版社，2020.2
ISBN 978-7-5139-2948-6

Ⅰ.①江⋯ Ⅱ.①江⋯ Ⅲ.①散文集—中国—当代
Ⅳ.① I267

中国版本图书馆 CIP 数据核字（2020）第 033984 号

江苏散文 · 秋实卷
JIANGSU SANWEN · QIUSHIJUAN

编　　者	江苏散文学会
责任编辑	周佩芳
封面设计	陈　姝
出版发行	民主与建设出版社有限责任公司
电　　话	（010）59417747　59419778
社　　址	北京市海淀区西三环中路 10 号望海楼 E 座 7 层
邮　　编	100142
印　　刷	唐山楠萍印务有限公司
版　　次	2020 年 7 月第 1 版
印　　次	2020 年 7 月第 1 次印刷
开　　本	710 毫米 × 1000 毫米　　1/16
印　　张	20.5
字　　数	270 千字
书　　号	ISBN 978-7-5139-2948-6
定　　价	49.80 元

注：如有印、装质量问题，请与出版社联系。

编委会成员

目　录

第一辑 意味

由朱然墓说到关羽之死

石英

    那已经是十多年前了，我应皖籍文友相邀，去安徽马鞍山一带采风考察，当时正值春末夏初，柳丝娇黄，禾苗葱绿，到处是阳气上升，暖意羞涩，颇有点欲进又退之感。我们在江北凭吊了和县霸王祠，过江后又拜谒了李白墓，而最后去了马鞍山市，重点是考察了已经完整发掘出土的朱然墓。

    朱然墓是当年出土文物的重大成果之一。对于许多人而言，也许朱然不算是什么重要的历史人物。但，这往往是史实与传说（包括小说和戏曲），理性与情感之间存在着的某种差异乃至矛盾的常见现象。

    其实朱然此人绝非偏将、裨将之辈，有史可据，他在东吴官至左大司马、右军师之职，参与军国大事，在陆逊统军时，朱至少也当为副职之位。从其墓型看来，不仅规模不小，出土文物也相当有规格。事过多年，我已不能一一列举，给我印象很深的是，署以"朱然"二字之木质腰牌（即出入证）也比较讲究，这对其权位亦是一种印证。然而就是如此一位东吴的重量级人物，在小说《三国演义》中却只是星星点点地偶尔出现，而且是一种极不重要的陪衬而已。在擅演三国戏的京剧舞台上，几乎全无此人之身影，不仅如此，在《三国演义》彝陵之战中，此区区小辈之朱然，竟在胡打乱撞中"被赵云刺于马下"，后文并未译作交代，是就此呜呼哀哉了？还是伤重不能再战？无论如何，都是不合情理的。如果在这之前朱然就已是左大司马、右军师，那他断不会在军中充当边角料的角色，如果在这以后才升为军政要职，那"被刺于马下"后不作任何交代，这就是小说作品的疏漏（纵然是经典名著也不必为之护短）。而况，如此"不一合"，就被对方刺于马下的主儿，死后竟能享受只有高品级大臣和上将军才配享的墓葬规格，作为吴大帝的孙仲谋也太没个准谱了。所以，这只能归之于我前面说到的对于古代人物的评价，常常存在史实与文艺作品（包括戏曲）以及民间传说之间的诸多差异，有时甚至相去甚远。如究其原因，可能多种多样，具体到这位墓主人朱然，当时解说员的一段题外话或许有些道理。她说："朱然这人，本性不喜张扬，拿今天的话说，就是很低调；有了功劳，不居功不说，主上越是信赖越是封赏，他越是表现稳健严谨。"看来，这确是一个不愿或不善于"包装"自己也不喜欢别人吹捧自己的角色。如确如此，倒很有可能影响了应有"知名度"。

　　既然有墓葬规格和出土文物为证，那么今日为墓主人的身份作必要的纠偏与匡正应该说是有说服力的。但有一点，解说员在历述墓主人朱然生前的业绩时，颇为强调他在击败关羽的战役中所起的重要作用，甚至是相当直率地讲"实际上关羽是他杀的，而不是小说中讲的别的什么人"。我听后并不怀疑此说很可能是有根据的，只是有一种欠含蓄的感觉。因当时在参观中，时间就限，不可能进行深究式的讨论，但只觉得从《三国演义》中，东吴袭荆成功并击杀关羽主要决策者为吕蒙，具体执行者有潘璋还有他的偏将马忠等人，而朱然与在后来的彝陵之役中相似，同样是影影绰绰地点缀式出现，这与其墓中昭示的身份与作用分明差别很大。

与此相关联的是：关羽之死的过程在小说、传说等方面也并不完全一致。共同之处是：当关羽闻听荆州陷落仓促率军回撤，中途败走麦城（地处今湖北当阳东南），后又狼狈南逃，被吴将设置的绊马索绊倒，《三国演义》中是说被吴将潘璋和马忠执获，交由孙权直接审问，诱降，羽坚拒而被斩首。而我自幼听到了民间传说是：羽当时即被潘璋、马忠（主要是潘璋）杀害，所以随后潘璋遇关公"显灵"助其子关兴杀潘而为父报仇（此结局显然是中国传统小说戏曲中的惯用处理法，不必过于看重）。在民间传说中，一般也未有过朱然直接杀关羽的提法。故马鞍山朱然墓解说员的说法是比较新鲜的，但我并没有理由认为他们的说法缺乏根据。因为小说毕竟是文学作品，即使以正史为主线写的《三国演义》不也是"七分真实，三分虚构"嘛。

一提到关羽之死，便几乎无法回避一个最实际的问题，这就是关羽的武艺及其综合素质。对此，实在不能充分展开笔墨，因为那绝非一篇短文所能囊括得下的，甭说别的，仅以关羽被历代皇帝不断垒加不断升格的惊人封号，就得占用不小的篇幅。今天的年轻人可能对此公何以在那个时代有持续的轰动效应不会有太大兴趣，我只能以一句话加以概括：经过千百年的筛选，没有比此公更适于加意包装的了。一个人一生有时可能会很走运，而这位关公的走运主要不在生前，则是在死后。这也是中国历史人物中极罕见的个例（虽然并非绝无仅有）。我小时候我们那个村并不大，但关老爷庙就有两座，一座在村东，大而豪华，另一座是小庙，在村中心十字路口，是开放式的，供村民平时祭祠所用。不过，说来也怪，我本人自少年、青年以至中年，对这位关老爷并未在心目中矗立起至威至勇的神武大帝形象。这可能是受到坊间许多"三国通"长辈的观点影响有关，在他们的衡量中，三国时武艺最高强者应属吕布、赵云、许褚、典韦，乃至马超等人；至于关羽、张飞，与黄忠、魏延大致是属于一个等量级的。他们认为：整个东吴，将领虽然不少，但缺乏像吕布、赵云这样顶尖级的上将。他们还认为：所谓吕布的"人中吕布，马中赤兔"，赵云的"子龙一身都是胆"，不是吹出来的，而是在一次又一次实战中拼出来的。他们所说的"吹"，就是现在所谓的造势。这些朴素的比较论者还认为：虎牢关前"刘关张三英战吕布"，实际上打了个平手（影视剧中则是经过激烈鏖战最终吕布力怯逃走）；当时的历史没有提供赵云与吕布对阵的机会，而我的这些"三国通"老乡亲认为：至少赵云不会输给吕布，很可能是以谁也赢不了谁而罢手。我之所以能够受到这种朴素比较的影响，是因为并不觉得他们只是简单的肢体较量，而是从另一角度印证出历代不断拔高乃至神化关公非止武功的弦外之音。

中年之后，我对照史实，对问题认识得更加深入了些。小说和传说中无疑给关公添加了不少不见于史载的辉煌情节及美化佐料。信手举例如：羽初出场时"温酒斩华雄"一节不见于史载；辞曹寻兄过程中的"过五关斩六将"亦无史实依据，以实际情况而论寻兄经过也并不过于复杂；居曹营时于黎阳斩颜良诛文丑是关羽最可炫示之一节，然"斩颜良"有据，"诛文丑"者为谁未见史载（是后人推演为关）。而况颜良也者，作为大将究有几分是真，几分为虚，亦不可考。据后世考据者认为：袁绍方面的实力有如其主子，表面人多势众，似乎强大，实则底里空浮，不仅内斗，且缺少第一流名副其实的战将。观其结局，此说颇有道理。当时曹操着令关羽接战颜良，并非真的曹营中将领无敢撄其锋，更是因为操有意试羽心诚否？由是可以想见，颜良的真正实力在整个三国将领阵列中究属于何种等级，尚难精确认定，因其除与关羽对阵，尚无机会与其他人比试即匆匆湮息。既然羽公的辉煌业绩中有些不见于史载，无法完全证实其真正实力，那么便不能不对其综合分数打了折扣。尽管如此，丝毫也未影响历代封建皇帝在关公的头上不厌其烦地加冕，也未减弱历代美髯公的粉丝对偶像的顶礼膜拜；便是现当代的写家们也有多达数万字的关帝颂问世。我觉得如此这般均可理解：在尊重史实的前提下，某种观念，某样感情的侧重也许都不无理由。只是有一点，尊重史实还是不应被轻蔑的。

现在，我们不得不回到关羽不幸死亡这个具体问题上来。我之所以用了"不幸"这个词儿，是说固然"大将难免阵头亡"（京剧《战太平》中唱词），但毕竟从现实中看，大将也并非人人俱亡的。即使是第一悍将吕布，也并非死于临阵现场，而是由于连战过疲，睡时被叛将绑缚献于敌方被杀。而关羽最后之败亡，不能说不与他个人性格上的负面因素有关，他其实并非最强，却刚愎自用，自恃无敌；明是大敌当前，却蔑敌如鼠，肯定防御上有疏漏，因而才大意失荆州。本来从当时情势看来，此人并非是独当一面、统兵镇守孤城要地的理想人选。但由于急需取川而获取立足之根据地，刘备和诸葛亮都不能不离开荆州而西进；张飞、赵云、黄忠等主将也不能不去斩关夺寨始能成功。马超又要扼守汉中北大门也无法移动。关羽作为刘备的铁杆兄弟，守荆州的重任便不能不由他担当。刘备，尤其在诸葛亮的心中，恐怕也是一种无奈的选择。至于关羽在镇守荆州几年之后便不甘于"蹲守"，而倾力北上襄阳、樊城，虽连获胜绩，后人也指评关羽不该轻动，以致造成了荆州遭袭。对此，我倒是要为关公辩护几句：守据江城，而一无进取，以羽之好胜性格，肯定是早思伺机而动，以获取惊世之功。这种进取求功之举，应该是可以理解的。关键是北进后荆州防御力量虚弱，他是应该想到此乃最大之软肋。无论北上取得多少战绩，荆州一失便全盘皆输，无可弥补。对此，关羽确有点一意孤行，特别是在水淹七军，杀庞德，擒于禁之后，更激发了他固有的骄狂自恃的本性，无视荆州一失，可能回师不及，必然悔之晚矣。不幸之事果然发生，一位威震华夏的"武神"人物倏然陷入被动境地；至少从表面上看，竟在东吴二、三流战将率领数量有限的兵勇围堵追击之下，可谓完全丧失了应有的应战状态，甚至不能不说完全暴露了与一位名将、大将不相称的素质，不但自身武功与意志显然不济，而对方反而自信满满，完全不懅面对的是个"庞然大物"，都敢于举刀砍杀。这从另一个方面具体而实在地反射出关二爷相当缺乏足够的心理震懾力。对照在此以后诸葛亮的北伐之战，失街亭之后不能不采取撤军行动，为了掩护撤退，他只有从别的地方调来赵云率军抵挡一阵。赵云以少量军队截住正在追击的魏军，当司马懿得知是赵云来了，立即下令停止追赶，而且暂且避退。此举再真实不过地证明了赵子龙的威懾力是货真价实，而不是纸糊的虚名，可为什么关二爷在失利的危局之下据说的盖世威名便不灵了呢？只能使一些心软的好事者发出遗憾的叹息。当然也有人认为这并非是关公的名不副实，而一是因为他所受得箭伤尚未痊愈，挥刀的力度大减；二是他已是五十八岁的老将，毕竟气力已不如前，不然吴将如潘璋之流是抓不住他，更是杀不了他的。对于关羽的箭伤，经过名医"刮骨疗毒"的治疗，虽已见癒，但很可能尚未恢复到伤前的水平；至于年迈，对于武艺非常的名将倒未必非衰败如此。如同属"五虎上将"黄忠入川作战时年已古稀仍宝刀不老，攻城夺寨屡立战功；赵云拒汉水连斩魏方五将，此时他已年过花甲；何以居"五虎上将"之首的关公五十八岁即实力不济。只能说是战场上拼的是真功夫，而虚名代替不了懾敌之声威。既然潘璋马忠之流都不懅这位"武神"，作为能够担当"左大司马"之职的朱然还懅他则甚？所以尽管当年朱然墓的女解说员直言"关羽是朱然杀的"听来有欠含蓄，但如是实话从本质上并没有什么错。我没有任何根据不相信这是史实。

唯有一个值得注意的关节是在此公死后：大获全胜的吕蒙（今安徽阜阳人）在孙权举行的庆功宴上，忽现疯状，似关羽附体，连篇昏话，最后竟七孔流血而死。当然这只是《三国演义》的描写，中国传统小说在写因果报应时的常用手法，不过，有一点却不可忽视：吕蒙确是死于关羽被杀的当年（公元 219 年），也许是一种巧合，但也不排除是在激烈鏖战之后紧张过劳后的某种心理与病理反应所致。莫忘吕将军才仅四十出头年纪啊。神化了的人物"显灵"之类当属荒唐，但胜者的突然暴死确有值得琢磨之处（潘璋遭"报应"则纯属虚构，其人死于 234 年）。

最后，还有一点请允许我交代几句：朱然其人墓地虽在安徽马鞍山，但原籍是今之浙江安吉，相距不远也不太近，在古代更有相当的距离。所以与马鞍山既非同地的老乡，便更无特别沾亲带故的情感作用在其中，"公对公"之谓是也。

阔别马鞍山市已十余年，但对那里的一切记忆仍很清晰，我感谢我们的土地，它适时揭开了丰厚的封存，赐予我们难忘的有益记忆，使我们更有理由尊重历史，礼拜真实；更难得的是，它还能校正误差，让"实事求是"这一要义与我们的良心同样明彻而鲜活。

筚路成冢、荆棘化玉

葛坤宏

一

去熊家冢。

透过车窗，看江汉平原，深远、广袤，像一幕大剧拉开序幕、渐次由远及近。农田一垄一垄，像是大地敞开的一册册书。田野厚实，似乎孕育着一股力量。所有绿色东西，奔来眼底，全都欣欣向荣。乡村作物，我大抵识得的水稻、玉米、荷莲，还有成片桑树，皆长成茂盛的模样，貌似参加一场盛宴。没有一丝风，除了太阳，没有谁来阅读这些绿色的文字。

这，便是曾经的楚。

是时，正是盛夏。天空淡蓝，间杂几缕灰白，似乎已经炙烤成烟。万物蓬勃，如汤沸腾。此地民俗，遵祝融为远祖。连大地都洋溢了火神的热情，倾其所有地展示。

这就是曾经的楚了！

《易经》里那句"见龙在田"，乃盛极之卦象，大抵如此。我们车速很快。万物仓促若影，打眼底掠过，起起伏伏。

苍茫感顿起。

楚，历史悠久，风化独特，在整个华夏汉文化体系中，堪称灿烂。出发前，无意翻看旅游手册，中有解说词甚至赞誉其辉煌堪比希腊文明。彼时，愣了半晌，竟也未觉有何不妥。

史载，此地曾经荆棘丛生。想来，生存环境当为恶劣。先民愚朴，遂以之为地名。所谓荆棘，正是极为狂野、坚韧的植物。崇山峻岭、悬崖峭壁，俱可生可长。不畏酷暑、不惧严寒，乃自生自灭。即便匍匐在地，也要漫山遍野。恣意汪洋。我以为这植物该是雄性的，像祝融、野火一般燃烧的男子。这也是自然界里一个主角应该的姿态。绝不妥协于逆境。

油然，想起那个倔强的人，如荆棘一般；还有那一篇绚烂的楚辞，也如荆棘一般。

《离骚》须趁少年读。少年人生命力张扬，狂野不羁，必不屈不挠、得生刺会扎人、甚至还要任诞一些。这很有荆棘的意味。王孝伯言说士子曾曰："名士不必须奇才，但使常得无事痛饮酒，熟读《离骚》，便可称名士。"青春期时，我以为这容易做到。那时颇寡言，惯于白眼对俗世。幻想放旷做人。《离骚》读了数遍，大抵囫囵吞枣。酒，实在难喝，因此觉得自己有些半吊子。人到中年，方知如此年代，哪会出什么士人？古士人出世太早，灭绝得也早。或在春秋、或在战国，便全部死绝。那些有筋有骨、有血有肉的先人，从此消失殆尽。后世之士，假如真算得上士子，多给儒家雕琢得一板一眼，了无人味。哀我《离骚》，倔如荆棘。有时静心，复想这写《离骚》的，该是多么面秀如玉，胸生丘壑。否则，怎能作出那些风采翩翩的诗句。这些句子，扎了两千多年的人心。他孤独，他悲怆，像一只披着彩衣的鸟儿，在暗黑的世界里呼号。那个世界，在竹简上被雕刻成既苍朴、又死板的模样。被后人从地下挖出。然美如《离骚》，正出自这个世界。只是现实总归现实，那里容得下荆棘的骄傲。

在《离骚》和荆棘之间浮想联翩，我有些恍惚。无疑，我不喜欢荆棘。楚王，也不喜欢。但我还是有些羡慕荆棘，觉得有点儿刺的也没啥不好。再后来我更加认同王恭所言，想当名士、不但要熟读楚辞，更得尖刻，会发牢骚。最后这点尤其重要。满腹牢骚，成就了国史上多少传世佳作。男人应该有野性。就像诗人就该有傲骨。孔夫子还是太拘谨、太务实。他不发牢骚，说不出那些狂飙般的句子。这些句子灿烂如火，恣意如荆。从那些灰头灰脸的古籍里探出枝头，压都压不住。

后来，再读楚辞，总是小心翼翼，生怕给这些句子烫着。翻《论语》时不会这样。那是一种一下子掉进现实社会的不锈钢炖锅里上蹿下跳、翻江倒海的感觉。一边狼狈不堪、于世俗中碰得头破血流，一边还得总结经验教训，继续折腾。我以为，每一个国人心中一定藏着两个坐标。一个屈子、一个孔圣。前者教我们放旷，后者教我们向现实低头、夹起尾巴做人。荆棘要有，鸡汤也得喝。到底还是孔先生活的久远一点。他幻想修复"克己复礼"的藩篱。他老谋深算，受再多委屈也绝不会跳江。

我自然不是嘲笑某某的贪生，也不是歌颂某某的赴死。在一些人那里，生与死，其实没有清晰的界限。正如荆棘，生得狂野、死得荒芜。广阔的视野里，绝对的灿烂正是绝对的死亡。两者没有区别。

一株植物，一定粘着那方水土，长着长着，就长成了那方土地上的人。

所谓历史，正是世间万物沾亲带故、纠缠不清地走来、走下去的过程。

这么想着的时候，我就像一个追梦者一般在大地上奔跑。循着一株植物的足迹，热烈而懵懂。我来到楚地的这座名城，我在寻找什么呢？每一堵城墙、每一块青砖都令人心动。我只是一个追寻者。追寻着她昔日的繁华、昔日的璀璨。她编钟悠远、她沃野千里。很多事物，谜一样地存在。但我心中，总燃烧着一把暗火。这个感觉特别贴切。在动车上，我就觉得这个地方处处暗流涌动，似有野火焚烧。这座城，在三国的战火里像一个将军那样横刀策马、巍峨屹立。鲁肃说"此城有帝王之资"。罗贯中在《三国演义》里至少八十二次提到了她。事实上，除了结尾那首词，我不是很喜欢这部小说。里面智士谋人太多、厚黑算计太多、尔虞我诈太多。我断定现实可能比小说还要不堪、还要血腥。杀戮无边的时代，没人会喜欢。

我闭上眼睛。心却把自己变成了一株荆棘，在江汉平原上任意蔓延。一点儿风吹草动，就能让我突然跳将起来。这自然是想象。可没有想象，怎么会有历史呢？在想象中，我能够嗅到历史的血腥气。哪怕时间再绵长、草野再辽阔。我听见号角沉闷、战鼓雄浑，一声一声，砸向大地。大地隐隐传来回响，在《春秋》《战国策》等等诸子百家里，吹得旌旗"撒啦啦啦"直飘。我真的听到了这些声音，否则我的心脏不会"怦怦"直跳。这是发自秦、楚的声音。这应该也是后来三国的声音。千乘万乘的马车左冲右撞，万具、数十万具盔甲厮杀在一起。长戈寒光、鲜血迸发。大地缓缓接纳从战车上坠落的将士、和他最后投向苍天的一瞥。白云苍狗、飘逝的生命，无数瞬间；君王、父母、爱人、仇敌，无数鲜活的人。这一瞥飘荡如云，转瞬如风。王国、霸业、黄土，一切，空悠悠的……

田野，一马平川。我的思绪风驰电掣，跑得比汽车还快。但地势有不易察觉的起伏，因为汽车有不易察觉的起落。大地隐忍而含蓄，仿佛在深处潜伏着一条巨龙。然后我真的看见这条巨龙在草野上腾挪，化作一排又一排碧绿的高树。但是全不粗壮，并没有沧桑的身躯。

其实一出古城，就是这般景象。只是汽车开过古城楼时，颠簸了两三下。那时我回头，城楼飞檐翘脊、高耸巍峨，正对着昏黄的喋血沙场。灿阳之下，他沧桑而庄重，像个沉默的老者。后来一天，在城墙那里徘徊，看到城门洞的地上压着巨大的青石，就像有人给古城加盖的封印。无数步履，已经把青石打磨得滑溜而清亮，几可见影。它承载了多少人的匆匆来去。如幻如影如梦。它或许已经习惯马蹄的踢踏声响与车辘辘滚过的吱呀声音。但它与汽车轮胎的磨合并不妥帖。古今之间，到底存了一道罅隙。

只是当时这颠簸感，让我觉得我不是坐在汽车里。我依稀听到了几句高亢的京剧唱腔，然后我的战袍飞扬起来。我挺枪拍马，出了城门，直奔沙场。

我对友说："这个古城，有杀气。"

那时，大地空旷，有无限生机，也有无限的杀机。

这是——荆州。

二

走过了 131.1 米的错觉。

起初，错觉源自一个成语。这成语，曾经是我对于楚的全部印象。在左公明笔下，我第一次看到它时，眼睛里瞬间长出荆棘，满眼眶晃动。接着是人、一众衣衫褴褛、推着破车，从漫山遍野的荆棘里拱出来。他们背对苍穹，脸和身体一起，贴向泥土。手里柴刀翻飞，荆棘向两边扑倒、给一行行血让路。汗水在如山的脊梁上流淌，汇成长川大河，生生不息地浸润这片土地。慢慢的，五谷生出，山林苏醒……

他们，自然就是楚人的先祖。

后来，我站在楚王车马阵前，对着 131.1 米的奢华墓阵，脑子里电光火花、闪过这个成语时，心里猛一激灵。

罢了，还是先说楚王车马阵吧。

楚王车马阵原先叫熊家冢楚王王陵，源于埋葬的都是熊姓的楚王先祖。从出土到考古挖掘，也不过十几年。为旅游经营的缘故，改成如今这个颇为现代的名字。

我到的时候，热辣的阳光正泼在展览馆上。展馆外观简洁，不显山不显水。游客不多，幽静。馆内昏暗，与外部反差强烈。大白天竟须亮灯，但光也暗淡。

入口处，预陈了一些关于楚国的知识展板。从西周之前楚建邦伊始到战国末期轰然灭亡，几行干瘪的说明文，像压缩饼干一般乏味。我心里咀嚼着楚辞里那些神出鬼没的修辞比兴，对眼前的展板充满绝望。介绍一个延续了四百多年的传奇帝国，至少也应该用几行骈体句吧。实在不行，换上几个成语也勉强对得起她的鬼魅。有时候简洁，简直就是怠慢。

我心存懈怠了。只想随意转转，并不指望从遗迹里看到真实的楚。但随着浏览渐深，我总觉得身后有双手在拽着我，步履不由得慢下来，思绪渐渐紧绷。我努力睁大镜片后的眼睛，似乎在找寻一些丢失的东西。谁会是真正的失主，是谁有意无意间丢弃，我不能清楚地确定。那些几千年前的事物深陷于黄土，固然已成遗迹，但它们得以幸存、又终见天日，成为后人沟通历史、了解自己的桥梁。他们是谜，也是答案。

于是，有一个人从我的身体里溜出来。我知道，他不甘心做一名普通的游客了。

楚王车马阵的确不是历史书上纸白字黑的干瘪色调。事实上，馆内周遭浮动的，俱是冥黑和血红色。我一下子回到荆棘密布、死一般的黑暗。在沉默、在摸索。而火焰燃烧，而热血奔流，生命如神话一般绽放。黑与红，皆令人敬畏。这正是荆楚的底色。压抑里的激情，奔放下的隐忍。巫气十足，宛若蕴藏着深不可测的魔力。这般背景，很适宜朗诵《离骚》或者《招魂》。尚未开口，已满心幽怨和愤懑。我沉浸在这种情绪里，无从自拔。女导游声音忽起，讲馆内灯光不可明亮，否则会对历经两千四百余年的车马遗迹有所伤害。她怕是守着楚国的遗物久了，面色很苍白，声若游丝，像是飘在尘埃里。我心底冒出寒气，蹑手蹑脚跟紧她，生怕撞着楚国的魂灵。

我是疑心，他们或有灵魂。

之前读史，喜荆楚之巫奇。以为齐鲁之人拘泥礼仪，死后至少能留在《论语》里，道貌岸然地训导后世。秦人本诺诺、卫鞅变法以后，个个如狼似虎、追逐实利，俗不可言，死后当堕入地狱。唯有楚人，像是巫峡神女的孩子，会戴着鬼脸的面具，围着熊熊篝火，跳古怪的舞。这简直富于诗性了。他们即便死了，魂灵还能游存后世。

我的感觉就是这样的——楚人就在馆里、就在我身边来来去去，旁若无人。祭祀、篝火、鬼舞、呐喊……周身弥漫他们的气息。这当真是一个有呼吸的展馆，而我，却有莫名压迫，艰难于喘息。那个荆楚藏在我心里。我真的担心呼口气就会吹走她，差点没憋死自己。

就在那刻，遇见了他——

那时，他像一具骷髅残骸，坍陷在干瘪沉厚的黄土里面。一层密封的玻璃罩着他。穿过玻璃，孱弱的灯光在他身上镀了些许晕辉。他似乎沉沦在久远的年轮里面，像一个婴儿归于母体。宁静而安详。他整个身体弧线优美、身躯优雅而高贵。甚至，残躯之上依稀还有古朴的雕纹，似乎还有金箔、绸缎的缠挂。但他晦暗，满身尘土。

两千四百多年前的阳光里，他年轻俊朗，像一名帅气的勇士。他的肌腱柔韧、躯体强健，沐浴着干净的光，像罩了一件金色的披风。风热恋他身上的旌旗，"簌簌"地抚摸他的肌肤。他顾盼神飞，像一张即将腾飞的龙撵，去追逐他热恋的神女。他该是渴望奔驰的。他载着他的君王，在数十万将士的前面，御风而行。铠甲转动，追随他的前行的方向。他大抵还记得那些头盔下年轻而结实的目光。

其实，他是一驾马车——准确地说，他是一部六驾马车。本应该归属于周天子的座驾，却深埋于荆楚的大地。这悖于周朝礼制。在齐鲁等国，简直难以想象。但这是楚，导游说"楚人不服周"，没有什么不可能。楚王车马阵里，这样的天子之驾，竟然就有三部。这近乎于炫富。哪里还有一点"筚路"的样子。

倾斜——

那刻，我们以一种倾倒的姿势，去瞻仰他。

灯光朦胧。灯光像一只温柔的手，静静地安抚他。两千四百多年了，不见天日，没有阳光。人们只能在那些干枯的史籍里面，揣度他的英姿。这灯光，像是一种伪装。黄土里，他可以掩饰他身上交集的悲欣。他几乎就要凝成化石了。周天子的那些六驾之乘，或湮于厚土、或灰飞殆尽。而他，如同走在宇宙时空无限的黑暗里，终于破土、重现天日。这是令人昏厥的力量。我被这股力量推到了黑洞里、穿过无边的幽暗、一直被推到楚国的殿堂中央。这里，不使用被动语气已经不能表达我的心境。

殿堂之上，油灯摇曳，有忽明忽暗的火。我转身，担心一阵风过来，就能吹灭山河飘摇的楚国。

编钟声响，起、顿、扬、挫，如剑过锦缎。我内心涌起撕裂感的悲怆，像一层层的波浪。我甚至听见柱子后面，屈子吟出了那句——"长太息以掩涕兮，哀民生之多艰"。

更多错觉，还是来自于眼底真实的遗迹。

他身后，战马残骸、战车残架深嵌泥土，似濒死的将士，在大口残喘。光线惨淡，这一排一排战马的骨骸、一排一排战车的构架，触目惊心。时间如刀，早已把马的肉身全部剔去，但骨骼嶙峋、骨架清晰。马的骷髅头颅甚至还倔强地昂起、它们和战车的辀辕一道，铁一般锻刻在土里，像不屈的将士，守护废墟里的帝国。

哀哉，荆楚……

在那个成语里，楚，是凄惨的。周天子封疆天下，楚人的先祖熊绎只能封到四等子爵，算不得显赫。天子盟会。按礼，子爵竟不得入殿堂。熊绎蒙羞，被卫士呼去敲了边鼓。返楚，遂心怀巨龙，自强不息。历经数十载开拓，终于兵强马壮，国富民安，雄霸南疆——左公明或许书写了华夏史上最早的励志故事。

司马迁一定也看过《左传》。在《史记·楚世家》里，他沿用了"筚路蓝缕"这个成语。

他眼里，一定也满是荆棘。

后来，在荆州的每一天里，我的眼前总是浮现那群衣衫褴褛的楚人。他们是我们的先祖，与一种叫作"荆"的植物，狂野共生，复狂野地毁去……

山丘半圆，成冢。"楚王，就躺在车马阵旁边的那个墓冢里。"导游不说，我们是不会清楚的。只是不能确定，到底是楚昭王还是楚惠王。那时，我就在墓冢旁边的一些小土堆里转悠，像一个迷路的人。导游说土堆下面埋的，是陪葬的将士以及宫女。我大惊恐、跳将起来，蛇形而去。

录展板上那段枯文：熊家冢楚王陵动用了大量的真车真马真人陪葬，是迄今发现的规格最高、规模最大、保存最完整、遗迹最丰富的王陵和车马阵遗址。

记得其时，诸如强秦、齐、晋，早已不使用真人真马作为陪葬，人之宝贵已经初现端倪。而熊家冢楚王陵动单单车马阵一号坑，就埋葬了164匹战马，43辆战车。其中，两马驾车七辆、四马驾车33辆、六马驾车三辆。何等奢华。友另告知"挖掘之时，玉器无数。皆送省博。"

于是，我知道有两个楚了。一个是《左传》里"筚路蓝缕"的楚，一个是楚王车马阵里的楚。真实抑或错觉？我一直无从分清。爱一样东西，就一定会产生错觉。错觉总是伴随喜爱而同行。这种感觉无以言说。我喜爱的那些筚路蓝缕的楚人、刻舟求剑的楚人、楚楚动人的楚人、爱细腰的楚人……到而今都在我的身边，来来去去，一如往常。

也谈浪漫（外二篇）

吴宗强

世人常谈浪漫。但我有时看"浪漫者"，从头到脚无浪漫之形，也无浪漫之气；再看环境，混浊嘈杂，也难生浪漫之意。由此看来，浪漫对人生不可多得，它应是生活中的奢侈品。因我无浪漫之情怀，也无浪漫之机遇，觉得浪漫不可企及。

据《说文解字》，"浪""漫"二字皆从水。"浪，声是矣。"声发自水，其声如水一样散漫开去，应像水一样清静、一样渺远、一样空灵。人生活在自然之中，与自然共生共灭，应与自然相和谐。所以人常触景生情，借水言情，寓物而言志。李白不是有"黄河之水天上来，奔流到海不复回"？岁月如水，生命如斯，去而不返。水有形，厚重如铁；水无形，透明如光；水小，小如雾；水大，浩如烟海。君子爱水，以水为模，以水为德。以此看来，浪漫应是水一样清的文化。

浪漫须有文化。浪漫是人之文化特质的一种表象。发声，声如水清；显形，形为优雅。古人云："形而上者之为道，形而下者之为器"所以人的穿、戴、坐、行、饮、食，体现了人的行为精神、风度、气量等。形发于心，体现人的形体语言。所以形不庄，则意味低俗；言不敬，则存鄙诈之心。饮食男女，女，清丽中有质朴，质朴中透文气；男人，须刚毅、果断、庄重中透温顺。《诗经·关雎》中"关关雎鸠，在河之洲。窈窕淑女，君子好逑……"朱子解曰："乐得淑女以配君子，忧在进贤，不淫其色。"女，为淑女，形如柳，虽有风情，却清如溪水，德深善厚；男，则君子，踞才而不骄，处贫而不嫉，对上不媚，处人不谄，为人不狂，不栗。

浪漫须雅而不俗，有文化，才雅。子曰："郁郁乎文哉。"雅文化以诗文化最佳。孔子学生鲤一天经过他的门前，子曰："学诗乎？"鲤曰："未也。"子曰："不学诗，无以言。"鲤退而学诗。所以孔子曰："诗三百首，一言蔽之。"曰："诗无邪。"现在在网上，一些人恶搞祖国文化，一些人亵渎传统文化。他们不知道自己是从哪里来，也不 知道要到哪里去，浑浑噩噩。其皆是数典忘祖之徒。我们每一个中华民族的子孙，都要尊重和学习祖先留下的优秀文化。徐志摩先生的《再别康桥》："轻轻的我走了，正如我轻轻的来；我挥一挥衣袖，不带走一片云彩。"徐先生对离别，对生命的生与死，在一首诗里表达得淋漓尽致。他来去无一丝沉重，无一丝牵挂，无一事遗憾，就如闲鹤游云般来去轻松。人行于天地之间，无声、无痕，这是何其的浪漫而又潇洒。

浪漫须有优雅的环境。如果人声如潮，烦事烧心，你如何能浪漫得起来？浪漫环境应该优雅，它可以是宁静的公园、素月高照的河边、风烛摇曳的秋夜，也可是白天与黑夜交替的黄昏……相约、相会的可以是朋友，可以是夫妻，可以是情人，也可以是邂逅。心存一丝剪不断、理还乱的思念和惆怅；走到一起，面对一轮素月，一枚流泪的红烛、一缕漂浮夜空的白云、一杯玫瑰色的葡萄酒、一盏飘香的咖啡……相对无言，又胜似有言，有言，言真也清。

浪漫必须有爱，这爱应真挚而纯净。情人相约，相爱，就如河边的柳与为邻的松，可永世相望，不可一时相拥；又如塘边观荷，只可远望，不可近亵；也可以是水中鸳鸯，形影相随，不离不弃。我经常见到双双青年男女，柔曼的身影或在月夜，或在雨中，或在河边。他们或行、或坐、或立，或轻轻私语、或默默无言。这皆是一片浪漫的风景。我也常看见衣着得体的少妇坐在宁静的公园中，看着婴儿在草地上蹒跚，那母亲的眼神饱含着不尽的爱。这爱是母与子之间的交感而生，温馨而又纯净，平凡而又庄重。这是浪漫中的浪漫。

浪漫之人必须有豪气。男者堂堂，也正正。女者，内敛不溢于外表，情如清流，逶迤不绝。写到这里，我忽然想起冯骥才先生所写的《俗世奇人》——"张大力举石锁"一节。当张大力举起石锁索要赏银时，老板告诉他；"你瞧瞧石锁下面写着什么字。"当他看到"惟张大力举起来不算"时。他明白了其中含义，就朗声大笑，扬长而去。就此一事，其豪爽之气，亦是浪漫之气尔。

空旷

也是从那时开始，我的生命发动了。那片土地不仅在我生命中注入了生的基因，也给我植入了"辽阔"的心性。

河进海退，河从高原带来泥沙，一年年，淤积成土地。那片土地空旷，辽阔。海因河而名——黄海。

我听人说"海有容乃大"，但我想不透是河孕育了海，还是海包容了河。

那片土地天高地阔，鸟飞高，叫亦野。夏日风雨急骤，冬天雪白苍茫。我蹒跚在苍茫之中，成长在辽阔荒野之地。听父亲的歌，粗野而高亢，也有一股苍凉味。于是，我的心也糙而粗砺。

从小爱读《水浒》，尤其喜欢武松，而不喜欢读《红楼梦》。不知不觉中，我竟喜欢上那帮"贼人"，性情中也多了些鲁莽。难怪世人讲"老不读《三国》，少不读《水浒》"。少时，父亲年迈，有人喝多了酒到我家滋事。老实的父亲叼着烟袋蹲在墙下，像一块毫无感觉的石头。这时我抄起一把快镰照那人头上削去。他脖子一缩，一撮长发飘然而下，酒化作了汗，撒丫子便跑。自此，那人再也不敢对父亲撒野了。

交友，我不喜欢操娘娘腔的男人，尤其是见血就晕，见刀亦逃的男人，我认为这类人，如外人入侵，没准就是汉奸。喝酒，不喜欢"孙二娘"式的人，将人喝倒抬上案板"肢解"。我鄙视这类人，而喜欢鲁达，客人未倒自己先倒的汉子。

读书时，我热捧肖洛霍夫的《静静的顿河》。人物彪悍而精砺，挥刀见血、马革裹尸。生如顿河一样激越。死也如顿河一样平静。就是做爱也背对草原，面对苍天。我不喜欢川端康城的《雪国》，过于细腻与苍白。当然川氏写不出《静静的顿河》，肖翁也写不出《雪国》。

我不惧刀剑，却畏情缘。心存辽阔，或竟有大男子主义。不论是窝里窝外，见到"雏鸟"就心软。我不喜欢媚俗的女人，更不喜欢花瓶。见含蓄而柔美的女人，也想呵护。我审视自己的性格，是有些"唐吉珂德主义"。

我喜欢大海，大海的辽阔、雄浑。第一次见大海是冬天，我仍激动不已。不顾同学力劝，我纵身跃入，四肢冻僵。亏同学中有生在海边、深知海性者，将我捞出，又揉又搓。我还阳的第一句话："就是死在海里也豪气！"在后来的日子里，当我读了庄子的书，对庄子的"其生若浮，其死若休"这句话有了特别的理解与感悟。

生活中常有无奈，于是辽阔在我体内作祟。我想决斗。与谁？于是我向往边疆有战事，好提剑前往，与入侵者对决，击倒对方。也渴望血洒边土，浇灭夕阳。

如果没有了爱的羁绊，我愿化作一只蝴蝶，化入那无边的辽阔。或像大象一样超脱，找一处辽阔，融入一片宁静。

独坐黄昏

黄昏我独坐。久之，宁静的我，也化为一片黄昏，融入了魔咒般的混沌中。（我想，当时如有人看我，肯定是分不清我是黄昏，还是黄昏是我。）黄昏是遥遥背过脸去的昨日，也是还未到来的晨时。

今天我独坐黄昏，多了几分安恬，更增我对黄昏的敬畏。此时我除了感到秋叶在风中如精灵振翅般发出声响外，我听不到任何声息。面对窗外，我梦游般穿行在秋风纷纷摇曳的秋叶间。一阵秋风，一片潇洒枯美的秋叶，飞出黄昏的多彩。此时萌发的记忆，也像秋叶一样在黄昏中摇落，烟雨般扑向不动声色的土地。

而秋叶继续在黄昏中千姿百态着，在秋风中纷纷摇曳。想起那一次黄昏中的离别，你送给我的一枚枫叶，它仍酣睡在我的书页中，做着黄昏后温馨的梦。从此那个黄昏就雕在我的记忆中。从此我一生都在等待夕阳，夕阳后的黄昏。人生有太多巧合。秋——是深秋，是属于诗人的季节。而且是个雨过黄花瘦的傍晚。我送你，送你去登机。一场秋雨，一阵秋风，一阵凉。车掠过道旁凋零的树木，我突然想起鲁迅先生的两句诗："夹道万株杨柳树，霎时都化断肠花。"多么符合我当时的心情的。到机场下了车，望天，云不多，且薄而白。袒露的一片天，被地平线切去一半的夕阳喷发的血色染得油蓝。雨后黄花在黄昏里瘦着、晕着。后来我再想起你，你却如夕阳丢失在天上的一抹凄美的光，在消逝——但始终也没消失。真是"不思量，自难忘。"当你含泪背过去，唱着一曲《手语》的歌。后来我听了几位青年歌唱家唱这首歌，都没有你唱出这首歌的情味。你背过身去，边唱边走，边向我挥起你纤细的手臂。我读透了你的全部忧郁。在岁月中，你的手臂每天都会在黄昏里飘动，像一束火把燃烧不熄。你走了，但那个黄昏伴随我度过后来的每个黄昏。直至今天，我终于走进了生命的昏黄之中。今天你是否也像我在黄昏中独坐？枯想那个被丢失在远方的黄昏？在今天秋日黄昏的宁静中感受那片刻的诗心！

黄昏中，我常看到口嚼酸梅和口香糖的女孩，走成一个惊叹号。也望见醉意十足的秋林中，雀跃着捡秋的少妇，她们在捡梦幻般的真实……今天她们都不是我在黄昏中想要看到的——在黄昏中我想要见到的，却永远也无法呈现。而现在所见都是我生命之外的人和事，皆无法激起我情感的波浪和涟漪。

今天我独坐黄昏，而黄昏不再是柔和的色彩，我感觉它是可感不可见的铁书，记载万物的生命。"最美不过夕阳红"只是一种自我安慰。我还是喜欢那句"夕阳无限好，只是近黄昏"的大实话。走进黄昏，我们才会感觉生命匆匆。它已如窗外的秋日，生命进入了凋零的季节。而人人都要经历生的喜悦和死别的痛苦。当眼看亲人走进黄昏深处的背影而被黄昏淹没，只有无助和无奈。也只有庄子那样的大贤，面对妻子去世，会理解为如春夏秋冬四季更替，坦然面对。在朋友吊唁时，他"方箕踞鼓盆而歌"。

我是眼看我的父母走进黄昏的，他们渐走渐远的背影消失在黄昏深处……他们只给我留下我依偎过的肩背，那种无可替代的温暖，这温暖使我在梦中常见到他们。"昨夜西风凋碧树，独上高楼，望尽天涯路"。这是北宋诗人晏殊的诗句。多少做学问的人得益于这句名言的滋养，走过漫漫长夜，独步高楼将天涯望尽。但很少有人把这句名言理解为人近黄昏，望尽天涯路。今天我独坐，产生了一种从没有的感觉——秦始皇企图战胜黄昏，求不死之药，但他也只能在土里留下一副枯骨和陪伴他的兵马俑。他的生命也只能在黄昏的果核里干枯。从单细胞的产生运动开始到走进黄昏深处，一切都在运动中转化，在转化中消失和产生。这是天道，天道不可违。

黄昏中花开叶落，总是生命的必然。今天面对黄昏，是我今天的心境。细听虽有黄叶陨落，也有生命呢喃、澎湃。面对黄昏，欧阳修说："门掩黄昏，无计留春住，泪眼问花花不语，乱红飞过秋千去。"杜甫说："一去紫台连朔漠，独留青冢向黄昏。"范仲淹说："四面边声连角起，千嶂里，长烟落日孤城闭。"李白却说："君不见高堂明镜悲白发，朝如青丝暮如雪。"今天我面对黄昏，我无语，黄昏亦无声，无语之语，无声之声在我的意识里产生一种从没有的魅惑之力。它抽象，又是何等的具象！昨天的黄昏就如今天的落叶和天上的流云，成为过眼的烟云，那是因为我今天面对黄昏的心境已决然不同。但记忆中的黄昏已成为一幅凄美的画和一首无声的歌，在今天的黄昏中，它也会重现。我会以极大的热情去相拥，和它一起走向永远。

高贵和贫贱，帝王与贫民……一切的一切在黄昏的铁律中，皆如澡堂中的澡客一样裸露。一把无影无痛的刀如庖丁解牛一般，把你的一切幻想剥离。最终你在黄昏中才可以悟到啥叫平等，到哪里才可寻到平等。

走进黄昏，可回望，而无法回走。

无须想过去的辉煌，不要自我陶醉于过去的叱咤风云之中。否则你会自己走进冷宫，觉得"高处不胜寒"。不要为过失而自责，一切皆是生命必然的期遇。你已走进黄昏就安然度过。你经过多大的繁荣，在黄昏中也会有多少的落寞与孤寂。风流不可被你一人占尽。喧嚣和繁华已被丢弃在遥不可及的远方。该用怎样的毅力和心情走进黄昏？而进入黄昏深处，也是考验灵魂的最后一把火。在生命的旅途中，任何事都无绝望之说。面对最后的咒语，也只有挺直腰板面对。

我喜欢萨克斯和萨克斯吹奏出的乐曲。无论它的节奏是快是慢，音韵是高是低，音律是舒展的还是急骤的，作曲家表现什么样的音乐意涵，我总觉得它的每个音符都染着黄昏的色彩。一种凄清的孤傲和生命沦落的缥缈感使我心动。我尤其喜欢加拿大音乐家马休·连恩的乐曲《狼》。在钢琴和其他乐器的演奏中，伴随着鼓点般的音乐节奏，我脑海里产生了音乐所表现出的意象。我面前出现一只狼、数只狼、一群狼在一望无际的雪原上为逃脱猎人的追捕，在奔跑……（这时响起一个黑人歌手嘶哑而浑厚的歌喉，唱起一首忧伤的歌。接着就是萨克斯演奏。）在猎人的枪声中，一只狼在奔跑中倒下死去；又一只狼在奔跑中倒下死去……死前，狼的眼镜里还摇曳着一点光，久久不熄。火光中映出雪原；雪原上同伴奔跑的身影，知道同伴在它的眼里消失，这点火才慢慢熄灭。直到音乐结束，我面前的雪原上仍有一只满身是血、疲弱不堪的狼在奔跑，就如地平线上燃烧的夕阳，跑出一支火炬，跑出一曲凄美的音乐，跑出不屈与尊严，最后轰然倒地死去。自从听了《狼》的乐曲后，我就对狼多了一份敬意，对狼的家族——狗也多了一份理解。过去吃狗肉的我也改邪归正。

　　我想生命是装在上帝口袋里的石子，该收的时候他一定会收去。可贵的是，狼在奔跑中将生命结束。大象在感知到生命的路要走完时，会找一个安静的地方死去，甚至找到一块沼泽地将自己沉下去，以避免同伴的忧伤。我想狼和象应该都回到上帝身边，因为它们的生和死都很自尊。

停止玩耍就要变老（外一篇）

闻云飞

　　每年五月，有一群美国人，他们不敢回家。他们躲在车库、宾馆，或在荒郊野外露营，或去灌木丛中隐身。他们是通缉犯、户外运动爱好者？还是 FBI？不，都不是。他们的身份是兽医、企业家、破产者、失恋者……

　　那是什么把这些看上去风马牛不相及的人召集起来的？原来，他们是发小，每年五月，他们都会玩小时候玩过的抓人游戏。他们不敢回家，就是怕被捉到。游戏规则很简单，确定好这年的追逐者。他只要用手拍到团体中的任何一个人，这个人就会成为下一个追逐者。这个新的追逐者，再去拍下一个人。最后一个倒霉蛋，将会成为下一年第一个追逐者。

　　他们已经老大不小了，大部分都已娶妻生子；他们生活在不同的州，有着自己的生活圈和朋友圈——于我们来说，属于井水犯不着河水，老死不相往来了。但是，他们仍要从天南到海北，一路豪歌去抓人——是的，哪怕请两个星期的假，哪怕把自己的公司扔在那儿，他们也要在每年的五月来玩这个抓人游戏。

于是，每年的五月，老男孩们变成了跑酷少年，享受着属于他们自己的狂欢。说起这个游戏的缘起，他们只是想把童年时的朋友做成一世的朋友。桃李春风、江湖夜雨，他们怕抵不了未来的山高水长。他们从一句箴言中得到灵感——"我们不是因为老了而停止玩耍，我们是因为停止玩耍而变老。"

哲人、小说家说这样的话，或许只是反向看人生时，抒发一下人生之流中不断失去的无奈。但这帮家伙当真了——他们从这句话中琢磨出一种方法论：只要永远保持玩耍的状态，就能青春不老，就能让童年的友谊历久弥新。

抓人游戏就这样坚持了下来。二十多年之后，抓人游戏让他们在彼此人生的重要时间，都不曾缺席。抓人游戏不仅让他们成了一生的朋友，还成就了某些人的人生。因为在游戏中，他们重新感受到了不羁的激情与自由——这正是创造力的源泉。

这个游戏，让他们每年一次回到童年场景中，进行着毫无顾忌的追逐。在此之中，生机和活力重回心中。他们是见证自己童年、少年和青春岁月的彼此。每玩一次，他们都握手童年，携手心中的那个孩子，满血复活，信心满满，大步向前。这件事后来被拍成电影《抓人游戏》。

追与逃，是我们祖先的日常生活状态。原始人看到猎物后，会兴奋地追逐；被野兽攻击时，他们则会吓得没命地逃跑。而追逃类游戏，就如同复制了先祖们的芯片。在兴奋和害怕的交替中，追与逃其实是我们对于人类最初存在状态的一次次打卡。在游戏中，我们的行为连接了人类集体无意识——那就是我们的根。连接到这样的根，即便不知其所以然，也会有一种莫名的力量感。

《绿皮书》：移开傲慢与偏见之山

今年奥斯卡的热门影片《绿皮书》，我去影院看了两遍。它让我体会到人类文明进程的艰难——可以说文明每前进一小步，都得有人做出牺牲。它让我感到：文明对于人类而言，可能只是一个目标，而且会一直在路上——区别在于，有人离其近一些，有人离其远一些。但是，不管远与近，人们大都感觉不到自己确切的位置。

人面向太阳时，不会看到自己的影子；人背对太阳，则容易顾影自怜。只有站在侧面的他者，才能清晰地看到这一切。因为历史和时代的局限，绝大多数人认为自己的所作所为是文明而正确的。但是，沧海桑田，时移世易，后人会看到先人的某些做法和观念多么可笑和愚昧，比如我国古代女人裹小脚的陋习，比如美国曾经的种族歧视。

《绿皮书》这部影片是反映种族歧视的。影片取材于真实事件。该片编剧着力最深处，便是以对倒的手法去塑造主要人物。黑人钢琴演奏家唐·雪利要到南方各省演出，他雇佣了白人司机托尼。这在世人眼中，双方地位是对倒的，受歧视的黑人竟然让白人当司机，让白人为其服务。另外，更重要的一点，两人的文明素养，与其肤色所代表的社会地位，是对倒的。

白人自我感觉良好，本该讲文明有涵养，让人感觉高山仰止。但托尼的形象与之截然相反，作为夜总会保镖，其身上自带江湖气。他跟人比赛吃热狗，在唐·雪利演出时跟司机们赌博，甚至还偷拿展览的石头。能吃、赌博、小偷小摸，这些行为与其白人身份所代表的绅士风度，格格不入。

一开始，托尼对有色人种充满歧视。他的妻子请俩人来搬东西，这俩人是有色人种，其妻给他们倒了两杯水。托尼在其离去后，看着两个空杯——那感觉像是两个癞蛤蟆用它们喝过水。他把两个杯子扔到垃圾桶里。

显然，导演和编剧是把托尼作为所有傲慢的白人的一个典型，将其置于台前。这让观者看到：作为人，白人没有自己想象的那么优秀，就文明层次而言，并不高出其他人种多少。

与之相反，黑人钢琴家唐·雪利不仅琴艺是大师级的，其言谈举止也极有绅士风度。当时，美国南方各州种族歧视严重。在一次演出前，唐·雪利要上洗手间，但其洗手间不允许黑人使用。他们让他去树后解决一下。但唐·雪利为了人之尊严，宁可让托尼开车回住处方便，也不要像动物一样在树后墙根随地小便。而且，唐·雪利放弃北方的高额演出，主动去种族冲突严重的南方巡演——他想让那些白人老爷和太太们看到：台上这个弹奏出一流音乐的人，如此有绅士精神的人，是一个黑人。他想以自己的凸显性存在，让他们去悟出种族歧视的不合理。

这样黑白分明、对比明显的两个人物以"对倒"的形态出现，即凸显了导演的思想与情感倾向。当一个卑下的人，拥有了高贵的灵魂，人们情感的天平便会不由自主偏向他这一边。这样一来，人们就会对唐·雪利产生同情，从而，角色自然而然就有了带入感。观者便会对种族歧视感同身受，对其种种不合理义愤填膺。

在黑夜中醒来的先驱，必会呼唤黎明，其所受到的煎熬和难与人言的付出与牺牲，都是巨大的。因为他们都不得不面对这样一种困境：他们所看到的荒谬绝伦，在别人眼中是开门见山般的理所当然。这时候，先驱们就要以愚公移山的精神和毅力，将那座傲慢与偏见的大山给一点点移开。

于是，我们感受到了唐·雪利在文明之路上明知不可为而为之的伟大。由此，我们也恍然大悟："种族歧视"这个词对于当时的南方白人而言，是不存在的——他们似乎天然地认为：黑人低我们白人一等，跟他们共用洗手间会觉得脏，与其同桌共餐跟与其他物种一起吃饭一样，让人起鸡皮疙瘩。而唐·雪利弹钢琴获得白人的掌声，则无异于马戏团的猫狗在表演后所得到的掌声。

这就是《绿皮书》对我最大的启发——某些意识深处的荒诞与谬误，对当事人而言，是感知不到的。因为他们好几代人都生活在错误的河流之中。某些荒诞的观念，后人看来虽似一层窗户纸，但它是一张存在了千百年的纸。而且，若无人捅破，它就是一堵墙般的存在。

反省自身：日常生活中，当某个念头冒出来时，我们是否能剥离出自我意识中的自大和集体无意识惯性对理性的蒙蔽？对此，我们怎能不警醒？

《绿皮书》中的唐·雪利在一次次地隐忍中，想让人们看到：作为一个黑人，他是多么优秀。但是，某些人仍不改向来如此的眼聋习俗：酒店洗手间不给黑人用，你想小便，就到墙角旮旯吧；餐厅不允许黑人进入，你要吃东西，我们给你送到为你专门准备的小杂货间。

一忍再忍，唐终于跟最后一家客户翻脸：你不让我进餐厅，我就不演了！他终于撕破了这层窗户纸。如果将唐·雪利之前的隐忍看作禅宗的渐修，那么他最后的"翻脸"则如同顿悟般的"棒喝"。启蒙是要分对象的：慧根深的人，你弹一场钢琴，人家就会为你加超大份炸鸡；而对于那些将傲慢与偏见当主见的人，你不来几声棒喝，他是不知道自己还有眼睛和耳朵的。

其实，影片中有个被唐·雪利彻底感化的人，那就是托尼。托尼作为唐·雪利的衬托，他也是有底线的——他家中急用钱时，黑手党找他做不法之事，他没答应。而且，作为对倒性人设，他有唐·雪利所欠缺的美好品质：对家人的爱和对家庭的负责。他们的基本人设都是正面的，而其在脾性与精神方面，相互影响，有一定互补性。

一路上，托尼以底层草根的智慧和大块头的优势，帮唐·雪利处理了不少麻烦。在此期间，托尼一个大老粗，慢慢在唐·雪利的指点下，学会了给妻子写动人的情书。他由原来腻歪有色人种，到最后真诚请唐·雪利去他家过圣诞节，两人成为一生好友，托尼可谓唐·雪利成功启蒙的代表。

另一方面，托尼也给唐·雪利拆头脑中的"框"：他买了炸鸡，非要给唐·雪利吃——向来不吃垃圾食品的唐·雪利，跟吃药似的吃下后，却爱上这种美食；在接下来的表演中，邀请他的东家专门给他做了炸鸡。托尼还劝唐·雪利给兄弟写信，鼓励他敞开心扉，拥抱亲情。

僵死的意识总会受到鲜活现实的冲击，我们要敢于拆掉脑子里"框"。许多时候，迈出被时代或个人情感所"框"住的一小步，你就会拥有新的人生。同时，我们也要警惕：别把某些陋习当成必须如此的仪式，别把固执与成见当成尊严和真理——唯此，打破那些向来如此的陈死之规，才会看到清新之景。

一灯一书一世界（外二篇）

游宇明

家里有许多盏台灯，有的底座是个大夹子，可以夹在有沿的床头或书桌上；有的是落地的，有一根长长的伸缩杆；有的底座很普通，可以平放在写字台上，只是旁边配有一座小闹钟，颇有几分时髦。当然，台灯上的闹钟只是个装饰物，现在的人都有手机，手机上显示的时间非常准确，谁还耐烦去上闹钟呢？

第一次用台灯是在 1985 年。那年我大学毕业分配到另一所大学教书。教师节时，学校工会给每个教工发了一个台灯，灯罩是桔黄色的，底座为米黄色，煞是漂亮。我将它摆放在写字台的中间偏里的位置，每到夜晚就会打开它，在台灯下用心地阅读，一读就是三四个小时。台灯的位置可以随意变动，灯光也可大可小，我非常喜欢。自此以后，一盏台灯坏了就另换一盏。有时家里的台灯并没坏，看到喜欢的也会买下来，于是家中的台灯也就越攒越多。

三十多年来到底在台灯下读过多少书，我已经忘了，只知道我的书架上有四五千册图书，这些书绝大多数都是我大学毕业之后买的，我全部读过。除了书架上的书，我还在学校图书馆、熟悉的朋友借过不少书，每一本都认真看了。在台灯下读的书有文学、政治、文化、哲学、历史、美学。因为我教的是中国当代文学，文学作品自然是读得最多的，大约占我日常读书总量的百分之五十左右，古今中外都有，不少还是大部头，比如《静静的顿河》《李自成》《红旗谱》，我都是在工作岗位上读完的。第二多的是历史。我业余写作，时间长了，常有题材枯竭之感，于是便有向历史里找素材的意思。我读史书，不是像一般人一样由远及近，而是由近及远，先读当代史，然后是民国、晚清，再后才是明、宋、唐，以这样的顺序阅读没有什么理由，纯属个人爱好，但我确实从中读出了一些道道。我的《不为繁华易素心：民国文人风骨》自 2012 年 1 月出版后，至今印了七版，且被加拿大多伦多大学图书馆、德国国家图书馆收藏，就与我的"性情阅读"有关。台灯像我的好朋友，见证了我付出的血汗，也见证着我在文学创作上的不断成长。

台灯下读书一个最大的好处是可以让心灵沉静。心灵沉静，书里的东西才记得牢，我们的思维才更加奔放，我们才能进入书的深处。读书是不能单论数量的。一本书，你只用眼睛过一遍，一周一月之后，脑子的印象会跑得精光。相反，如果你专了心，真正深入过文字背后的东西，书中的内容你想忘也忘不了。台灯能够照射的面积是很有限的，最亮的是灯罩所覆盖的那一块及周边的少量区域，再远一点，只有暗暗的光了；还远一点，比如台灯是在窗前，而你现在的位置是在门边，那光线恐怕连走路也不能保证。因为它的这个特点，我们读书也就可以"天然"地排除周围事物的干扰，将全部心思放到文字上。我现在读书的条件极好，家里面积将近一百六十平方米，每个房子都有最新式的灯具，开灯之后，亮得跟白昼一样，到处可以阅读，然而，我发书瘾的时候，还是会习惯性地走进书房，关掉漂亮的顶灯，拧亮桌上的一盏十多瓦的小台灯，似乎只有这样才可找到阅读的感觉。

一盏台灯、一张书桌，有时就是一个绚丽的世界。

我的孝心计划

清明节那天，父亲打电话来，说自己到家了，当时我正在床上睡午觉，看了一下时间，是十四点。

父亲是上午七点多从城里出发的，这里离老家只有五十三公里，短短的一段路程，居然耗费了六个多小时，可以想象路上堵到了什么程度。

下午坐也不是，站也不是，心里郁郁的，于是喊老婆一起打牌。老婆觉得奇怪，我一向对写作、读书看得很重，怎么可能一个下午不干正经事呢？我说了一声"你别管，反正我明天不会这样"，她就没多问了。老婆已与我共同生活三十多年，她是个善解人意的人，知道我的性情，有的事我不想说的问也问不出。

吃完晚饭，有朋友喊喝茶，我去了。朋友也没有别的事，就是希望我给他看看孩子写的文章，判断一下是否达到了出版的档次。朋友的孩子正读高二，想参加一年后的自主招生，而自主招生看重的是特长，朋友觉得孩子可以在文学创作上冲一下。我认真翻了翻，书确实写得还不错，但走市场肯定困难。毕竟孩子缺少生活阅历，其思维难免肤浅。我将自己的看法如实地告知朋友，朋友回答：这个倒是没事，我自己掏点钱就行。朋友是做生意的，家里最不缺的就是钱。不过，我手里翻着书，心里一直还在想着父亲此次回老家的事，好几次，都接错了话题。

朋友开车送我回家时已是二十二点多，洗漱完躺在床上，怎么也睡不着觉，心里一遍遍地谴责自己：父母已经将近八十岁，清明回乡挂青这样的事怎么能让他们自己去？的确，父母这样做是自愿的，我曾经几次提出陪同他们回乡，他们都没有答应。但脚生在我身上啊，如果我真的那么体贴他们，不管不顾地非要回老家，我想他们也会答应的。关键还是从小父母对我看得比较娇，我养成了对父母的依赖心理。一些事自己可以做、父母也能做的，习惯性地让父母去做，自己乐于当甩手掌柜。其实，许多事，老年人与中年人的思维是有别的，老年人节省，喜欢以时间买金钱，能搭长途班车的，绝不叫出租车或网约车；中年人事情多，乐于以金钱买时间。就说这次，如果我在场，早就喊出租车回去了，何至于让步履蹒跚的父母下午才到家呢。我睁着眼睛一分钟一分钟地捱时间，计划到早晨七点就给父亲打电话，向他们表达我的愧疚，并告诉我们回来时我一定会去接他们。父母最近十来年一向睡得早，七点钟早已醒来，不会打搅他们的休息。想好主意，心里踏实了，脑子也善解人意地有了睡意。

早晨六点二十分，闹铃响了，这是我平时规定的开始构思作品的时间，但我今天的头等大事是给父亲打电话，因而脑子里根本就没装稿子的事。在床上上了一会网，翻出以前的一篇很受读者欢迎的稿子，在朋友圈和微信群里发了一下，回复了读者的评论，估计时间耗得差不多了，才拨通父亲的电话。我问了问昨天的详细情况，并告诉他我的计划，而且特别强调只有这样做，我才会放心。父亲坚决反对我去接他，说这点事他与母亲两个人足以解决，让我不要小看他，我一下子不知说什么了。

放下电话，我暗下决心，等父母想回城的时候，我一定去接他们。原因很简单：我可以继续接受父母无私的爱，却不愿承受一次次的自我谴责。

散散而游

我喜欢两种生活：电脑前的，路上的。

电脑前的生活是写作。写作能让一个人的名字飞出平常的谋生之所，与更多的心灵相遇相契。路上的生活是旅游。旅游满足了我对世界的窥视欲，开阔了我的视野，使我明白世界的复色调与人性的丰富。

最初旅游的时候，我一律选择跟团。跟团的好处是不言而喻的。按旅行社的规定交上一笔钱，到了时间，只需准备一点个人用品即可出发，乘车、住宿、吃饭、进出景区，一样也不要操心。但跟团游有个最大的缺点，那就是极大地限制了个人的自由。某年暑期，我去厦门参观陈嘉庚纪念馆。很想将里面所有的图片都看完，重要的拍点回去，以便日后写点文字。只看了十来张图片，导游就催我走了，弄得我特别扫兴，文章自然也没写出来。那年去张家界，天子山正起薄雾，加上早晨的阳光也格外清亮，那些尖尖的石山笼罩在一层轻轻的金色纱幔中，颇有几分仙气，我很想多停留一会，导游也是以行程太紧为由，硬是将我的愿望生生地掐成了两半。我发誓以后要自己去玩，想看什么就看什么，想看多久就看多久。

第一次自助游是在凤凰。2007 年，我在湖南省作协主办的风景区征文比赛中获了一个奖，除了奖金不错，还有一个优待：一定时间内免门票游玩凤凰、黄龙洞等风景名胜区。我在凤凰住了三天，住的是四十块钱一晚的江边小客栈。第一天是玩古城，光是沈从文故居，我就呆了一个半小时，了解房屋结构，欣赏墙上的照片，还将沈从文孙女沈红写的《湿湿的怀念》一字一句读完了。尽了兴，才往别的景点赶。后来又参观熊希龄故居、万寿宫，其他有特色的古代建筑。跟团游一般只安排两个小时的古城，我玩了一天还有些景点没逛完。不过，这一天也大有收获，回来后光是古城就写了三篇散文，篇篇都发表了。第二次自助游是去丹霞山，成员是我们一家三人，加小妹母子。因为都是亲人，我又占了年龄的优势，基本上是我拿主意，然后征求大家意见，最后付诸行动。长老峰、阳元石、阴元石等等主要景致游览的时间都很充分，长老峰的陡峭、阳元石、阴元石的逼真至今历历在目。

当然，我最喜欢的自助游还是有一个稳固的根据地，然而围着这个根据地辐射。女儿去年五月在浙江嘉兴找了一份体制内的工作，我给她买了套房子。给女儿买房，其一是出于一个父亲爱的天性。孩子努力读书，就业时没让我打一个电话花一分钱，现在想有个容身之所，也是正常要求，做父母的能帮就要帮。其二，给女儿买了房子，我也就等于在江浙一带有了根据地，嘉兴连通浙江、江苏、上海三个省市，这些地方有多少好景致可供我游览啊！女儿去年七月正式上班，到现在只有一年多一点，我已利用这个"根据地"自助游了嘉兴南湖、梅花洲、月河历史街区、上海外滩、共青国家森林公园，还计划下次去嘉兴时好好游游苏州、宁波，回来创作几篇好文章。

散散而游，散的不只是游览的方式，更是一颗鲜奔活跳的心！

文化"啃老"需要智慧（外一篇）

阮直

中华民族的历史文化确实够古老了，虽说老，但还没有腐朽。作为代表中国国学文化最重要核心部分的儒家学说，即便不能作为国家管理现代民主与法制社会的价值理念，但作为民族文化、文学、艺术的美学总源，作为社会关系、个体伦理、道德修养的经典，仍然是一座富矿。

可我们在开采这座富矿的时候，有人却不得要领，只见到矿里有财宝，不知道从哪里挖掘，缺少开采这些财宝的智慧，这就相当于那些"啃老族"，只会回家吃饭，从家要钱，而对老一辈的创业精神，优秀美德却从来不"啃一啃"。这样的啃老族咋就没想到，一旦能创造财富的"老人"走了，"啃老族"就只能啃那点儿遗产了。

当下的文化啃老族，只不过是借想助传统文化家喻户晓的符号，一步迈进市场文化的大门，以迎合大众媚俗、猎奇的心理，求得经济上的回报。文化上的啃老只有"吃"的贪欲，而没有"啃"的精神。我们争抢名人故里，是想圈上一亩三分地好卖门票；我们大兴土木、修复寺院不是心中有佛，而是看好了游客口袋里的钱，谁都知道，捐助慈善事业费力，买香火保佑自己升官发财都出手大方；有时改编历史经典名著不是"啃出"我们文化中精华部分的思想，而是把眼睛盯在了有卖点的部分，比如把《水浒》中潘金莲、西门庆当成了"亮点"，对暴力血腥的屠杀不做否定。《三国演义》中的大乔、小乔、貂蝉被过分渲染，可对政治、军事中的谋略、阴谋部分却少否定；对《西游记》中的美女妖精都浓墨重彩，而对其中呈现中国美好的佛心、童心、真心总是开掘不够；对《红楼梦》中的情色部分爱添枝加叶，而对最具典型性格的贾宝玉四个层面的内心世界"欲""情""灵""空"却从不"啃一啃"；贾宝玉从"自然"到"人化"的性格轨迹、哲学意义我们从不对接。

回首五千年历史，我们的古代神话、诸子百家、唐诗、宋词、汉赋、元曲、明清笔记，还有灿若群星的历史人物、风云变幻的历史事件，都是我们文化该"啃一啃"的一块肉骨头。谁能通过现代的艺术手段完美地表现出我们文化老的本源了呢？即便它的价值不能治理国家，但作为一个民族曾经的文化积淀，它永远是每一个体生命修持的血脉延续。

如今维持着人与人之间的基本关系，如果不是对簿公堂了，其实还是"老理儿"的那部分，这部分核心就是儒家的"仁义礼智信"，天南地北都适用，这个"软化"我们心灵的"文化"之"核"我们就该啃下去。

遗憾的是，我们下嘴就把牙印咬偏了，这除了源自自身的认知浅薄之外就是人人都知道媚俗、讨好大众才有金钱的回报。对文化的啃老能啃出"骨髓"的精华这事，不要指望发展文化产业就能干成了。

我们的啃老文化在我看来应该有两部分，市场化的啃老其实是要加以限制才行，起码不能让恶俗泛滥，媚俗一点儿倒不怕；但对于文化意义上的"啃老"，就要在地方政府、国家的保护与扶持下进行，需要知识分子用智慧去"啃老"，否则，我们的"文化啃老"必将是没牙的老人啃骨头，力不从心。

我们现在对文化的引进与"啃老"上，更多的只注重了文化的市场效益，而忽略了文化的本身，忽略了作家、艺术家们的原创的智慧性。所以，才导致了"文化啃老"族们啃出的东西只是古人的牙慧，再热闹也不过是一出出滑稽戏罢了。

重复自己也是抄袭

最省时省力见效果的事儿，就是重复自己了。人的一生，大多时候是在重复自己说过的话，干自己干过的事，因为这样省事。就算有所突破，干了一件不是重复自己的事，有时也是重复了别人的事。大家最爱重复的就是重复成功人士的成功之路了。

没办法，好事大家都愿意干，比如考大学、多挣钱、娶美女，你不让谁重复这样的事情谁也不干，大家都沿着这么一套人生的程序走，日子才不会乱码，生命也就不容易死机，混个正常运转就知足了。

现在别说人在重复着成功人士，就连城市也重复着"成功的城市"。比如人家威尼斯"火了"，咱们就要"重复"一个东方的威尼斯，人家夏威夷"美了"，咱们就"重复"一个中国的夏威夷；人家建硅谷，咱们就搞电子城。

也许这些物质性的建造重复他人的先进经验能少走弯路，可一旦形成模式，一味地重复他人就没了自己的个性。就像近些年发展起来的城市，大多都是在重复他国的建筑风格。有人想做个实验，把一座城市最繁华一条街上的牌匾都摘下来，空投到这里一个走南闯北的旅行家，如果不听人们的方言，他不会辨别出这是哪一座城市。只有看看那些街道两边的树木与花草还能区别出南北东西，因为植物的生命永远按照自己的个性样子长。

长久重复下去的城市就都被大都市"直辖"了，是被建筑的强势风格给直辖的，把流动的音符变成了老和尚念经文的一个调门了。更可怕的是我们的精神与文化也在重复着别人、抄袭着自己。

记得原新闻出版总署署长、国家版权局局长柳斌杰曾经说，目前国内很多文化艺术作品创造力不够，90%的作品属于模仿和复制的。今后国家将通过设立文化创意扶持体制和基金，提高文艺作品创新能力。一个作家、艺术家真的到了黔驴技穷地步，那只能是四十年前唱一条大河，四十年后还是那条大河，不过水还是少了。当年的一部著作一鸣惊人，可著作等身时每部作品都有代表作的影子，这样的重复虽说不是重复别人，但也是抄袭自己。即便在艺术的表现形式上有所突破，可在认知上不能以个体生命独自的感受敏感现实中的细微，不能以超拔的智慧体悟独自的发现，不能以正确的价值观解读人生，就不会有创新，就是在重复自己，当一生的艺术之路都是自己的一串串脚印叠加时就是自我抄袭了。

莫言几年前曾经说，自走上文学创作道路以来，一直对文本进行探索，试图不断突破，唯恐重复自己。"因为重复自己比抄袭别人更可耻"。每一个人的经验、经历、才华都是有限的，如果一个作家不去不断地学习，向外界积极地获取信息，不论是演讲还是写作，都会面临重复自己的困境。不重复别人也许不难，但不重复自己就难了，因为不重复自己就是突破自己。

现在无论是科学技术还是商品生产，无论文化事业还是艺术创作都主张创新，这个创新就是不要重复他人，也不要抄袭自己。不重复别人，不抄袭自己最大的难处就是障碍太多，这些障碍有文化凝固后的板结，有个体生命的矮化，差了哪个环节都无法创新。创新的理论容易树立，创新的实践难行，创新的成果更少。好在今天我们知道了自己的文化、艺术经常在重复别人，抄袭自己，有这样的勇气与胸怀就是创新的开始。我坚信我们是一个能不断创新的民族，因为历史上我们曾经创造过独一无二的民族文化，这样的文化本身在现代化的进程中依然存在，就说明它有创新的活力。

夜不怕黑

赵德清

夜是黑的。

伸手不见五指。河对面,路两头,只闻人声,不见人影。这样漆黑的夜,寂静得能听清虫子的鸣叫。"吱……呲……"像闪电划破夜空,尖锐,无痕。

我很小的时候,非常怕黑。特别怕这种寂静的漆黑。所以,天一晚,就缩在家里,哪也不去。煤油灯,灯芯捻的小小的,星星亮光就很温暖。可以写作业。可以看会小人书。作业写完,就得睡觉。枯燥寂寞的夜。即使后来通上电灯,也睡得早。无书可读,只有睡觉,胡思乱想,做梦。梦境里,自己导演,有时自己是主角,有时是旁观者。经常梦见漆黑的夜,一个人在努力奋力竭尽全力寻找光明,薄薄的棉袄常常给蹬碎成一块一块的。

我以为世界上就我一个人怕黑。所以,从没对人说过自己怕黑,还吹牛皮说我不怕黑。几个小伙伴们就比赛,在一个漆黑的夜晚,到村里的打谷场上，写下自己的名字。结果，就我一人傻傻地去了。我不怕黑，出了名。村里人都说，我的眼睛有亮光，不怕黑。

我知道世界上第二个怕黑的人，就是我的初中语文老师刘福安。那些年有一段时光，刘老师要我到他家里，陪他过夜。我也没问为什么，刚开始还以为是老师喜欢我，后来才知道是他怕黑，一个人睡不着。刘老师很年轻，大不了我们几岁，师范毕业生，家在邻村，能够回到蚕种场学校很不容易。我们也为遇到帅气文雅的老师感到高兴，光看刘老师的粉笔板书就是享受，那一手行楷绝对如行云流水，再听他讲课文，可谓直接陶醉之至。

从我家到刘老师家大概三里路。现在来说不远。那时觉得很远。农村有"三里不同音、五里不同风"的说法，蚕种场地方不大，也有东庄、西庄、王庄、新河等七八个自然村落，对外统称"八里松"。我家在场部西头，刘老师家在东头，没有现在的水泥大道，还都是狭窄的土路，也要走走小田埂。那时四处都是松树，间杂些榆树、槐树，天色一暗就黑压压的，影影绰绰。刚刚灭狗，狗打光了，吓得猫也不敢叫唤。夜晚就是夜晚。基本上没人走路。放学回家，吃过晚饭，我就得趁亮光往刘老师家去。第二天麻麻亮，我就起来往家里赶，吃早饭。父亲说能到老师家睡就不错了，不能再麻烦老师吃的。那时条件确实艰苦些，家家都不容易。不过，刘老师也招待过我几顿呢，馋死同学们了。

在刘老师家睡觉的日子，是我最开心的时候。衣服不再是"新老大、旧老二、补补纳纳再老三"了，父亲专门置办了几件像样的涤纶内衣内裤，还教我怎么刷牙。除了衣服穿得好一些外，我开心的事是能够看到许多从来没见过的，刘老师像宝贝一样护着的《杜甫诗集》《苏东坡文选》等等文学书刊。刘老师心情好的时候，会扔一本给我看看。然后，笑着说："看不懂吧，也得看。"我是班长，可是学习成绩并不好，总是十名开外，唯有作文好点。同学们都说是老师照顾的。我想，也许是。因为我体弱，从不惹事，从小学一年级就一直是班干部。再加上我乐于为大家做事，什么人叫我都答应，老师个个喜欢，才得以当上班长。当班长有一件事得罪人，就是抓看小说的，武侠小说、言情小说。其实，我也看。抓到的，杂书收上来，再悄悄还回去。当然，我看过再还。那时我因此读了不少闲书，看刘老师的纯文学书刊，还能看得下去，只是不带劲，也不大懂。

晚上除了作业、看书，有时还得陪刘老师家访去。学校新转来武安乡八里村的七八名学生，成绩比我们场部孩子好多了。刘老师觉得奇怪，打算去家访看看。也不通知学生，直接叫我带路。路我熟，周围七村八组的都玩遍了。走夜路，要胆子。特别是到八里，还要路过几处坟茔，蹚过几道沟坎，上独木桥。八里村比我们场部还要落后，庄台上还没有路灯，我们一户一户地摸瞎子，微弱的手电筒光壮壮胆子。这一去，给我们发现了一个重大秘密：原来，八里村的同学们自己组织了一个学习小组，放学回家忙过晚饭，就聚在一家，共同学习，互帮互助。难怪他们那么团结，那么有成绩。其中还有位同学喜欢书法，居然在家里练字。刘老师极其感慨地说："老师对不住你们啊，都没好好教你们。"回去的路上，刘老师与我说了很多话，总之一条，场部的孩子们要努力用功了，而且要我带个头，也搞个学习小组。夜愈发黑，心却贼亮。我心头一热，满口答应下来。接下来几日夜晚，我们俩高一脚低一脚地走遍了四遭八底。两个怕黑的人，居然有说有笑地穿行于夜幕之中，有时还有同学闹着要一起同行夜路，蛮有意思的夜晚，听老师说话，看同学夜读，甚至高歌《明天的太阳》。

从此我们这届学生多了一个晚自习。起先，晚自习是各村各庄同学三五个集中在一家。慢慢地，学习小组也显现出效果差异，组织差一点的纷纷跑到好一点的，成绩好的同学吸引力最大，成绩好、又愿意做学习小组组长的更有凝聚力。一班四十来个同学，从七八个学习小组渐渐合并成四五个，学习小组的竞争渐渐演变为小组长之间的竞争。学习资料的多少，在这个时候显出重要性来。那时几乎没有学习资料，要么到城里学校去找，要么自编自学。没有东西可学，成了学习小组晚自习的苦恼。有的小组最后实在没办法，也就散了。我的小组由于人越聚越多，没有地方学习，我自作主张地打开教室门在班上学。顺便说一句，我一直有学校大门和教室的钥匙，是上学最早、放学最迟的一个。在教室里晚自习，感觉真的很棒，静悄悄的，不许乱讲话。我管着。有时我也给大家上一下辅导课。主要还是出题目，大家自己做，互相阅改。一人一天，在黑板上写满题目。晚自习有时会很晚，学习兴趣上来个个不肯回家。家长们一开始不在意，后来觉得是个事儿，得跟学校说说。学校并不知情，也没有说要搞什么晚自习。这是个新问题。校长找到我，说这个不行，老师知道的也不行，坚决不行。学校没有组织晚自习，不能来。没有办法，我们又转入"游击战"式的晚自习，最后坚持下来的人不多，有给家长喊回去了的，也有自己不愿浪费时间的，还有的着实路太远，天又冷夜又黑。

夜路走多了，常常莫名其妙地考虑莫名其妙的问题：我是谁？我的未来在哪里？刘老师有时也给我问得莫名其妙。茫茫黑夜，他也看不到出路。"多读书，读书总归没坏处。"老师最常说的一句。有时他还眉飞色舞地说："高邮出了个汪曾祺"，有时他也沮丧万分地说"今后的路怎么走"。许多时候都是他自言自语，我听不懂，也插不上话。那时正是"读书无用论"流行的时候，班上好几名本来学习成绩还可以的，已经退学。有进工厂的，有做生意的，也有开小饭店的，特别是女生。一些长得很好看的女生，居然也辍学，站在路边饭店招揽顾客，就是因为家里没钱么？我们那时很郁闷，也无能为力，帮助不了那么多，唯有管好自己，埋头读书，不管东南西北风，唯有读书不放松。

书读多了，夜不怕黑。在刘老师的影响下，我不再只读些什么武侠小说、言情小说，而是读些正规的名著经典。有时夜里趁刘老师熟睡，悄悄起来，用报纸裹着小手电筒，透着荧荧亮光，把刘老师为数不多的宝贝书刊全部翻光。我越来越喜欢黑的夜，在那一刻我就是全世界的主宰，我的思绪乱飞，我的精神倍爽。没有声音的寂静黑夜，我的内心无限膨胀，四周的一切草木鸟虫都是在我的脑海里清晰着……起早贪黑成了我改不掉的习惯。1988年中考，学校排名靠前的同学都意外发挥失常，而我在一片悲观失望的情绪中，极其自信地说考得还可以，结果真的幸运地考入高邮师范。分别之际，刘老师反复叮嘱，一定要再上个大学，再来谈文学。

许多年以后，再次见到刘老师，一打听，他还是教初中语文。也许他已经忘记有这么一个学生，曾经陪他度过一段青春时光；又或许他始终记得他有这么一个学生，总是在一路前行，夜不怕黑，有梦就有诗意和远方。我们俩其实很相像，只是我做了几年小学老师，教的是体育和数学，后来不得已奔赴高邮日报社做记者，与教师行当渐行渐远，文学之梦也忽有忽无。新搬进文游花园小区时，意外碰见老家同学，加入同学微信群，才得以重新回到蚕种场学校的大家庭。当然，学校早已撤并了，老师和同学们也都找不到在一起的感觉。适逢第二届汪曾祺散文"我的老师"大赛征文，回想求学生涯所遇到的老师们，细细想来，文学种子还是名不经传的刘福安老师不经意间种下的，于黑夜里深耕入我的心田，使得我懂得"夜不怕黑"的真正缘由：黑夜给了我黑的眼睛，而我却用来寻找光明。而这光明，首先就在自己的眼睛里、内心里，从所读过的书中积攒而来：文学之光、文明之火，代代相传、无限久远。

说 "借"

赵恒信

借花献佛，借酒谈心，借尸还魂，借风使船，借题发挥，借鉴等，说的都是借。"借"，就是暂时使用别人的财物，以及假托、凭借的意思。一个"借"字千变万化，奥妙无穷。

从大处着眼，试想三国鼎立之势，所凭的都乃是个"借"字。曹操借的是天时，孙权借的是地利，刘备借的是人和。从小处来说，借东借西，借头借脸，借借磨磨，什么都得借。

爸，赶明你得给我买双小皮靴。

买皮靴干么？

上俺姨奶家借盐好穿欸 ——屋后恁些泥！

——这是二孩跟我的一段对话。唉，一个"借"字道出了多少往事、羞怵和辛酸！可是不借你就过不去，不借就得丢人现眼干受憋，一借就许圆快了。"同志，借个光。"就连早晚吸袋烟没准还得借个火来。不是说吗，一杯清水借了个茅台空瓶子，威力可就无边了。但弄不好也会出乖露丑的——双倒霉。所以说"借"不仅有大小之分，还须加上个"巧"字。《红楼梦》里的薛宝钗就是凭着她那机灵乖巧劲儿，把个贾府的老祖宗玩得团团转，从而达到青云直上的目的。再如曹操煮酒论英雄，一眼便识透了刘备，吓得刘备连筷子都跌落。亏他巧借闻雷来掩饰，方避过了一场杀身之祸。这也得有点随机应变的机灵。再如黄鼠狼拉鸡也是个"巧"——

话说这天，吕洞宾、孙悟空、和一位深山得道的老狸，在王母娘娘的蟠桃会上遇上了，为了给盛会添助些酒兴，他们三个各自都做了一番即兴表演。当下，洞宾道长玩了一手点金术，齐天大圣施展了七十二变，自然受到了众仙的欢迎。轮到狐狸下场了，他却扮演出一幅黄鼠狼拉鸡的慢镜头：只见他轻轻掐住鸡脖子，那鸡拼命地拍打着翅膀，撒开两条飞毛腿，并且没命地咋嚷着：呱哇，呱哇……老狐便由着鸡的惊慌劲儿，一溜小跑溜掉了。

表演完了，半晌大伙都还张着眼睛，一时也忘记了喝彩。

对此，孙悟空却皱了下塌鼻头："呸！偷鸡摸狗雕虫小技，吾不为也。我倒赞成这样的口号：庙门口的旗杆——独立独站！"

至此，略看出点门道的王母娘娘发话了："老孙，别看是点雕虫小技，妙就妙在这'借'字上。就说你们师徒四个西天取经吧，一路上翻山越岭降魔伏怪，芭蕉扇煽灭火焰山，乾坤圈套住牛魔王……哪件事是你猴哥独立完成的，还不是借了众仙之力？一席话说得悟空奪拉了头。

至于草船借箭，诸葛亮祭东风，纯属孙庞斗智，天意使然。倒也无可无不可。但像狐假虎威，借口推托，借刀杀人，种种借法与借口就不怎么光彩。要知道这"借"字不仅要来得巧，其中还包含个道德观念和法律的责任。杀人偿命，欠债还钱嘛。

常言道"好借好还，再借不难。"人生在世，谁用不着谁，人与人之间谁跟谁没个互动来往？谁是邓通、石崇、千百万？谁家里开着万全店？谁打娘胎里带来了什么？所以说大至江山富贵，小则针头线脑，哪个不是借来的？

朋友，请把你的债务清偿，

人生的旅途还十分漫长，

你还有许多次要借，

正像你过去借债一样。（海涅）

像抽风打尖的刘姥姥三进荣国府，后来救得了巧姐，一还一报，不错不爽，实在不失为一段美谈佳话。王小借媳妇，也是人间常情。但像吕不韦拿着媳妇贩天下，可就落下了千古骂名。因为说到底前者都还有点说法和借口。一个人要是混到没脸没皮求借无门的地步，那可就瞎子害眼——没治了。

许老六想借李慌慌的场用半天，因为他们两家的场挨边。李慌慌说，"不行，我得晒场。"这事没过多久，李慌慌想借许老六的挠钩用，徐老六说，"不——不——不行，"许老六是个结巴，一句话哏了半天，这真是行下的春风旺夏的雨，因果报应，天经地义。但最好的解决方法是，大人不记小人过，就借给他挠钩使，从而改善两家的关系。不过就怕许老六这家伙也是个刺儿头——针尖对麦芒，耿耿于怀。

张三借用了王五三百万，因为无力偿还，跑了。按说张三这种坑人的买卖是不道德的。但也有人认为王五做事更缺德，因为他借出去的这三百万乃是三分高利贷，一年下来不动不静就盈利近百万；倘是亲邻平白借他一千块钱试试？所以说对于这样的吸血鬼，坑了活该！

与此相反，赔本的买卖竟然也有人愿去做。例如黑衣人借了眉间尺的头和剑，去替眉间尺报仇，最终连他自己的头颅也搭进去了，结果才换掉了楚王的一颗头（参见鲁迅《铸剑》）。这就是：为报楚王仇，壮士刎仁头。血诚发义烈，做鬼亦风流。又云：楚王葬仁头，俩头为复仇。擒贼定擒王，咬住死不丢！

有位诗人说过，搀扶一位盲人过马路，你的眼睛会因此而明亮，你应该感谢这位盲人给了你眼力。

据说，沼虾的眼睛是跟蚯蚓借来的，月亮的光辉是跟太阳借来的，小秃子头上的亮光是跟月亮借来的……人生就像一台戏，一朝一代一生一世，你方唱罢我登场。而智者已逝（或将逝），智慧长存。为什么航海家、指挥官要用罗盘仪、望远镜？因为人的视力总是有限的，要想开阔视野、找准航向，就得借用一下先进的科学仪器。而见贤思齐，一个既非天才又不善于学习、借鉴别人眼力与长处的人，盲人瞎马一意孤行，不栽跟头才怪呢。

写给上高一的女儿

丁兆梅

丫头，你说你总爱胡思乱想，明明知道事情未必会发生，但就是感觉好担心好难过，而且必须说出口。小时候的表现，就是迟迟难以入眠，各种数羊，各种瞎想，到最后越想越害怕，非得挤在我和你老子身边才能踏实入梦乡。然后晚上不睡早上不起，谁催你起床就朝谁撒气。长大后，你还依然是你，没事犯犯焦虑症，考试前担心考砸了，八百米前担心坚持不下来，面对美食担心吃下去后胃胀胃痛胃难受，我穿戴打扮随意点，你会担心老母亲沦落得更丑，爸爸偶然忘事或张冠李戴，你就担心他老年痴呆提前驾到……人生真是艰难，小小年纪，你就为自己和双亲操碎了心。我也是醉了。

转念一想，亲生的亲生的亲生的！绝对是亲生的，怪不得别人。如今这么个状况，其实是我们的某些基因在你身上得到显性遗传，而且加倍了。

心细如发不是坏事。但总在没用的事情上纠结，笃定不是好事。该心大心大，该心细心细，平衡才是硬道理。杨绛说，你的问题在于读书太少而想得太多。我深以为然，当然，这个你，不止你，包括我，还有你老子。

繁花似锦水潋滟，正是人间四月天。读书又能让你发现一重天，且那个天地像"昆明"，四季都可以是春天。天道自然，书道勤巧，读书对个体的意义，跟识人的重要性并驾齐驱，各路英雄已经论述到了极致。简而言之，俗可以谋稻粱、取功名、精技艺、成事业；雅可以净心灵、增知识、开眼界、提气质，是工具也是装饰。现代社会，想要精神物质同时高质量发展，非读书不能达也。在没有读傻的大前提下，量变引起质变，质变反过来要求更大的量变，如此循环往复，生生不息，脑子才越读越灵。

这是一本万利的事情。因此，我有一个梦想——助力你成为读书达人。这个梦想从你三岁就开始了，话说我克服羞涩感，用沙哑的声音给你讲故事："从前有一只鸭妈妈"，你从被窝里弹出来，大叫："我要鸭子我要鸭子"！时正寒冬腊月，我赶紧把你拽回，耐着性子往下讲："她生了一窝鸭蛋"，你又继续掀被子，满床找东西，嘴里直嚷嚷："鸭蛋在哪里？我要吃鸭蛋"！我痛苦地发现，你的脑回路，可能跟别人家的孩子不一样。

你上小学后，我推荐秦文君梅子涵郑渊洁。你偏不喜欢，只盯着杨红樱，后来又迷上了龙应台和毕淑敏。我窃喜：还好还好，起步不在早，关键品味高，只要能坚持，肯定比我好，再不济也会超过你老子。然而，我还是高兴得太早，橘生于淮南淮北的区别不久便显示出来。你读是读了，但读就读了，不转化不消化不泛化。你成了读书油子，只图过程爽快，无视归纳提升。一路读下来，等同于筛子过水。再后来，你再读啥就彻底没我什么事了。你傲娇地认为，曾经小学老师的我试图去指点新时代的初中生，怕是自不量力。你的老师说话管用点，不过那仅是表象，他们推荐的书，读与不读，全凭你心情。

如今你正读高一。命中缺失高中学历的我，更是插不上手使不上劲，向老师求助、强按牛头吃草的事情，我开不了口，估计也没啥用。所以，我只好随缘。

只是有些话，憋太久了，不吐不快。对付你这样油盐不进的熊孩子，我只能拿起纸笔作刀枪，试图开辟一条新路，心里想着，也许可能大概会对你有帮助。别嘲笑你爹娘的自作多情，这是人性，本性难移。我们顶着为你好的名头，曾经干过很多蠢事，自己还乐在其中。如今依然境界不高，难免会落俗套，比如此刻忍不住要痛说革命家史，想用有限的经验去指点你的江山，没事还妄图跟你谈人生谈理想，写写《千金娘方》。请多谅解包涵。至于这娘方疗效如何，最终你说了算。

一叶障目不见泰山，说的就是你的读书现状。别人读文章如庖丁解牛，你读文章如浑水摸鱼，抓不住重点拎不出要义，为此你对自己很不满意。以《红楼梦》为例，你上高一后才开始碰它，因为被老师列为必读书目，要考，再不读就死定了。你吭哧吭哧的翻，潦草地瞟了几十页，就将它们彻底打入冷宫。你吐槽说，完全读不下去，一点意思也没有，尽是些破家务事。唉唉唉……我当场咳嗽得不能停止。一部《红楼梦》，累死了曹雪芹，忙坏了中国人。都云作者痴，其实读者们更痴，有人看见《易》，有人看见缠绵，有人看见争斗……只要你想看见啥，书里就会出现啥。你这个爱八卦的青春美少女，起码该看见宝黛的情窦初开和相爱相杀吧？

然而并没有，你愣是啥都看不见。你能不每逢考试就自认倒霉吗？你哀叹说语文天赋遗传了爸爸，认命算了。可考试到底是个逃不过的劫，你要尽小聪明，临场密密答，偏偏就是拿不到分。明明努力了很久，却依然原地踏步，于是你开始怀疑人生，怀疑语文，怀疑出题老师想害朕，怀疑阅卷程序有漏洞……你觉得比窦娥还冤。丫头，你是真心不服气啊。

到底为什么呢？教过语文的我，同样摸不着你的头脑，对此也爱莫能助。直到有一天，我豁然开朗，活该你语文成绩不好，因为你与众不同的思维方式摆在那。

回到那天。作业写着写着，你突发奇想：妈妈我想吃螃蟹青菜饺子。What are you 说啥呢？我再次跟你确认，没错，就是螃蟹青菜饺子。顾名思义，应该不难做。我迅速手机百度了下，然后问你：咋突然想吃这个？

《红楼梦》里头的一道菜。你头也不抬继续演算数学题，回答得云淡风轻。

竟然是《红楼梦》！这书我读过好几遍，抓大放小，青菜螃蟹饺子一点没印象。赶紧再次搜索，果然是有典故的。第四十一回，贾母在大观园摆宴，刘姥姥凤姐儿们各种嬉笑打闹中，点心来了，其中一盒是一寸来大的小饺儿……贾母问，丫鬟答曰螃蟹馅儿。老祖宗一脸嫌弃：油腻腻的，谁吃这个！

你想吃。为了中和油腻，你让我加上青菜。还好，指令明确，操作方便，为娘的尚能胜任。剔螃蟹的时候，我顺带思考人生，倍感后生可畏。十指不沾阳春水的你，在吃方面倒是无师自通。倘若你再顺口点个"茄鲞"，那我真是无从下手。

丫头，读书读成这样，真的好么？照这个思路，你语文考得好才是逆天。螃蟹饺子就是花絮，仅供娱乐，若只停留于此，则是典型的误入歧途。你想走得更远，就得另寻他路，重塑自我。

我和你老子都是靠读书改变命运的。尽管只能属平庸之辈，然而已经创出了家族新高，对得起列祖列宗了。读书的好处，我们家是真切地享受到了。读书可以改变的那部分命运，究竟是什么？我再拿最近接触比较多的两位同乡给你说道说道。

一位是季能宽老先生。昨天我又在书店遇到他了，尽管我失音两周多尚未恢复，还是主动上去跟他各种手语交流。他跟你外公年龄相仿，自嘲是"书痴"，前半生多灾多难。跟他差不多境遇的朋友，非死即残——这个残是精神的残，苟延残喘活着的意思。逆境中的他，抗住命运的刁难，以书为伴，是非曲折统统看淡，有钱就买书，有时间就读书，他人有需要尽管来借来看。如今他的"知不足"书楼藏书几万册，不乏珍本孤本，堪称优质的民间图书馆。知不足者知足半生，有书同行笑对厄运，这是我发出的小感慨。人生从来少坦途，前路茫茫自己走，我不知道将来你会遇到哪些坎坷，唯有提醒你：读书，将是你的防身利器，可以助你静心、亮眼、混职场、过日子，任何时候，都不要丢掉它。

另一个是笔名"隔壁的江叔叔"的网络作家，年龄仅我一半，大名江昊轩。这个小朋友，来自单亲家庭，大专学历，之前在瑞海做保安。是不是严重缺乏竞争力、分分钟被优秀人士甩出八条街的节奏？但是，人家爱读书啊，读书让他少了孤单和迷茫，给了他创作动力和基础。这几年他勤奋码字，码成了网络作家小神，提前实现了财务小自由。重庆、杭州、南京等几个大城市抢着给他布置工作室，唯恐下手晚了，这个海安小帅哥就花落对手家了。

我没有要你逆袭的野心。这种典型案例，虽然就在身边，可复制的概率微乎其微。我只是提醒你，该读书了。你问读啥比较好？其实老师们早就推荐了。比如《态度》和《见识》。

两个月前我翻它们的时候，你正陷于不知所措的困境，向我各种呼救。我边读边思考对策，觉得这书简直是场及时雨，顺手拍了封面发到朋友圈。你的班主任恰好也看过，点赞之余，强烈推荐让你也读一读。他的用心良苦，我能秒懂，但你的识别系统显然还需升级，因为你至今还没正眼瞧过这两本书。

书海茫茫，著书者众，总有一款适合你。另外，《一本好书》《见字如面》等都是精品节目，电视手机均可欣赏，你值得拥有。还有，《一站到底》中大获全胜的陈抒泽哥哥，就住我们隔壁小区，还是你的校友，你之前也见过。你想学习牛人，就先研究一下他是怎么博览群书的。

　　丫头，纸短情长，再次郑重叮嘱你——读书的前途是光明的，读书的过程是曲折的，该读的书是断断少不得的，关键时刻是能派上用场的。顺便提醒一下，《态度》和《见识》这两本书，早就放在了你的案头。这个周末在家，就着青菜螃蟹饺子，好好品品吧。

第二辑　性灵

书房小景

陈武

水盂

常熟收藏家、诗人王晓明先生曾经说过，他把大部分精力都用在收藏上了，收藏好玩，比搞创作、做生意有劲。有一次，我们说到水盂，他居然藏有上百个，大都是精品，也有个别孤品，还在微信朋友圈晒出了一小部分，我细细看了，大小不一，造型各异，颜色驳杂，材质丰富，确实养眼。有汉代陶纹水盂，有唐代邢窑白釉瓜楞水盂，有宋代影青水盂，有元代云南建水窑青花水盂，有明代五彩水盂，有民国早期粉彩水盂等。其中元代云南建水窑青花水盂特别精，应该是稀罕之物。

有些东西，真的有点魔性，放在什么环境里，其品质就大不一样。就说水盂吧，实际上不过是盛水的一个容器，放在木匠的木工台上，就是磨板斧、刨刀时用来蘸水的；搁在铁匠炉边，是用来淬火的；放在簸匠的地屋里，是用来泡柳的；放在厨房里，可当盐坛子用。但在文人雅士的书房里，待遇就不一样了，被请到了书桌、画案上，和笔墨纸砚相邻为伍，相近相亲，名称也大变，水盂，或水滴、水呈，似乎只有在书房里，才配得上这等雅致的称呼。

旧时文人，很在乎水盂的，把文房"四宝"，说成是"五宝"的也大有人在，无论是日用，还是珍藏把玩，都细心搜求。制作者也投其所好，在材料、造型、色彩、工艺上，多有创意。两代帝师翁同龢被贬归籍时，有一本清单，清单上的宝物大都是文人爱玩之物，有书画、书籍、碑帖等几百件，仅董其昌的书画就有二十一件。清单中，列入的瓷铜玉石、笔墨纸砚也不少，其中也有画缸、水盂、搁臂、笔洗、镇尺、玉璧等书房杂件多种。仅记录的水盂就有"古铜水盂（一个）（带座）""古铜羊水盂（一）""竹根水盂（一座）""鎏金研水盂（一个）（附景）""铜鸭水盂（一个）（座）"等多个品种，从这些简单的记录上，就可看出其对水盂的讲究了。藏盂大师陈玉堂先生在《藏盂小志》一文中，对水盂也不吝赞美之词，并论述了水盂作为文房第五宝的理由：砚为石，石可炼金银，故砚为"金"；纸以草木为原料，可属"木"；墨乃松烟熏制，属于"火"；笔之毫来自羊兔鼠狼，此畜皆以土安身，故属"土"。唯"四宝"缺水，若以盂为水，岂不金木水火土五行俱全？陈氏的意思是，书房藏有"五宝"，也就相当于五行不缺，生活岂不顺达美满？但在现实生活中，也有拿水盂不当回事的人，前边所说的工匠不作数，仅我见过的一位名画家，他就把一件青花的水盂当成了烟灰缸，烟屁股堆积在水盂里，像丛林一样，看着实在心疼。我也见过另一位画家整洁的画案上，一溜排过来的物件：笔架、端砚、色碟、水盂、笔洗、印盒等等，不仅摆放齐，造型也美。水盂是小口，像是陶的，很古雅，里面的水是清的。笔洗略大，是广口，为图案精良的青花瓷器，里面的水略带点墨味。我看画家作画前，先取半块墨，在端砚里磨几下，又用水盂里一个造型别致的白瓷小勺，撩一点水，再磨几下，便提笔挥洒了。上色的时候，也是这枝笔，在笔洗里洗洗，再在画碟里蘸蘸，看他勾描、涂擦，小心收拾，很是一种享受。

我也藏有几个水盂，都不是名贵之物，放在书橱里，有的当成了零钱罐，有的放些夹子等小杂物，实在有点对不起它们了。我的书桌上放置的一只水盂，是在旧货摊上淘来的，没有款识，只因为造型好看——虽然是普通的鼓形，但身姿略矮，线条流畅，胎釉清晰，常看不厌。我本想买两个相似的水盂，用来放云子，和朋友下棋时，拿出来，必是情趣独具，但始终没有凑成对。

砚

《翁同龢归籍清单》里，有好几处"红研"的记录。"研"，就是砚。旧时，研、砚相通。红砚是什么砚呢？中国古有"四大明砚"之说，即端砚、歙砚、洮砚，红丝砚（和如现今流行的"四大名砚"略有不同）。翁氏所说的"红研"，应该就是红丝砚。红丝砚原产地在古代青州黑山和临朐老崖固一带，如今红丝石已经没有了。2007 年，我到山东淄博参加民间读书会，遇到一青州来的书友，问其红丝砚石，说还有，但已经是凡人很难见到了。红丝砚的原料当然是红石头了，丝状纹理也精美好看，制出的砚来特别精美，早在唐代就开始出名，西晋张华在《博物志》里曰："天下名砚四十有一，以青州红丝石为第一。"宋代唐询在《砚录》里也说："青州黑山红丝石为砚，人罕有识者。此石至灵，非它石可与较议，故列之于首焉。"宋代大文豪欧阳修在《砚谱》里说："红丝石砚者，君谟赠余，云此青州石也，得之唐彦猷。云须饮以水使足乃可用，不然渴燥，彦猷甚奇此砚，以为发墨不减端石。"这里是说明红丝砚的石性和用法，真是"此石至灵"也。所以，两代帝师翁同龢的"归籍清单"

里有所列的红砚，可见直到这时候的红丝砚还是深受文人追捧的。

有一年春末夏初吃杨梅的季节在常熟玩，朋友带我到虞山去勾留了一天。先去兴福寺吃面，又到小石洞喝了新茶，到大石洞的竹园里吃了午饭，下午看了钱谦溢、柳如是墓，傍晚时到了黄公望墓地。黄公望墓和钱、柳墓一样，是江南常见的土坟，不禁有点为他们叫屈，一个是大画家，虞山画派的领风骚者；一个是大诗人，虞山诗派的词章领袖。他们在全国画界和诗词界的地位，自不待言，却连一个小小的纪念馆都轮不上。好在，黄公望墓前一个不大的祠堂，我们进去瞻仰了黄公望的牌位。

就在黄公望祠堂小院里，我看到层层叠叠垒着不少字典厚的板石，还有半成品的砚。旁边的小厢房里，有一中老年者正伏案雕刻，自然也是在制砚了。同行的老浦对他熟，相互招呼了几句，一嘴常熟话我也听不懂。我对他制作的砚感兴趣，陈列在一个镶着玻璃的木质柜台里，大大小小，有方有圆，还有不规则的造型，有的砚古朴，稚拙，有的精巧、灵动，有的光滑如洗，有的砚雕了好看的花纹，价格从几百到上万的都有。同行的作协主席王晓明先生是个收藏家，他给我简略地介绍了虞山砚的特点。虞山的砚石称赭石，当年黄公望作画时，就曾用此石当颜料。赭石在虞山虽然平常，但要想找到能适合制砚的，也不那么容易，一来，赭石是一层一层的，多为碎石，或带密集的裂纹，不易得一块又厚又大的整石；二来赭石硬度不高，大多很软，用手能掰断，拿硬度不够的赭石做砚，磨磨擦擦容易走形，也容易掉角。所以找一块硬度够、又没有裂纹的砚石，真是很难。还有一个段子，是说清末的画家沈石友，赠送吴昌硕一方虞山赭石砚，吴氏作画要用赭色时，就拿出此砚，用牛皮胶渗水研磨，赭色散出，便可当颜料使用了。这当然是传说了。不过用虞山的赭石砚磨了的墨，书写的字，在日光或灯光映照下，会发出赭红色的晕光，这倒是别的砚台所办不到的。

我有一次买砚的经历，也颇值一说。大约二十年前吧，和一个朋友在青年路古玩市场闲逛。在一个摊点上，看到一方砚（摊主说是端砚，我拿不准）。砚很大，工艺也很讲究，有铭文，还雕有一行篆字，下有落款（内容忘了）。我喜欢这方砚的庄重、质朴，看样子，用过的人也有点风雅，否则不会题字落款。一问价，不贵，在我接受的范围内。要不要买呢？我喊来同行的朋友，请他看看，拿拿行情。朋友是书法家，也爱收藏点杂件，比我更懂行情。他拿起砚，左看右看，又是掂又是摸的，最后不屑地说，不值。我们又分头瞎转去，待我回来时，那个摊主认出了我，叫住我说，那方砚，叫你朋友买走了——他自己想要，混弄你的。原来这样。

　　古今文人的书房里，最不缺的，就是砚了。砚不仅是书写的工具，有时也可是寄情、励志的载体；也可以闲玩、欣赏的文器。蒲松龄有一方名砚，是金石名家李希梅送给他的，砚盒上刻有蒲松龄在柳泉下的著书图，并雕有一联，云："柳泉酿才才才孤鬼寄真意；文章憎命命命丹心留人间。"废名在《三竿两竿》里说："苦茶庵长老曾为闲步兄写砚，写庾信《行雨山铭》四句，'树入床头，花来镜里，草绿衫同，花红面似。'那天我也在茶庵，当下听着长老法言道，'可见他们写文章是乱写的，四句里头两个花字。'真的，真的六朝文是乱写的，所谓生香真色人真难学也。"这里说的"苦茶庵长老"是指周作人，周氏在给友人题的砚铭，引用的是六朝人庾信的句子，还对该句进行了点评。且不说点评是否得当，只是能在砚上刻有这样的铭文，也是一件大风雅的事。我也藏有一方砚，不是为了用，而是看。这方砚是卖旧书的朋友送我的，特精。颜色不是传统的黑色，而带有点赭黄（当然不是翁同龢所用的红研了），有漂亮的纹理，黄赭相间，理黄者丝赭，理赭者丝黄，且变幻无穷。用手摸上去，光滑细腻，如幼儿的皮肤。砚上的图案是一组荷塘图，荷叶，荷花，荷梗，相互穿插交错，甚至荷叶上的露珠和藏在荷叶下的青蛙都活灵活现。

雕工更是好，采用圆雕和镂空配合的技法，结合细刻和线刻，又巧妙地利用了黄赭纹理，使图案看上去像上色一样的逼真、干净、利索，整个外形大气而考究。我曾经在家乡的小作坊里雕刻过水晶，知道刀痕和凿口不易消磨，要用滑石和水麻细砂反复匀磨才能见效。但此砚不仅凿口平滑，且柔润溜手，显然是经过精心处置的。

如今，我把这方砚摆放在书桌最显眼的位置，原来占领它位置的是一个带红木底座的水晶雕件，我把它移走了。我在静坐思考时，会出神地看着它。有时也并非要看出什么来，只因为有它在我眼前，成了一道丰富的风景，便能使人心安、心静，足矣。

墨

朋友送我一盒胡开文的五彩墨。墨的模样很考究，装帧也很精，锦面镶玻璃的盒子，五块墨五种色，排在盒子里，栩栩生辉。这款墨很精致。胡开文的墨都很精。五块不同色彩的墨上，绘有镀金的龙形图案，飞翔的龙，龙首、龙爪十分清晰、生动，像活的一样。我只有这一盒墨，跟随着我搬了几次家。搬家时扔了不少小物件，只有它一真没舍得丢弃。

墨是文房四宝之一，虽然笔有时排第一，纸有时排第一，墨似乎一直排在第二，"笔墨纸砚"或"纸墨笔砚"。第二没有什么不好，躲在第一的后边，不为人注意，又比后两位靠前——纸的普及已经不用多说了；笔更是被多种书写工具所取代；砚呢，成了工艺品、收藏品和书房的摆件；只有这墨，虽然有简化的墨水，但老工艺制作的墨，依然深受文人雅士的青睐，既能观赏，又能使用，还可收藏增值。这都是墨工的功劳。墨工历代都有，在清代的四大墨家里，胡开文排名也靠后（按年代），另三家是曹素功、汪近圣和汪节庵。随着时间的流逝，胡开文也是后来居上了，直到现在，胡氏的墨还是独树一帜。我对墨没有研究，说不出所以然来。但在冷摊上看过一款墨，真是好，长相酷似一枚银元，只是比银元略大，墨的正面是一幅山水画，背面有两个篆字，还有铭印，内容记不得了。我随口打了个价，价格惊人，没敢再谈。在故宫博物院里，见过一款红色的御墨，椭圆形，配有一个精美的盒子，是清初的产物，多年下来了，墨上还有光泽样的东西闪烁。

关于墨，我也有一件遗憾的事，我读初中时，一要好的同学送我一块墨，宽有一寸五，长有三寸，四边带有云形的图案，墨上有两行书法体的金字诗句。我们读小学时，写字课用的墨，个头很小，像一枚冰糖果子。这么大一块墨，又如此精致，我还头一回见到。我把这块墨当宝贝一样放在我的抽屉里珍藏着，用报纸裹起来，一放就是多年，只偶尔会拿出来看看，欣赏欣赏。有一年春天，村上的邻居家的儿子起了"蛙鼓"，就是腮腺炎，半边脸肿得跟馒头似的，她和我母亲相处不错，便上我家借"老墨"——不知听信了什么人的话，说老墨加捣碎的明矾，抹在腮上，病症就退了。我母亲也没征询我的同意，找出了我珍藏的墨，舍不得都给她，就用铁锤敲了一个角，让她拿走了。我回家知道这个事，已经无可挽回。看着少了一个角并且还有一道裂纹的墨，难受了好多天。母亲不知道我并不打算使用这块墨，一来是同学的情谊，二来也是太珍贵。墨被损坏了，每看一次，心里就难受一次，似乎某些美好的记忆也打了折扣。为了忘记这种难受，干脆连那残缺的墨，也不要了。至今想来，当时那种难受的滋味还历历在目。又想到轻易放弃的那块残墨，觉得也是不应该的了。

读汪曾祺的散文《七十书怀》，知道画画时可以用一种墨叫"宿墨"，"我的写字画画本是遣兴自娱而已，偶尔送一两件给熟朋友。……我的写字画画，不暇研墨，只用墨汁。写完画完，也不洗砚盘色碟，连笔也不涮。下次再写、再画，加一点墨汁。'宿墨'是纪实"。汪曾祺写这篇文章时是在1990年，老先生记述了他于这年的1月15日在一幅"水仙金鱼图"上的题诗："宜入新春未是春，残笺宿墨隔年人。"这是首题画诗。重述了这诗句之后，又说："这幅画的调子是灰的，一望而知用的是宿墨。用宿墨，只是懒，并非追求一种风格。"起初我以为这里的"宿墨"是过宿的墨。望文生义，也确实有这么个意思。其实，和真正的宿墨还是略有不同的。真正的宿墨也是要制作的。制作的方法比较简单，即，先把墨汁煮一下，煮至黏糊状，即使是盆底的沉胶糊了，也不要紧。煮好后，把墨晾干。使用时，把干墨泡开，这就是宿墨了，如此反复几次会更好用。用的时候，先蘸水，后蘸墨，墨和水的层次便会清晰地显现出来。大致里说，汪老先生认为的隔宿的墨即是宿墨，也没有错，只不过是省略了一道煮。我有一个画家朋友，也喜欢用汪曾祺那样的宿墨。有一次，是周一，我到他的画室看其作画。他正在画批量的扇面，每幅都是淡墨山水，面前的画案上，除了色碟，还有好几个砚台和墨盘，墨盘里的墨干在盘底上，都裂了口子了。他看我盯着几个砚台和墨盘看，便笑说，这是昨天学画的学生用剩下的墨，正好够我用的。末了又加一句，这墨好用，画淡墨山水，墨汁太浓，走不动笔，拉不开势，就滞涩了，就拘谨了；要是太淡呢，笔一上纸就洇墨。别看这些盘盘碟碟的，样子不上眼，都是好墨啊。他说的好墨，就过了宿的墨。

近日翻闲书，读到常熟大名士翁同龢的"归籍清单"，在众多宝物中，也有墨数种。翁氏是晚清大书法家、学问家，算是一辈古人了，用墨自然是讲究的。清单记录有"红墨（十四定碎小二）""墨（大小十二块）又（九定）""抄闹墨（一夹）""黄红墨（三定）""墨（二定）""紫玉光墨（四定）""纸包墨（八匣）""圆墨（一定）"等等。从"清单"中可以看出，有些墨现在已经没有了，比如"黄红墨""紫玉光墨"等，当时就已经稀见，发展到现在，更是没有人使用了，成了十足的藏品。我印过常熟书法家葛丽萍的书法体《苏园六记》，她起初用普通黑墨抄写在白笺上，后来又用白墨，抄在黑笺上，更显得古色古香了。

她使用的白墨，也罕有人使用了。

笺谱

喜欢花花绿绿的笺纸，说起来，是在年轻时读了黄裳先生的有关书籍，知道用这种古雅的信笺上抄写诗词，是古代文人间通行的做法，为一大快事。读鲁迅、郑振铎文章，还知道这二位大师在新文化运动时期，收集过各种古笺，印了一本《北平笺谱》，印工极精，印量极少，扉页题字为沈尹默。全书共收笺谱三百三十二幅，分六册，"画师刻工，两俱列名"，鲁迅和郑振铎各有一序。鲁迅的序由"天山行鬼"魏建功书，郑振铎序由郭绍虞书。鲁迅在序中说："……及近年，则印绘花纸，且并为西法与俗工所夺。老鼠嫁女与静女拈花之图，皆渺不复见；信笺也渐失旧型，复无新意，惟日趋于鄙倍。北京夙为文人所聚，颇珍楮墨，遗范未堕，尚存名笺。顾迫于时会，苓落将始，吾侪好事，亦多杞忧。于是搜索市廛，拔其尤异，各就原版，印造成书，名之曰《北平笺谱》。"我对书法是大外行，自然没有资本在八行笺或水印花笺上抄诗写字，却喜欢买些信笺收藏着玩。2011年春夏两季，我在北京写作一段时间，曾数次跑到琉璃厂，挨家纸店里搜寻信笺，每次都有所收获，有暗格，有明格，有水印，有套印，更有暗花、飞鸟。有一种是上等白宣印的齐白石花卉，十分素净淡雅。这些信笺，形状也大小不一、肥瘦不等，但比例都出奇的协调、好看，纸的色泽也柔和、养目。我还淘有一种六七公分宽、三十公分高的云彩头蓝笺，瘦长条形，十分高古，仿佛不是用来写字的，藏起来把玩倒是更合适。

红学泰斗俞平伯，早年就和老师周作人通信，集有信札百余通，俞平伯仔细装裱有三大册，自制封面，上有签条，书"春在堂藏苦雨翁书札"。上海译文出版社曾出版一册《周作人俞平伯往来通信集》，收入书信三百九十一通，其中，周作人致俞平伯二百一十通，俞平伯致周作人一百八十一通。最早的一封信，是俞平伯致周作人的，时间是 1921 年 3 月 1 日，最晚一封信，也是俞平伯写给周作人的，为 1964 年 8 月 16 日。这些书信，谈什么的都有，有谈论创作、讨论学问的，有嘱写序跋的，有借书还书的，也有说一些家常话的。信中提到的名人更是不计其数，我们熟悉的就有蔡元培、钱玄同、胡适、叶圣陶、废名、朱自清、刘半农、马幼渔等数百人，大都是文学界、教育界、学术界的重要人物，谈论的话题，也涉及很广，社会的、个人的、家庭的，正如有人总结的那样，"足以反映那个时代的社会形态、文化背景、教育状况、学者之间的交往以及他们的学术观点和文化追求，展现了他们及其周围人们的生活图景。"也是这位俞平伯，还送过一匣"古槐书屋"制的笺纸给老师周作人，周氏还专门写篇题识记述其事，该文收在《书房一角》时，改名为《题古槐书屋制笺》，文中说："昨晚平伯枉顾，以古槐书屋制笺一匣见赠，凡四种，题字曰，何时一尊酒，拜而送之，企予望之，如面谈，皆曲园先生自笔书画，木刻原板，今用奏本纸新印，精雅可喜。此数笺不见于《曲园墨戏》一册中，岂因篇幅稍大，故未收入耶。而乃特多情味，于此可以见前辈风流，不激不随，自到恰好处，足为师范。观市上近人画笺，便大不相，老年不一定少火气，青年亦不一定多润泽味，想起来极奇，或者因不会与会之异乎。此笺四十枚，随便用却亦大是可惜，当珍藏之，因题数语为识。五月二十日。"查周作人日记，五月二十日，即一九三八年五月二十日。周作人和沈启无的通信当中，也多次提到画笺、诗笺，如 1933 年 3 月 31 日信中说："在清秘买得旧王孙画笺，原画相当不恶，惜刻印不妙，未免减色耳。从杭州得《百廿虫吟》系咏虫者，差可消遣。"看看，信中不但跟学生介绍了信笺，还有评价。

因为喜欢信笺和信笺上的书法（当然也喜欢这两位大名家了），买了这本《周作人俞平伯往来书信集》，其次才是喜欢书信的内容，做写作的参考用。在书房发呆或饮茶时，我经常把这本书拿出来，观看书中近百幅信札书影，真是百看不厌。这些书影，写在各式各样的信笺上，两位大师好像比着谁家藏的信笺多似的，几乎每封信都换一种，而且有的还很有来头，比如俞平伯的，有几种信笺，应该是俞家独有，如1931年9月15日用的信笺上，就有"曲园制"的字样，1935年1月上旬的信，笺纸上也有"曲园"二字，这可不得了，俞曲园是俞平伯曾祖父，清末大儒，已去世几十年，此笺早成一宝了。又如1932年2月3日，周作人致俞平伯的信笺上，有"苦雨斋"三字。"苦雨斋"是周作人的书房名。从这些用纸上，可见二人是何等的讲究了。更讲究的是，二人还经常在书信上，钤有图章，也是五花八门什么都有，有的是名章，有的是别号、闲章等等，有一封周作人致俞平伯的信上，居然钤有四方小印。数十年间，周俞二人的友谊、情趣，都通过这些书信，自然地流露出来。又由于二人都是文章好手，诗词名家，书信上所涉及的内容，常常风趣雅致，有时也交换品尝书画方面的心得体会，或互赠诗词作品，再配上那些雅致的信笺，看似一封普通的信，集美笺、书法、印章之美于一体，高级的不得了，我每每翻看时，心情都十分愉快。

好友葛丽萍是书法家，写一手漂亮的小楷。我约编她的一本书稿时，她附有一信，也是写在仿古笺纸上的。娟秀的小楷字和古意的小花笺，让我仿佛回到了前朝。由此，我还专门打电话给她，请她再用各色笺纸给我书写几幅小字。不久后，我就收到她抄录在信笺上的几幅书法小品了，书写的是她自己的诗词，笺和书法十分搭调，特别秀雅。后来，她自己一有余暇，就用好看的笺纸抄自己的诗词，可把玩，也可赠送亲友，算是很雅的休闲了。还有一事，也麻烦了葛丽萍，就是我策划的"回望汪曾祺"丛书中，有我一本《读汪小札》，需要抄录汪曾祺的几首诗，做图书的插图用。葛丽萍的小楷书法非常合适，她也非常用心地用四种不同的花笺抄录了四首汪曾祺诗。《读汪小札》出版后，我留下这四小幅作品，笺纸精美，小楷高古，加上汪曾祺的诗，成为我笺纸收藏中难得的上品。

广陵书社的特色是雕版印刷，该社印制的雕版精品《十竹斋笺谱》影响很大，承曾学文社长送我一套二十张，深蓝色涵套装成一涵，我当宝贝珍藏起来。该套笺谱纸好，图精，可用，也可欣赏。雕印的图画，有的和书房有关，如"青灯""尚发""达旦"等，都有一书一桌，配以小插花；有的和园林有关，如"雎鸠""带雨""如兰""篱菊""聚翠"等，或几枝墨竹，或一块太湖石，或一竹篱小景，都很可看。

书房藏几涵美笺，闲来独坐，翻翻看看，浮生栗六，聊遣疲累吧。

孤檠零蜡

王晖

迟来的"肥味"

去天柱山避暑，归来经潜山县城，参观了张恨水纪念馆。这是一个面积不大的展馆，但展品丰富、文字翔实，让我较为全面地领略了一位现代作家的精神风貌。

据说张恨水一生写了120多部小说和大量散文、诗词等，共3000余万字，现代作家无出其右者。在他的"文房四宝"展台前，看着其生前所用那数方窄小、简陋的砚台，百感交集。老辈作家真有毅力，张恨水就是凭着几条墨锭、一捧毛锥，在这些小砚台上磨墨濡毫，完成了那么多著作——其间，还数番罹患重病。

1961年6月20日，中国文联工作人员沈慧去张恨水家送副食品购物证，回来向组织汇报了张恨水的近况与思想。这纸汇报笔录，放在纪念馆出口旁的展柜内，内容分为两段，下段是张恨水谈当时的创作进展，上段则是叙述自己在那食品极度匮乏年代的窘况。张说："人老了，穿不穿都没关系，只想每顿都吃点有味的东西。可是，现在每人每天只能买到七两青菜，还要排半天队，火辣辣的天又不下雨，真够受的。现在有了这个副食品购物证，那就太能解决问题了。你看我骨瘦如柴，肚子里一点油都没有了，希望这张购物证可以买到点油。"

张恨水此时距去世仅有不足六年时间，结合其自1949年中风后，卧床治疗多载，身体一直不好；经历了为弥补入不敷出，忍痛卖掉原居大宅院，迁入小四合院和丧妻等生活打击；以及欲写"关于陈胜、吴广"的书，苦于对新文艺政策隔膜，未能成文；虽陆续发表《梁山伯与祝英台》《秋江》等十三部中、长篇小说，但世事沧桑，较之当年风光，已别似霄壤等创作失意……可见其向沈慧倾诉的这通家常絮语，真的言近旨远，句句含泪，让人听来好伤心！

山间三日，不看电视，没有上网，过的是与世隔绝的日子。回到城里，翻阅报纸，一则新华社稿件《科学家发现第六味："肥"》，引起我的兴趣。此稿说，科学界目前普遍认同的人类基础味觉，只有酸、甜、苦、咸、鲜五种。至于人们熟知的辣味，仅是一种感受。而涩味、麻味、金属味等，也只是基础味觉掺杂在一起的感受，或者是基础味觉和痛感、麻感等味觉与感受混杂的味道。但美国珀杜大学科学家新近确认出第六种味觉——肥。据撰稿者叙述，"肥"味有点腻，有点香，有点脂肪味。他还形象地描述："那是一种当你一口咬住一块多汁的牛排时那种感受，是你把一滴橄榄油滴在舌头上的味道。"并直陈此味发现，或带动一场食品工业革命。因为若把"肥"味提炼成一种作料，到那时，想把黄瓜吃出烤肉的味道来，恐怕不再是件难事。

我的食品科学知识固然有限，却尚能明白纵使从黄瓜里吃出烤肉的味道，口中嚼的依然是黄瓜。当然，并不能因此便否定此项发现的意义。

在读这篇新闻时，我立即想到了可怜的张恨水，不知"骨瘦如柴、肚子里一点油都没有了"的他，那年凭沈慧代表组织送去的"副食品购物证"，是否买到了渴盼已久的油？即使侥幸买到，在那个岁月，估计也是数少量微吧。设想那时若有"肥"味作料，我们的"通俗文学大师"不就能从七两青菜中吃出烤肉味道了吗？尽管那不是烤肉，但在真物无法获取的年代，能获得"一种当你一口咬住一块多汁的牛排时那种感受"，也就是说，有个美丽的梦，也多少可以让充满饥馋感的心灵获得片刻抚慰或麻醉了。

只是，这"肥"味的发现迟了半个多世纪。悲夫！

愚蠢的修饰词

看《碟中谍4·幽灵协议》，由好莱坞著名影星汤姆·克鲁斯饰演的特工队长伊桑·亨特和由英国演员西蒙·佩吉饰演的特工队员班吉·邓恩去克里姆林宫执行任务，面对森严警戒，班吉·邓恩废语连篇。尽管伊桑·亨特厉声嘱其闭嘴，可班吉·邓恩依然如故，并满脸诚实地自我解释："对不起！我有点紧张，我一紧张就唠叨。"看来让人发噱。大约，这就是普通人情怀吧，虽不英勇高尚，却让草根影迷觉得情感贴近，直观真实可信，对其毛病也就易于谅解。

近年，猪八戒的公众评价指数日渐腾升。香港李碧华点评"二师兄"说："《西游记》中的八戒，也是个真性情的角色，小气偷懒贪财好色，是呀，早早招了，也不作伟人状。虽然一身小眉小眼的缺点，却从不见出来邀功争风头做天下第一。因为他很明白，自己只是小人物，取不取到'西经'，于己何干？一路做妥本分便是——也许其实想快快弄妥，好回去吃喝玩乐倒头大睡……"这，想必也道出了平庸岁月里众多碌碌者的心语。

自然，日常生活中也有抱持别样情怀的特立独行者。英国广播公司BBC出品的迷你电视剧《神探夏洛克》，根据阿瑟·柯南·道尔创作的侦探小说《福尔摩斯探案集》拍摄，但将原著的时间背景从十九世纪搬到了二十一世纪，讲述在繁华的伦敦大都市，时尚侦探夏洛克·福尔摩斯和约翰·H·华生历险破案的故事，片里融入手机、电脑、的士等当代社会生活元素，记得原故事情节的观众，面对屏幕，于惊诧时空转换之间，当生别样的审美感受。剧中有个趣味细节，从阿富汗反恐战场归国的华生，仍时刻保持军人笔挺站立习惯，但因和平环境生活节奏松弛，右腿出现癔症性瘸跛，须拄杖而行。可搭识夏洛克·福尔摩斯后，一朝涉身探案险境，潜意识中无比怀念硝烟弥漫战场的华生，瘸腿立时不医而愈，在惩恶扬善、除暴安良之途上奔跑如飞。明代皖籍抗倭英雄戚继光有诗："南北驱驰报主情，江花边月笑平生。一年三百六十日，多是横戈马上行。"看来，华生也有此种痴迷沙场情结，稀有、可贵的英雄情结！

只是，常人大多不能理解这一情结，或者说与此种心境较为隔膜。正如猪八戒在充满理想主义精神的取经团队中，未获得尊重一般，《神探夏洛克》里崇尚英雄主义价值观的华生，也未赢得安于庸常生活者的首肯。你看，那在英国政府任职的夏洛克·福尔摩斯之兄麦考夫·福尔摩斯，不就以玩世不恭的语调，当面奚落华生："勇敢是愚蠢的修饰词。"

粗人秀语

晚清学者周寿昌所撰《思益堂日札》，卷七收有一组《读曲杂说》，其第七则云："元人院本杂剧极有工者，然多贪好句，不甚切本人口吻。……康进之亦元人高手，其《李逵负荆》杂剧第一折［混江龙］云：'可正是清明时候，却言"风雨替花愁"。和风暂起，暮雨初收。俺则见杨柳半藏沽酒市，桃花深映钓鱼舟。更和这碧粼粼春水波纹绉，有往来社燕，远近沙鸥。'其词非不圆美，然出自李逵口中，亦何可笑。"

元代著名戏曲作家康进之的杂剧《李逵负荆》，说的是在梁山泊附近杏花庄开酒店的王林，被冒称宋江、鲁智深的恶棍掳走了女儿满堂娇。李逵趁山寨清明节放假，下山饮酒，听王林哭诉，怒返山寨，大闹忠义堂，叱骂宋江、鲁智深玷辱梁山名誉。三人同去酒店对质，李逵方知错怪了结义兄弟，负荆请罪。随后，会同鲁智深擒获抢劫民女的贼人，维护了梁山声誉。前示周寿昌所引那首包括"风雨替花愁"在内"可笑"句的 [混江龙]，便是此出杂剧中李逵假日踏青赏玩，带醉欣赏梁山泊山水美景时唱的一首曲子。

一个每遭逢不遂心事，辄嗜抡双板斧"排头砍去"的莽汉，在这里竟被写成了见花落泪、闻鸟伤心的林妹妹，难怪周寿昌认为可笑，世间人十九想必也会附和周的结论。但"理论总是灰色的，生命之树常绿"，若于纷纭众生中，寻找一个驳斥周寿昌"可笑论"之实例，似也不难。九一八事变后，曾任伪"满洲国国务总理大臣"的张景惠，就差可充作这例驳证。

作为一个乡村卖豆腐出身的赌棍，张景惠因离家出走、当过胡子而声名鹊起。他与李逵生年虽相隔数百载，但均酷嗜赌博，并俱有在"绿林大学"培训的履历。区别只是，一个在"绿林大学"北宋山东梁山分校就读，另一个则求学于"绿林大学"晚清辽宁台安分校。

当然，张景惠的经历更富传奇性，后来不仅成为张作霖把持下的东北大佬，还成为了溥仪伪"满洲国"的辅弼。可恨的是，知识从不会随着官阶升迁而提高。于是，有关其粗俗的笑话，也就如影随形的伴随他整个仕宦生涯——

笑话一：张景惠在东省特区当长官时，曾参加警官高等学校毕业典礼。校方请长官向学生训词，他登上讲坛后，看着外边在下雪，即言：

"今天下雪了，训词没带来。"说完这两句话，就走下了讲坛。

笑话二：新京有一座祭祀日本关东军阵亡者的"忠灵塔"，关东军每年都要举行慰灵祭。有一次，张景惠参加祭典，他缓步登上台阶，站在碑前，开始读悼词。片刻后，却从高高的石阶上慢慢走下来，从容不迫地自列队站立的关东军司令官和参谋长等众人面前走过，一直走到总理秘书官松本身边，问了悼词中一个他不认识的字，然后又慢慢悠悠地登上石阶，把悼词读完。在场众人，初见张中途走下台阶，都大吃一惊；得悉原委后，方恍然大悟……

但"衙门口放个棒槌，三年都能成精"，张景惠的秘书高丕昆回忆，在一个宴会上，有人敬张景惠烤鸭头，他当即引用史湘云在宝玉生日宴上说的诙谐话打趣道："这鸭头不是那丫头，头上哪有桂花油？"高自称没想到大老粗还会说这样的俏皮话，十分惊讶。相随张景惠多年的副官张书舫也说，张景惠在宴会上往往唱鼓词，并报了他常唱的两个曲目。之一是《武松打虎》，这是表述"绿林大学"北宋山东二龙山分校与梁山分校校友事迹的，张景惠喜唱此曲目，尚不让人过于讶异。关键是，他爱唱的另一个鼓词曲目是《黛玉葬花》！这就似乎存心和周寿昌抬杠了。

义薄云天

成都武侯祠是全国唯一一座君臣合祀祠庙，由纪念蜀汉君臣的刘备殿、诸葛亮殿和刘备墓等建筑组成。行走祠内，能见到三义庙，能见到结义楼，而诵读那散存殿内匾额、楹联上颂扬刘、关、张生死同心、义薄云天的煽情文字，则更让人感受到这桃园结拜的三位异姓兄弟情同手足、血脉相连的浓郁义气。

自然，文字间或亦有令人感到滑稽处。比如，在三义庙中，高悬一面书有"神圣同臻"的巨大匾额，称赞刘、关、张三义士都达到神圣的境界。这赠立匾额者，署名竟是"清代靴鞋行众姓弟子"。

《三国志卷三十二·蜀书二·先主传第二》曰："先主姓刘，讳备，字玄德，涿郡涿县人，汉景帝子中山靖王胜之后也。……先主少孤，与母贩履织席为业。"瞧，连刘备少时贫困，与母卖鞋谋生这段不堪回首的经历，也被清代的贩履者翻出，作为攀附结缘、讨借余荫的契由。环顾庙殿，尚未见着"织席行众姓弟子"赠送的匾额，看来，在顺坡下驴、借势托大方面，这个行当的后世从业者不及"靴鞋行"后世从业者更具战略发展眼光。

岂仅前朝，岂仅祠内，便是在一墙之隔的锦里商业街，我们也能觑见今日"靴鞋行"从业者那敏锐捕捉商机的睿目。你看，那沿街开设的一排排古风盎然的鞋店，不知店主是否果然姓刘，也不论兜售的是草编履、竹编履、布编履，乃至塑料履……却并不妨碍每间店铺均赫然悬挂"草鞋刘"的宝号。

感佩之余，略生异想，设若蜀汉政权未被后世目为"正统"，刘备不是"蜀汉开国皇帝"，那么，"桃园三兄弟"还会获享后世这般趋附者景从的盛况吗？历史已然如此，于刘、关、张，我们自无法假设。但从别者，比如，那曾在上海滩制售"艾罗补脑汁""龙虎人丹""百龄机"等药品，经营著名的"大世界游乐场"，一度获利丰厚，最终投资失败的黄楚九之生前身后，时人——包括同行中人对其所施的行为来看，却可以间接了解到些微世态来。

1931年初，黄楚九这位上海滩著名的"滑头商人"，因麾下日夜银行出现挤兑风潮，引发脑溢血，黯然去世。黄家顿时陷入四面楚歌的讨债声中，以致在黄楚九殡葬大典上，吊唁者对其褒贬皆有。最滑稽的是，黄楚九生前任主席的上海新药业同业公会，此时竟送来上书"药石无灵"的素幛，讥讽黄氏所创种种药品毫无效验。

黄楚九一生逐利弃义，翻手为云，覆手为雨，手自得之，手自失之，观其终场闹剧，固让人生发"孰言天道不公"之叹。但上海新药业同业公会诸会员，"眼看他起朱楼，眼看他宴宾客，"纷纷趋炎附势，捧举黄楚九为主席。可待到"眼看他楼塌了"，便瞬即反戈一击。从这对黄楚九态度阴阳两面中，会员诸君之义气、良心，自无从论说，而行径不亦特令人齿冷吗？

"贫在闹市无人问，富在深山有远亲。"何况，这武侯祠又位居"西南首府"，前来攀附的"亲"或"远亲"，自是格外多了。

到对岸去（外一篇）
许静

　　我总是在不经意间来到一条江边，无边无际的江水，把我拦在岸边。我搁在岸边，我已长途跋涉了千万里，我要去的地方就在对岸。可我看不见它，我只能看见滚滚的江水，连绵不绝，永无止境。我的眼睛一次次带着我一起淹没在白茫茫的江水里。我用最后的力气沿着岸奔跑，渴望寻找一个渡口或是一座桥。我从白天跑到黑夜，从完整跑到破碎。我不停地跑，不停地找，跑到最后仿佛连岸都消失了，江水打湿了我的赤足，我感到冷。

　　我在岸边坐下来。我坐下的时候，一小块潮湿的土地给了我虚假的温暖。我摆脱不了这种温暖，我真的觉得累，我需要这种麻醉般的安慰。我紧贴着地面，不知不觉蜷缩成一团，没了棱角，没了形状，我把自己深深地埋进一个洞穴，我忘了自己还需要呼吸。我越陷越深，终于感到窒息，仿佛就要死去。我想大声呐喊，可声音来不及冲出我的胸膛就已失去了力量，它们像雾一样在我身体里无声无息地蒸发，甚至来不及留下一些湿漉漉的痕迹。我不知道自己走到了哪里，我环顾这江水岸边，四周是一片寂静的黑暗。我害怕了，我明白自己不能停留，只要一停下来，我就会在这里腐烂，我必须到对岸去。

我要到对岸去。我开始在岸边噬咬自己，我要咬醒在麻醉中沉睡的自己，我要用滚烫的鲜血把自己洗净，我要狠狠地剥掉堆积在身上的一切屈辱和迷茫。我的心开始长出一层厚厚的壳，我的脚也长出一层厚厚的壳，我知道我不可避免地有了一种结了痂的伤痕。我很高兴，我从此有了生命的年轮，我也就又有了一些由疼痛带来的力量，它们能带我涉过这条江。我拥抱着新生的自己在泥泞里重新站起。我临风站在岸边，向远方看去，隐约看见了江中的小岛，有温柔的波涛轻拍它的腰。我甚至看见了岛上似有亭亭的树，树丛里仿佛传出呢喃的鸟鸣和细碎的虫唱，一缕阳光若隐若现，好似我的神那遥远而怜爱的眼神。我热泪盈眶，我终于看到了方向，我要经过这小岛去到我的对岸。那里也许并不是天堂，可一定也是有青鸟飞翔的地方。我穿过岸边的沼泽地，穿过层层的芦苇荡。我的发辫已散，我的衣衫已乱，我的脸上已有伤。可我内心的快乐渐渐荡漾，我开始大声歌唱。我的脚步越来越快，几乎要飞翔。

我在岸边奔跑，岸在我身后不断延长。我一刻不停地寻找梦中那个安静的渡口。突然有一座桥出现在前方，它浮在半空，披着华丽的衣裳，像彩虹一样刺眼明亮。我看到桥上熙熙攘攘，有络绎不绝的人群来来往往。我停下脚步向它凝望，我害怕它的热闹和光芒。我绝不愿淹没在人群中走到莫名的远方。我突然明白我的对岸绝不能从桥上通过，我怕在桥上遗失了自己的路，我怕错过江中的波涛和小岛，我更怕桥的那一边并不是我要去的地方。我在岸边拒绝了一座桥。我要在岸边寻到那个长满碧草和小碎花的渡口，在天边的霞光和植物的馨香中等待我的小船驶来。我要扬起洁白的帆，划起金色的桨，我要躲开恶浪避开暗礁甩开水草，独自一人乘着风驶向我的对岸。

我在岸边，我的渡口一定能找到，也许船就快来了，也许不等船来，我已经长出了翅膀。

人与花心各自香

下过几场雨之后，院子里的桂花就开始成批坠落，地面铺上一层金黄，浓郁的香气开始散淡，渐渐就消失得无影无踪。大约一周时间，这些盛大热烈的花树就归于平淡，再次成为一棵朴实无华的树木，越过秋天，安静地等待冬天的到来。

桂花的韵味像熟女，开在秋天真是最合时宜了。春天的百花园里，桃花艳梨花白，杏花闹李花俏，全是小姑娘纷纷扬扬的娇媚。桂花花形如小米，色淡，即使金桂和丹桂，也不过是多了一抹黄，依然是低调的美。就像一个成熟女子，经过岁月的积淀，外表不再是夺目逼人的，很多东西逐渐内敛含蓄，魅力却一点点渗透出来，也好似那桂花香，若有若无。此时的美感，在于一个妙，醇香，浓郁，婉转，回味无穷，妙不可言。

想起有一年秋天的下午，异国街头，城市中心地铁站出口处，有一排路边现制现卖的小食摊。遇到一个亚裔女子，一个人坐在一个摊位简陋的木桌子旁，点了几样刚出锅的食物，端着一杯酒，慢悠悠地吃着喝着。秋风下的街道已有点清冷，一排摊位前只有零星几个客人，她看起来有点落寞，又有点从容。大约三十多岁，或许也过了四十，皮肤晒得有点暗，略为粗粝，五官清秀，穿着一件随意的风衣，跷着一双细细的皮质极好的高跟鞋，头发微卷微长，随风飘动。看到我们走过去，她仰着脸朝我们微笑。年纪大的老年摊主听不懂英语，她在一旁耐心看着，我们随即问她盘里的食物好不好吃，是不是当地特色。她用极流利的英文给我们介绍，推荐，示意我们可以配着喝一点点酒。我们赶紧摇手，她非常妩媚地笑起来，端起她的酒杯洒脱地喝了一大口，又低头吃起盘子里的食物。

我没来由地觉得这个女子仿佛是到这个陌生的地方来疗情伤的。阳光和食物的热气使她的笑容很是温暖，但她的眼睛里却似乎有深深的孤独。但这种孤独又似乎被安放好了，呈现出和当下秋日午后极为和谐的安宁的感觉。生活里的苦涩和疲累被阴影覆盖，在阳光下的只有生机勃勃的日子和活着的美好。

渐渐地喜欢看有阅历的女子，更为丰富耐看。就好像秋天里的桂花开放，满树没有明显花形的星星点点，只在深深的树丛中，暗暗地热烈开放，香气却更加深远。越来越多成熟而有底蕴的女人，纵使正在承受生活的枪林弹雨，也或许刚刚经历了排山倒海般的破碎与毁灭，却也终于学会了如何去接受，如何去消化，如何去隐藏。表面上不再会让人看到歇斯底里的痛苦，内里也渐渐可以容纳很多，得意的，失意的，都不动声色地消融，化解，成为人生的滋养。

这是时光给予的慰藉。

认识一些优秀的女子，少年时沉默、害羞，不够自信，甚至瑟瑟躲在自己幻想的阴影里。成长路上到处碰壁，摔过很多跟斗，咽下各种苦楚。常常也觉得人生也许就这样了，不过是找份差事，嫁人生子，周围太多人早已不敢把爱好变成理想，更不敢再把爱情当作信仰。只有她们不甘心，也不争辩，只是默默地努力，一日一日地坚持。终于有一天，爱写字的女子风轻云淡却特别有底气地说，写着写着就好了，爱画画的女子开了个人展，爱生活的女子自由选择喜爱的生活方式，不必留恋高位的光环，回到乡野，与大自然一起，做自己的品牌。经历了少年期的暗无天日，青春期的兵荒马乱，在走向中年的时刻，她们终于都获得了真正的自由。并无太多幸运，更不是等待我的前半生里贺涵一般的奇迹来拯救或者提携。不过是坚持，不过是执着，不过是踏踏实实。

这些女子都是桂花一般的女子，她们的花期是在秋天。到了这个季节，人生逐渐安稳宁静，命运逐渐为自己所控，花开花落皆为等闲之事，四季皆通透唯美，就算秋天过去，冬天来临，也是从容而喜悦的。可以真心地期待，雪花的静美，冬日的深沉。

　　桂花季将过，秋色无边，天心月圆，人到中年也逐渐接近人生的真相。某种程度上，要相信，我们可以做到人与花心各自香，这样，就真正获得了人生的大自由。

心绪

万泓佑

一

　　有些心绪，总是来无影去无踪。某些心动，亦如云里来雾里去。我们，在同一杯香茶中，渲染心情；也会在同一首歌间，契合另一段记忆。请允许，生命里时而的激昂高亢，时而的沉默寡言。思绪本就是说不清，道不明的遇见。旅途中，又有哪些所谓的相见恨晚，将沦为下一站的路口？携一颗素静的心，且把分离，唤做问候。

　　有些触动，莫名得讲不出缘由，亦如某些喜爱，于千万景致间只需一眼。或人、或物、也许是一种说不清道不明的缘，似前世在今生的呈现。只一刹那，便成定格，脑海中深刻。于是，有了记忆里的朝花夕拾，生命处的温情缱绻。而时光本是友好且善意的，将属于及不属于我们的，一并带来又送走。演绎独家传奇。

你打诗词里行板如歌而来？断桥旁，云水边，原是一个人悲欢与体验。一滴水墨缘，琴瑟牵，菩提路，竟若一场聚散与变迁。描一笔，花的艳，风骨里的娇颜。窗棂外，一管箫声远。且不言，端坐尘中静若莲，薄薄身姿似蝶翩。几欲见，烟火从容不羡仙，蒹葭水湄醉婵娟。书一卷，涟漪何处现？槛外人，缱绻谁可怜？

恍如隔世，一份牵绊，在藕花深处，静默无言。哪些偶然，想必都是宿命的必然？隔着千山，淌过万水，书一缱绻，只为舍弃。琼楼外，夏蝉于季风中执拗，此起彼伏的嘶鸣，不做停歇，无处逃匿。时光印记，总在一朵睡莲间盛开，临摹着往事，换做了浅浅的欢喜。在最美的光阴，一读再读，终是读懂了珍惜。

一念起、一念落，所谓缘，桃花正红，柳枝飞絮；来者来、去者去，所谓份，浅笑嫣然，回眸顾盼。此刻晶莹剔透的心，宛若天上皎月，盈缺自知，安然缱绻，各自天涯。

二

一纸微恙的思念，写不尽小院里的芬芳；恍若隔世的幽香，抵不过一庭落花的嫣然。流年辗转，白露秋霜。若年华真的如流水，为何褪不尽，时光斑驳里的沧桑如歌；若人生真的轻似梦，为何挥不散，夕阳残照里的往事如烟。

风尘仆仆，千与千寻。入了眉心，驻在心房。涟漪情起，缘来爱你，靡了一场心境，醉了一程相思。轻拭爱的羽翼，用两情相悦的幸运，点燃这浅浅的邂逅。让相依如诗，让相偎似画，素雅成妆。即便，青丝染霜，看秋荷枯败，听秋雨潇潇，亦不弃不忘。

朱砂眉间，暗香盈袖。三生石畔，转明眸，秋水和，一曲天歌醉方休。梨花带泪，顿生怜忧，轻挑红酥手，红晕楚楚胭脂柔。幽幽恋不够，曾记否？奈何桥边，一别已是千年后。

秋捋丹鬓，静立于风。扬蹄哒哒，未惊湖蓝。来日纵是有寒，我恃着你的暖，你为我轻提缰，柔搭鞍。我奉你为良主，你惜我为骏马。醉心的痛，是你将鞭高高扬起，轻轻落下。三万六千里路，未敢把情辜负。未必的卢，未必赤兔。心心相印安坐稳稳，任那崎岖沙荒，岁月成殇。鞭之所指，我之所往。

秋披金甲，恣意张扬。深情绽放，故而斑斓。红尘滚烫，谁不曾刀割剑伤，坎坷困顿处，自有我男儿的笙歌嘹亮。因为，爱，就在秋水长天的远方。

三

红尘浊世，凡夫俗子，无妨我禅院菩提，栽梅锄菊；人心不古，白驹过隙，不碍我桀骜不驯，苦中香怡。此般皆因，我有一颗如璃之心，且正做着一场禅云之梦。

鱼跃腾渊，梦入销魂，云随雁字长，曼妙影思连。暗许新曲潋滟，横波穹庐飞燕。不说依恋，还似会憧憬。远望去，水湄那头，千山隐隐，碧草萋萋，自成风流。于细微处打磨，描绘心底的炽热，却只将温柔，婉约中藏匿。夏花绚灿，紫陌山河，娑婆世界，一切由来。那时，一朵开在诗经里的莲，一个端庄素静的你，相互映衬，曼妙成景。何妨，匆匆流年、人面桃花。

遇见，浮生未老；豁达，云卷云舒。欲将某些浅显的认知，融入今生的笔触。静默，花丛。浅笑，如昔。巧兮，盼兮，缘分不过一树花开的际遇。提笔交措，不为惊了谁的凝眸；素笺斟酌，不愿扰了谁的修行。细数回味，始终不曾忘却，是初心。许你，若我，也曾跌入一段风景，融入一首旋律。莫笑，此番忒多情。临水照花，怎分得清，望的是你，或是虚设的幻境？

素颜如你，清丽如你，时光好似就此停驻。一汪清泉，洗涤不了，你的绝世出尘；一轮淡月，比拟不出，你的娴静端庄。看山，看水，看不够千百年来的风景。只为寻找，一个熟悉的身影。弱水三千，你驻心上。流年肥瘦，曾有欠缺的章节，辗转冷暖人生，尘封桃花十里。

一叶菩提，未语清馨。写尽摇曳相思，婉转深情，为云水清欢注释了定心的归宿，为那场春天里的唯美月圆披挂上了最炫霓裳。不说前生，不问后路，只在最情深静美的时光里，灿烂沐浴，心灵相通，盈盈暗香着四季流转……

四

时光匆匆，浮生若梦。思绪，随这飞花柳絮，渐次散发开来。剪影中的过往，虽历历在前，终究蒙上尘埃，化成苍白，我原是孤寂，此刻复归于沉寂，夜色无尽，思念不绝。

因为甜蜜，爱有了畏苦之忧；因为痴缠，爱有了畏疼之伤；因为现实，爱有了永恒的无奈。此恨古今难全，岁月太过无数。你我相隔迢迢，历尽艰辛之后，是否还心意相连？夜空中那纷飞的疾雨，承载着谁的缕缕思念？栀子花下洒落的花瓣，又是谁的丝丝挂牵？两地缱绻最是扰人心田，心情在湿润中氤氲缠绵。

爱、真爱，都会有一个专属于自己心灵的所在，不必奢华只需至简到放下灵魂的地方。可以装下一片静谧月色，月色温柔不绝；不求感动只要懂得，懂得一生一世；更无需信誓旦旦，只一声轻唤就在你身后环抱住你的温暖气息，便胜却了人间天上。这样的爱是可遇不可求的，若有幸拥有，流年亦是行板如歌了。

眉点朱砂，红颜如画。前日里谁为谁算的那一卦，注定了今世的牵挂；今夜雨打风狂，乱了谁的心猿意马；明朝一身战甲戎马，又为了谁征伐天下？蒹葭苍苍，风声喑哑。

今晚何处？明天去哪？今晚漫天思念、风雨交加；明天漫山花开、纵是天涯……

五

花韵阡陌，水湄云天。追寻梦的脚步，雨线朦胧，云水袅袅中，我青衣蓝衫，玉树临风，一曲箫音清婉缠绵。你妩媚万千，蹁跹起舞，襟佩相扣，香风习习，舞醉在梦的氤氲里。

从此，你就是我诗画里的风景……

轻拂一袖离愁，轻邀一片流年，轻剪一段思念，轻舞一帘幽梦。念，千转百回，情，若花相随。今宵谁逢痴雨？谁的手指下又弹出了音符，瘦尽月影，我当如何曲谱？此时，万籁俱寂，鸟栖鱼潜底，没了独醉书案，宽袖独立，周遭孤寂。万物之中只有横琴，丝丝细弦只等你和。雨夜迷离在悠悠光阴里，将一份温婉融入杯盏，饮着往昔流光酝酿的老酒，醉了明日那抹隔岸的牵绊。两情相悦处，雨滴夜色尽声欢唱。

如果说寂寞坐断，就可重拾喧闹；悲伤过尽，才可重见欢颜。那这些流年絮语，终必以文字的形式婉约成韵，让我在翻开过往烟尘时，得以记住一朵花的温情，留住一剪时光的浪漫。如若时光可以溯回，我仍愿一夕忽老，与你住在光阴里，写字读文，不言离弃。

轻寒袅袅，春韵朦胧，轻捻一缕清风为笔，撷一帘细雨为墨，掬一弯流光为笺，百转千回，怀一夕温煦的情柔，眉间攒成祝福万千，终将辗转成指间滑落的如歌絮语，萦萦绕绕缱缱绻绻，奏响成一曲美丽的吟咏。

你是锦瑟，我为流年，一弦一柱，一世婵娟。在流年的静默里，心安若水，听一曲梵音清唱浮生，掬一瓢云水洗涤心颜，离尘旷宇意清悠，心似莲花开，身随菩提落。红尘繁华三千，借着茶茗的清香，流动的音符如一叶心舟，载我向着有你的锦天。

感谢这场不期的绵绵细雨，如果没有爱在心中徜徉，花儿如何历经风雨劫的伤；如果没有坚贞的信仰，千帆如何过尽千山再瞰红日的光；如果没有佛心开慧，灵魂如何摆渡浊浪滔天的谤；如果没有天空海洋，云朵如何在霞光里真情哼唱；如果没有飘逝时光，我们又如何轻嗅心灵幽润暗香？

此刻，我不知道天堂有多远，分外清晰的是，幸福思念是如此的近。

六

长江真的很长，但也很窄；黄河真的很黄，却是回肠。

江面湖上、风雨雷电、呼啸蛮荒，眉尖心上、相思惆怅、交替神往。我不说、你不知我的深藏；你不应、我无妨嗅你的芬芳。在前往朝圣的路上，两个灵魂于黑暗中并肩前行，没有豪言壮语、没有缠绵悱恻，有的只是死生契阔、依依绵长。

爱，如此的繁华；爱，如此的寂寥。明月时想歌，西风夜想醉。曲终长叹婉千年悠扬；醒处忘川转万里跋涉。拜倒佛前，回溯沧桑。古往今来，相亲相爱，拈花不语，爱，只一念，何以天荒地老、大江东去黄河浩荡！

更漏残，痴梦远，思绪无边，愁上眉间。千里外，两心同，朝思暮想，痴狂朝霞可解暮彷徨？指尖轻触心房最深处，脉脉温柔汩汩流淌。一曲霓裳，轻盈舞动着这整个季节的细雨和风，泥泞途中满是桃粉梨香。

燕子双双，比翼长风。千回百转的尘缘，此刻凝聚成这字字诗行，丰润着心笺上清浅梅香……

清明遐思

陈劲松

　　我一向觉得中国人的传统节日是很有诗意的，春节元宵，立春谷雨，跟着一年四季次第登场，每个节刻又都有自己不同的意味，不同的风俗，被赋予了不同的使命。

　　譬如，这眼下的清明。

　　草长莺飞的日子里，万物萌生，先人选择这个时节扫墓踏青，倒也颇有意思：这暮春时节，阖家团聚，踏青访友，一起扫去枯枝败叶，换上新柳鲜花，回忆已故先人，唤醒家族共同记忆，在各种几乎神圣的仪式中促进家庭成员的凝聚力和认同感。这也大概就是自古文人都在这个时节颇有感慨、吟诗作赋的缘由吧？

　　在这些作品中，让人脱口而出的必定是唐代诗人杜牧的《清明》。

　　"清明时节雨纷纷，路上行人欲断魂。借问酒家何处有，牧童遥指杏花村。"

　　这区区二十八字，曾被人加上各种标点符号，演绎成各种体裁，或诗或词或曲或剧，都近乎完美的表达了清明时节的万千情怀。

孩童们会把这念成一首好听的儿歌，拉长了声调的莺声燕语，倒也颇有一番滋味。而一个个历尽沧桑的成年人，定下心来，细思量间，感受到的却是其间无尽的愁肠。

乍暖还寒的时节，中国人传统中上坟扫墓的节刻又恰逢其时。绵绵阴雨做冷欺花、将烟困柳，孤身行路之人，春衫尽湿，怎能不触景伤怀！手心里，臂肘间，怀抱中，曾经的至亲至爱温软犹存，往昔的音容笑貌如在眼前，却阴阳两隔犹在天边！

所有的一切情愫，从心底喷薄而出，又不得不压抑在喉舌处，止于唇齿间！他乡旅人只能将这万千深情托付于牧童的抬手中，遥指处！字里行间不见伤心却欲断魂。一个人，要经历多少波澜壮阔，多少生离死别，才能化无尽的思念于借问中啊！

和含蓄内敛的中国人相比，俄罗斯人在表达思念之情时却不吝溢于言表。同样的纪念逝者，我不能忘记是那首名为《多想活着》的歌。

> 你知道吗，多想活着，去观赏火红日出
> 活着，正是为了去爱，与你相伴的所有人
> 你知道吗，多想活着，黎明时分，与你一同醒来
> 调煮咖啡，世人尚在甜睡
>
> 你知道吗，多想活着，不必见报宣扬
> 要全拿出分享，活着，是让孩子永不忘
> 你知道吗，多想活着，在你牺牲的那一刹那
> 站起向大家宣告：我会回来，即使倒下。
>
> 你知道吗，多想活着，在那致命的一瞬间

忘掉所有不快，宽恕所有人，宽恕就是救赎，这我知道
你知道吗，多想活着，化做冬室里沉睡的樱桃，
逢春重绽放，长成新生树……

　　这是俄罗斯音乐人，格·谢列兹尼奥夫作词作曲，为纪念在 2013 年
处理"动乱"中牺牲的一百六十三位军人而写，在演出当天的音乐会上，
素以硬汉著称的普京在听到这首歌曲的演唱时，也情不自禁的从座位上
起立，在满场与会者面前潸然泪下。

　　歌曲以逝者的口吻表达了英雄对生的无限眷念和对生命的无比敬畏，
一遍又一遍的从心底里呼喊出的是"多想活着""不必在报上宣扬"。没
有豪言壮语，不提崇高理想，他们留恋着和念念不忘的只是和所爱之人
一起在凌晨醒来，烹煮咖啡，共赏日出，甚至只是为了让孩子们记住更
多在一起的时光！在英雄的脑海里，舍不下的好人生不过如此啊！

　　这种视死如生的表达，模糊了生与死的界限，让生命在最后的关头
显得如此从容，仿若置身在烛光与鲜花的幻境中。这些逝去的军人，虽
也贪恋生命，热爱生活，但在国家利益的需要面前，却毫不迟疑，毅然
赴死，更加令人肃然起敬。俄罗斯民族的浪漫主义和英雄情结被完美融
合后倾情演绎在一起，如何不感天动地！

　　无论内敛还是外溢，无论含蓄还是奔放，这些作品就如同生活，一
次次告诉我们：要忍受生命的有限，接纳生活的局限。尼采也说：人类
的生命，并不能以时间长短来衡量，心中充满爱时，刹那即为永恒。我
们唯有明晰了死亡终将到来，才知道生存的伟大意义。从这层意义上来
说，是死，照亮了生！

　　毕竟生和死，我们不能选择，好在，我们可以选择怎么活！

　　愿我们历尽风波，都能活出自己想要的人生，无论何时，年华都能
灿烂盛开！

　　清明节至，谨以此文，纪念这十余年来离我而去的至亲至爱！

浩然之气的精神家园

马丽华

　　无限期待中，午夜钟声带着万物跨入千禧年，新世纪来了。新旧交替浓缩在一夜之间，似乎一切都会在刹那间焕然一新。

　　新世纪第一天，2000年1月1日，早上六点四十分，我已经站在学校四楼走廊上，教室里书声朗朗——高考之剑在师生的头顶高悬。只有一百多天了，生命被挤压成两个字——学习，千禧年带给高三师生的只有紧张甚至焦躁。

　　习惯地望向她。二十一世纪的第一个朝阳升起，丝丝光芒洒落下来，虽然又过了一世纪，她依旧是昨日模样：坐北面南的古式建筑，玄色小瓦在阳光排列有序，如凝固的波浪，又如和谐的乐章；小瓦的玄色陈旧得愈发和谐，仿佛微微泛旧的黑色丝绸，经过时间的淘洗，依旧散发出与众不同的高贵本色。

　　就这么在洒满朝阳的校园中望着她，紧张焦躁慢慢消失了，人也平静许多。记不清多少次，从她的坦然安详中汲取了平和与宁静。

从清朝道光二年起，新生入学，老生毕业，求学的人如潮水般来了又走，教书的人更换了无数拨。只有她，这么平静伫立，仿佛在时空中凝固了。

她知道自己的命运吗？我和学生们是知道的。

新世纪了，学校有新规划，要旧貌换新颜，各式楼房已经取代了原先的平房教室。她历尽沧桑和我们一块跨入了二十一世纪，也迎来无奈的结局，由于正处在学校新规划的田径场中间，等着她的只有一个字——拆。

这么些年来，她经历过太多的拆与离。原先她是一个庞大的建筑群落。晚清、民国、文革；战争、天灾、人祸。起先是书有"青云得路"的照壁消失了，接着是大门、二门，然后客厅、讲堂消失了，后来一百一十余间房厅完全消失了……也许只有她自己记得，作为名动一方的钟吾书院，那整齐对称的门庭斋舍，那楼阁巍峨的三院九井，那肃穆华丽的气势神韵，一切的一切是如何在时光中流转、别离，直到成为尘埃。

史载中国古代书院数量曾达七千余所，现今仅有四百余所书院，大都以学校、图书馆、博物馆等形式留存于世。与那消失的六千余所相比，她似乎幸运一点，至少她最后坚守的形象是一座古色古香的建筑，有厚重木质大门和雕花窗棂。当年甲冠全省书院的她，如今通身斑驳，却掩盖不住坦荡的浩然之气，她依然如智者，衣着朴素，头发花白，宁静泰然。

陪伴她的是那两棵树。一株桂树站在东窗前，桂树花发于秋试的季节，金榜题名、蟾宫折桂是读书人的理想，书院里种下桂树就是播下希望。一株寒梅站在西窗前，傲霜斗雪、风韵独胜，在寒冷的冬季，灯下苦读，这株寒梅就是书生的奇友冬客。寒来暑往，抑扬顿挫的读书声时而和着沁人心脾的桂花香、时而随着纷纷漫漫的雪花，花香书香、风声书声，四处弥漫，浸染着远远近近的人家。因了她，校园里总是氤氲着书卷气。每天的课间，从一楼到五楼的走廊上，学生们如得了空儿的小鸟，趴在走廊上叽叽喳喳。在孩子们恋恋不舍的注视中，她依旧泰然自若，如过往的每一天。尽管周围的平房建筑早被拆除干净，尽管"拆"字像达摩克利斯之剑悬在头顶。

那一天还是来了，那是一年中最冷的一天，寒气充斥着校园每个角落，厚厚白雪覆盖了她的玄色小瓦，屋顶几棵枯草从雪中探出头。那两棵树默默无言，连树梢都一动不动。伫立在皑皑白雪中的她，格外清逸静穆。

凛冽刚硬的寒风刺进每个人的心中，课间破天荒地安静，没有一点叽叽喳喳，孩子们的声音像被严寒冻住了，只把无数留恋的目光聚在她身上。

两个工人爬上屋顶，开始铲那厚厚的积雪，铁锹与小瓦撞击，发出凄厉又刺耳的声音，一下、两下、三下……这，分明是揭掉她温暖的冬衣啊！转眼，露出一排排玄色小瓦。又有几个工人爬上去，灰黑微湿的小瓦纷纷跌落到地上，碎成令人心痛的小块；紧接着，黑褐色的正梁和椽子也显出来，就在这时，一种从未有过的感悟陡然而至：从她身边走出的读书人自然不能都做状元郎，但他们一定都挺直脊梁面对人生磨难，正如这书院，经历近二百年的风霜雨雪，脊梁依旧笔直如初，带着与生俱来的宁静浩然。

这样的宁静浩然也从她的缔造者——清道光年间的宿迁知县华凤喈的画像中透出来。那是一个外表清瘦的老者，目光深邃，神情泰然。当时华凤喈率领儒生共同捐资，在宿迁掀起了科举兴县、崇文重教的新风，地方名流望户踊跃捐资助学。旋即——钟吾书院昂然立于马陵山麓。

有一副对联是属于钟吾书院的："岱为四岳之宗，自梁父云亭以来，经凫绎龟蒙，磅礴马陵冈上，秀挺三台，应放登山眼孔；河乃百川并灌，由昆仑积石而下，合汴沂淮泗，逶迤宿豫边城，澜回九曲，宜寻学海心源。"

传统书院对于选址颇为讲究，多依山傍水，师法自然。华凤喈在《书院经始记略》详细记载了选址依据：谨按是地，北枕马陵，南望洪泽，东襟运道，西带黄河，形胜之美，称于江淮；马陵山脉，发源泰岱，绵亘八百余里，左沭右沂，夹脉而行；西北潴为骆马湖，永交气止，盖山川一大融结也，额曰"钟吾"。钟吾书院建在地势相对较高的马陵山麓，自然是希望读书人先有高尚心境和高远志向；书院临水，希望读书人随处以潾潾水光为镜，时时检点自己。

《钟吾书院条规》（道光二十二年刊本）第一条就是"为学先立志。志不苟为流俗之人，始能不为流俗之文。"第二条强调"清心。心犹水也，故曰：清之为明，杯水见眸子；浊之为暗，河水不见泰山。"这两条后才提到《四书注》《五经》及史鉴记载等等。像众多书院一样，钟吾书院把塑造人格放在首位，注重涵养学子的浩然之气。

一代代领舵人率先垂范，使书院浩然之气薪火传承。清光绪年间，为顺应近代废科举、兴学堂的趋势，钟吾书院改为钟吾学堂，"睁开眼孔观事，立足脚跟做人"的卢瀚荫被推为钟吾学堂堂长，提出"养正为先，体学并举"的办学宗旨，钟吾学堂成为实施新学的典范。民国时期的沈薪萍更是刚正不阿，气节如松，他曾被邀为苏北民众代表参加孙中山在南京就任临时大总统的典礼，当许多代表借机步入仕途时，他不为名利动心，仍旧回到家乡从事教育工作；1938年冬，宿城沦陷后，面对日军授以官职的许诺，沈薪萍的回答掷地有声："七十老人何惜一死，就是死，遗尸也不入城。"

浩然坦荡的书院精神像空气和水一样滋养着子民，这块古老厚重土地上的子民厚德深远：忠义、宽厚、谦让、慈爱、诚信、仁义……只要浩然之气在，只要书院精神在，即使生命中有凌厉的风霜雨雪，即使生命中有不堪忍受的重负，也不能弯下高贵的脊梁。

　　弹指间，千禧年已远去十九个年头了，幸运的是书院的精神没有远去；更幸运的是，那两棵将近两百岁的花树还在，年年枝繁叶茂，金秋丹桂飘香，严冬寒梅傲雪。

　　此刻正是丽春时节，郁郁葱葱的新枝站满枝头，仿佛无数个美好的希望，守护着马陵山麓的钟吾书院，守护着读书人的学海心源，守护着浩然之气的精神家园。

林中彩凤披嫁衣
——婚礼致词

张秋红

　　今天，是我家宝贝女儿喜结良缘的日子，我同天下父母一样，满心喜悦。望着女儿凤冠霞帔，幸福地牵手心爱之人走出家门的那一瞬，作为母亲的我，百感交集，女儿成长中的一幕一幕自然在眼前浮现——二十九年前的大年正月初四，女儿出生了，随着一声响亮的啼哭，带给我们全家的是无限幸福。忘不了百露之日，带你去茂丰照相馆拍照留影，你那最纯最灿烂的"婴儿笑"；忘不了牙牙学语的你，跟着电视机报天气预报中城市名称的稚嫩之音；忘不了开学第一天，背上书包去幼儿园的你，兴冲冲地去，哭得稀里哗啦地回家的可爱；更忘不了转学到邮城读书，最初的日子里，你的忐忑与胆怯；还有面对心不在焉为你背书的我，你罚我为你重背的倔强……在亲人、老师的关心呵护下，你一天天长大，出落得清纯秀丽。望着明理懂事的你，我的心里一直是甜丝丝的。小升初、初升高、高考、读研、谋职，一路走来，你全凭自身努力，从没有让我们父母操心劳神。每每想到此，我是内疚的，为你，我做的真不多，真不够。如今，茫茫人海中，你找到了自己的终身伴侣，母亲尊重你，祝福你。

女儿，今天是你的大喜日子，母亲想与你说的很多很多，但转念一想，聪明内秀的你根本无需母亲赘言，否则，倒要让你嫌母亲唠叨了。孝敬长辈、尊重亲友、善待他人、尽责工作、快乐生活，这些我都已从你日常工作生活的呈现中看到了，希望你按照自己的心愿，一直快乐健康地生活、工作，为自己、为家庭、为他人。懂得感恩，懂得善待自己。母亲想来想去，唯有祝福，才是最好的表达。记得你的成长路上，外公曾作诗祝贺，今天我再次送给你。

你的百露之日，外公的贺诗是这样写的：

> 林中雏凤和春来，
> 卉草兰香百艳开。
> 聪明天成真巧稚，
> 明珠掌上待培栽。

（藏头"林卉聪明"）

你过十岁生日时，外公再贺诗一首：

> 祝福东皇酒一卮，
> 愿铺锦绣写春诗。
> 林中雏凤挥新羽，
> 卉里兰香弄倩姿。
> 早露晶莹苗茁壮，
> 日华璀璨慧增资。

成功之路唯勤奋，

才泽于民信有期。

（藏头"祝愿林卉早日成才"）

如今，母亲我学着外公的样子，请蒋老师创作贺诗一首，祝福你与徐源的新婚大喜。

徐氏檀郎学养盈，

源津水润海深情。

林中灵凤朝天阙，

卉里名花倾国城。

永合百年佳俪偶，

结和两府好缘盟。

同翔比翼思高远，

心志虹霓向炳明。

（藏头"徐源林卉，永结同心"）

心有灵犀，举案齐眉。你这花好月圆，永生铭记的美好夜晚，也是我和你爸的结婚纪念日；"源润花卉，好事成双"，相信我们家的幸福会一直绵延……

闻啼鸟

黄玉岚

清晨四点多钟，晨光熹微。在枕上迷糊着睁开眼，窗外的景象让我清醒起来，可还是以为自己在梦中，或者进入了一个巨大的摄影棚。

窗框就是画框，画面纯净无尘。蓝色的天幕上，楼宇的顶角边，悬着一轮满月。那种深蓝，敦厚，幽谧，像是被谁细心擦过；月是那金黄，晶亮，凸出，仿佛弹指可破。

天，像没有一丝风的海面，又像无边无垠的宇宙。直扑人心的月亮呢？像是时光隧道的入口，通往神秘莫测的过去和未来。我与它无声对视。

安静，绝对的安静。似乎这个世界从来就没有过人的声音、车的轰鸣。一切都是静止的，没有声音，也没有流动。

这时，我听到了鸟鸣，远近左右、粗细疏密；主次穿插、从容急促，层次深厚。哦！清晨是鸟的世界。

声音是奇妙的，可以听到心情和图像。

麻雀们叽叽喳喳，欢快热闹，你一句我一句；平铺直叙，就像一块碎密的花布，琐琐细细，就是这场演奏的幕布和背景。我仿佛看到它们脑袋挨着脑袋，尾巴靠着羽翼，弯头侧脑，在树枝上弹跳倾转。无论是嘴巴和还是双脚，一刻也不得闲。麻雀像草一样平凡，也如草一样有生命力，布满世界的每一个角落。

布谷鸟声在最远处，也并不影响它是这场合奏的主角："播谷啊、播谷啊……一声接一声，浑厚，差不多是哀号，难道是说播种晚了就会失去收成吗？已是春末夏初，人们真的可以开始栽插早稻了。繁花过去，到处都是绿色的惊颤的秧苗。半膝深的水田，透着微微的凉意，小姐姐的额上却凝着粉汗，有一两滴顽皮的，"哗哒"一下落在她眼前的绿水里，逗得她的嘴角也起了涟漪。

除了布谷鸟和麻雀，我不认识还有其它什么鸟参与了这早晨的演播。

但也知道这演奏中高手云集，东一只，西两只，有单声唱，有双声唱，有小合唱。有的曲折，"滴滴嘟－滴滴嘟"，像小时候在密不透风的绿苇丛中，把芦管的一头弯起，叼在嘴里，学着太爷爷抽旱烟；有的高低，"笛唔－笛唔"，像我们在围场上，串起后襟开火车；还有的本身就是节奏高手，"哒，嗒哒嗒哒"……这是在向我发出什么样的自然密码呢？偶尔有几声清脆的鸟叫，在离近些的地方插进来，"啾啾－旧旧"。

一只黄嘴的雏鸟，跳上我的窗台上，露出半个头，好奇地向我张望，"叽"一声，又"叽"一声，我刚想和它说话，它倏地飞走了。

前面楼间有人咳嗽了一声，原来只顾听这鸟鸣，不觉天已大亮。人们起来了，声色红尘，渐渐热辣。我也起身洗漱，眉眼清澈。

听过了鸟鸣，明白了它们对生命的欢欣，这些鸟的声音会在心灵里缠绵，回荡，仿佛来自远古，也好像从未来而来。

从此，即使烈日炎炎，人车鼎沸，也会在充斥的声浪里，听到一、两声鸟鸣，从路边的绿荫里，绕过重重阻碍前来与我链接，带着一丝丝绿，透着一缕缕情。

这时，我会心一笑，就像见着了老朋友。听声音就可明了，不用去探寻。只要感觉到存在，整个人就宁静下来。喧嚣之中也只接受了鸟的声音，婉转延绵，只通向我。就是安稳，就是养心。甚至可以直接关闭左耳的轰鸣，任由右耳伸长着，像新抽出的红中带绿的藤蔓触角，卷曲着，去与鸟儿相握，看它们清纯模样。

听过鸟鸣的妙处，就会在滚滚红尘中试探着，想去听更多的单一的声音。把周围的嘈杂声细分，每次只听一种声音。风声，或是蜿蜒着，或是径直着，或是扁薄的，或是铺天盖地的，或缠绵，或暴躁……树借着风舞蹈，沙沙沙，哗啦啦……雨，咝咝，啪啪……每一种声音，都是传奇。于是，我就听到了大自然更多奇特的故事，如此纯粹，又如此丰厚，像孩童的眼眸，像智者的思想。

甚至可以听到人与人之间不用说话，就可了解的心思；在看似纷乱芜杂的熙攘背后，听得到每个人心底的委屈和艰难、欢愉和痛苦、得意与懊恼，我就会觉得懂得了他们，便心生绵软。那时我是悲悯的，是亲和的，一眼就可探得对方的内心，或五彩斑斓、或凄苦黑灰。不用追问，只是静静地等着，等着与我完全敞开的心灵契合，等着眼底温热的相视一笑。

和而不同，是这个世界的本质，是要被一一尊重的。尽管信仰、性格甚至国籍不同，而人就是人，没有高低贵贱之分，都有佯装的强大和暗自的恐惧；和而不同，也是人的心态，是要在生命中修炼的，尽管繁杂、艰难甚至破冰不易。心就是心，没有成败得失之说，只有无尽的包容和丝缕的愧疚。

我们完全可以在这匆忙、躁动的世界中，只打开想要的声音通道，坐拥一隅静谧，来完成自己。是龙成龙，是凤成凤，是树非草，是鱼而不是鸟，哪怕什么也不是。世界如此美好，值得我们去努力！来，你也试试，可以听得到世界每一种单纯的声音吗？可以听得到心灵的声音吗？从鸟鸣开始。

如此诗觅处无不是远方

吴锦芮

初见"生活不止眼前的苟且，还有诗和远方"这句话时，我曾笑着将它念给母亲听，并感叹道："对我来说，还有的不过是读不懂的诗和到不了的远方。"母亲轻轻地摇头，又点点头。知女莫若母，她知道我虽喜爱文字，却难得读诗，也了解我耽于日渐繁重的课业，失去了远行的机会。

她望向我，眼中似有一汪深不见底的潭水："你可以从'眼前的苟且'里，找到'诗和远方'。"

我歪着头，对她的话有些不解。

直到那天，我在那平凡无奇的生活中觅见了诗的光亮。

那一次回老家。莫名，总觉得院门前空空落落的。细想一遍，恍然大悟，那棵从小在我记忆中耸立着的柿树被砍掉了。我急忙跑上前去，蹲下身，只见那棵几十年来一直挂果的柿树，只剩下颓然的树桩。

抚过树桩上一圈圈年轮，每一圈都曾涌动着生命的河流，跳动着绿意的脉搏，无数画面被封存其中，包括幼时的母亲与舅舅抢柿子，夏夜我与外婆在树荫下纳凉。而如今，它们都被一把电锯收割。我沉默不语，轻咬住唇，茫然不知所措。

忽然，我的目光瞥见了另一番景象——树墩下蔓延的根上，竟生出了几根葱绿的幼苗，稚嫩的叶尖在微风中轻轻抖动。涌动着生机的叶脉里，似乎能看见河在流淌，是生生不息、永不向命运妥协的生命的河流。我不自觉叫出了声。叫声引来了母亲。她俯身仔细辨认，脸上浮现出难以置信的神色，说："是柿树苗！它的根还没有死，没死，孕育了新生命！"

就在那一刻，我曾经拜读过的为数不多的诗涌入脑海，从未体验过的悲伤与喜悦席卷了每一个感官。一瞬间，我忽然就明白了诗人们笔下的世界：想要赞美一株幼苗破土而出的勇气，欣赏它迎接每一个朝阳冲破黑暗的早晨；想要捧起一只冬夜里孤独的小虫，告诉它寒冬过后便是春天；想要接住一片秋风中飘零的落叶，告诉它来年的花会　更加鲜艳。

原来如此！曾经的迷茫和不解，彻底如云雾消散，思想的天空万里放晴。此处应有诗和远方。

如无法静下心来细读名家诗篇，便从琐碎的时光中窥一片诗意；若无暇背上行囊遍游名山大川，便从心灵的畅想中寻一丝洒脱。这样不也是找到了属于自己的"诗和远方"吗？或许，我已从生活中寻见了诗意。

既然"诗"在灵魂里可以游历世界，那么"远方"也并不意味着一定要做个"背包客"。我回到家中，信步走到书柜前，随手拿出一本书翻看，小说也好，散文也罢，无所谓文体，只沉浸于意境。

三毛的不羁，携我横穿了撒哈拉沙漠，体会了雄壮。徐志摩的多情，让我站在古老的康桥之上，嗅尽了书香。于敏的细腻，带我泛舟于西湖之畔，窥探了湖山的四时无穷。

便是寻常的一抹秋雨，却因张爱玲而淋出了生命的不息。庭院前那片寂寥的小荷，在风中摇曳出几分孤独，像极了朱自清先生的背影。就连墙角那几棵枯黄的狗尾巴草，都在晚风中幽幽起舞，诉说着余光中笔下的乡愁。

心中有远方，诗句皆风景。

春的羞涩，夏的奔放，秋的忧郁，冬的无情。竟都在诗的意境中，化作了影像，融入了血液，交织成一个并不完美，却值得眷恋的现实世界。

一个下午悄然过去，我虽寸步不移，却已游历了半个地球。谁能说这不是"远方"呢？

偶然间，记起曾经读到的一句话："并不是说，'诗和远方'一定指抽出时间读诗或是旅行啊。"

这与母亲的话何其相似！她漫不经心的一句话，却悄无声息地在我心里埋下了一颗种子，让我不自觉地在自然万物间寻找生命，来验证美好，于是我终于能够欣喜地看到种子破土，发芽生长。

世界是美好的，美好不仅在新奇和陌生的"别处"，更在寻常和熟悉的"此处"。看似平淡的生活，深藏着别样的"诗和远方"，你若细心留意每一株草木的生长，每一朵花苞的绽放，每一声婉转的鸟鸣，每一个婴儿的啼哭；给自己片刻闲暇，去阅读，去运动，让心灵踏上旅程，定能在那无数平凡的日夜中，寻见无尽的诗意，也能为疲惫的心，"抵达"安身之所的远方。

诗很美，它让远方变得很近，它让心灵无比徜徉。而平凡的生活，也许便是一首触手可及，美不胜收的诗吧！

第三辑　世相

白事

王善余

一

　　死亡是一种告别，没有重逢的告别。死亡就像一头青面獠牙的野兽，潜伏在生命路途中的某一暗处，在你踌躇满志向一个方向进发时，突然将你劫持。死亡的狂暴、凶悍和不动声色，将生命置于无法掌控之境。在死亡面前，我看到生命的虚弱与缥缈。

　　幼时，每当看到村里某户人家门前涌动着白花花的人群，听到响器班奏出哀伤的乐曲，我就知道死亡闯入了这户人家，将一个生命连根拔起。死亡的不期而至，扯断了生命的琴弦，摧毁了平静的日月，让整个村庄猝不及防。倘若在死者瞑目后第一时间赶到现场，我会看到主家墙上的字画全被扯去，房门贴上白纸，厅堂铺了草垫，死者一身寿衣笔直地躺着，一张黄表纸遮住面目。在腾起的哭声里，我仿佛看到另一个世界里的黑暗和岑寂。

一个生命不辞而别，亲人们悲痛之余总要让死者的人生有个体面收场——白事成了头等大事摆在他们面前。在我看来，每一桩白事都是对生命消亡的确认，它的庄重和神秘强化着生命的重量，也宣告了对死亡的妥协。

从乡村民俗文化的视角考量，白事是为死者送行的仪式，是一次集体参与的对亡灵的安抚，它以冷峻的面孔，行走于饱受农耕和民俗文化洗礼的乡村。它调集了庞大的群体，整合了所有的哀伤，完成生死过渡和阴阳对接。因此，人们对白事十分看重，对流程的安排和秩序的把握极为慎重，任何一种闪失或疏漏，都会给白事留下遗憾。

民俗，这饱含情感和文化意味的东西，怀着对亡者的关照和体恤，介入并指挥着乡间白事。

二

在一个无法预知的时段，我听到了邻家传来哭声，哭声里混杂着犬吠。哭声浩大而沉重，像垂落的骤雨，像澎湃的海潮，撞击着整个村庄。死者是我们家族里的中年妇人，比母亲大六岁，母亲的远房嫂子。哎，怎么说走就走了呢。母亲收拾饭桌时，一声叹息。走了也好，到那边去，病就撒手了。母亲声音凄然，像是自言自语。母亲还说，这位嫂子做新娘时面如满月，头上盘着发髻，发髻上别一枚银簪，绸面短袄上全是梅花，一顶轿子抬过来的。后来得了一种病，治不起，一直忍着，疾病在她四十九岁的身体里盘踞两年。每日里，她用尖锐的呻吟驱赶病痛，她失败了。在病痛疯狂的围剿下，那张满月般的脸和活着的念想塌陷了。她的男人说是鬼魂附体，找人扎一个纸人当替身，一把火烧了，却未能阻止病魔对她生命的蚕食。熬到了一个暮春的黄昏，她的魂灵走了。

院子里挤满了人，人们在谈论着死者的生前，包括她的家世和美德。老人们把她从木床上移到厅堂内的草铺上。床沿上有许多齿痕，花边枕头也破了几处。人们知道那是怎么一回事。

我挤在人群的缝隙里，好奇心壮大了我的力量和胆略，尽管有人伸手把我的头拧过去，但并不能阻止我看一眼这个曾用半块饼帮我赶走饥饿的女人。大人们的臀部从我的脸上擦来擦去。我终于看到，这个被疾病扼住喉咙的女人，一身蓝色寿衣，包括尖头棉鞋和绣着梅花的帽子也是蓝的。她的头前搁一盏马灯，一只蓝花碗，一个瓦盆。马灯昼夜亮着，浑浊的灯光照出一种荒凉的幻景，它与世俗格格不入。蓝花碗里装着半生不熟的米饭，上面交叉着插一双筷子，大人们说这是倒头饭。瓦盆里燃着火纸，满足死者黄泉路上的花销。火焰映照着沉寂和悲怆。

一阵哭声从村外走来，那是闻讯赶来的亲戚。一个生命去了，像扯起一根瓜藤，与之相连的大大小小的藤蔓都被扯到了一处，共同承受一种疼痛。披着孝布的女人们忙用哭声出门迎接。进了门，放下腋下几刀火纸，亲戚们围着草垫跪下，扯开嗓子号啕大哭。哭声像无形的手，撕扯着人心，让身处现场者肝肠寸断。在哭声的推动下，有人就抱怨了，抱怨死者走得太早，抱怨死者生前没过几天好日子。抱怨的人多是死者娘家嫂子或姊妹。人群里哭声最响的是嫁出去的闺女，哭得捶胸顿足，抑扬顿挫，边哭边细数母亲的仁慈，罗列母亲的恩德。这样似乎对母亲的那份感情表达得还不够充分，忽然自责起来，说母亲没喝过她一口水，没吃过她一口饭。娘家嫂子见小姑子哑着嗓子收不住哭声，怕伤了身体，擤一把鼻涕过来安慰劝阻。

河边一棵最年长的柳树被抬到这家的院子里。一群木匠披星戴月，刨花飞舞，一口上等的柳木棺材横在院子里。请来漆匠涂上油漆，紫红色的棺材阴森夺目。一老者拄着拐杖，一路咳嗽踱进院子，绕着棺材端详一番，又张开两指测量棺盖的厚度，心里有了羡慕和盘算。

到了入殓时辰，棺材移到屋内，底部前后各置一条短腿长凳。棺材内壁棺底棺盖糊上一层火纸，铺上棉被。负责入殓的老人将死者抬进棺材，看看死者的穿戴，伸手抹平衣服的褶皱，矫正帽子的位置。早就准备好的白纸包裹的土包被嵌入死者与棺材之间的空隙，土包数量与死者的岁数等同。这么做一是固定死者的位置，避免出殡时因起落颠簸出现偏离（这是对死者的不敬，也是一大忌讳）；二是让死者前去阴曹地府，也不疏离土地。这足以表明，在庄稼人看来，泥土是肉体与魂灵的永远支撑。

棺材即将上盖，管事的说，再看一眼吧。亲人们扑上来，跺着脚，双手拍打棺材，哭声大作，力度和声势前所未有。这是死者在世间的最后露面，在纷飞的泪雨中，一段人生谢幕了。有人哭干了眼泪，哭哑了嗓子，哭声变成了咳嗽，甚至晕了过去——这多是与死者感情最深的人——活得很苦或婚姻不顺的闺女。管事的一挥手，扯断了哭声。合上棺盖，木匠抢起斧头，楔入铆钉，疼痛和眷恋连同铆钉被一并楔入棺材。死者对此一无所知。

三

门前搭起灵棚，摆上祭桌。祭桌正中立着遗像，两侧点着蜡烛。遗像前摆上鼻孔里插着大葱的猪头，被捆住双足的公鸡。紧挨猪头和公鸡放着的，是各类果品，它们在摇曳的烛光里分外明艳。这样一种格局类似于对神灵的供奉，蕴藏着神秘的暗示。香气袭人的祭品让孩子们心事重重，馋涎欲滴，但断不能伸手——那不仅是一种冒犯，更是一种罪孽。触碰死人的东西是要折寿的，这是乡里的说法。成人世界里的一些事情往往暗藏玄机，对孩子们多有震慑。

灵棚内挂满挽幛，多为簇新的布匹、床单或毛毯，为主家的亲友所送。灵棚前搁着纸扎的花轿、童男童女、马匹、楼房和家用电器，供死者在另一个世界使用。

门前的柳梢上挑着铭旌或招魂幡，在风里飘飞，如死者远征的战旗，又似空中的墓碑，既是招引亡魂，又是昭告阳世：一个人已移居阴间。

"正吊"是白事中的高潮，主家几乎调集了所有亲戚，在芦笙唢呐陪同下，完成对亡灵的送行与超度，将对死者的感情表达得淋漓尽致。

"正吊"之日，各路亲友前来吊唁，响器班正式入场。主家这天要摆下筵席款待宾客。人们走向灵棚叩首跪拜后，便挤进临时搭起的帆布棚，围着满是油渍的八仙桌大吃二喝，眼里堆满丰盛的菜肴和油汪汪的嘴唇。吃到太阳偏西，一声粗犷的喇叭长鸣，带着西藏长号的音质，对着宾客骤然响起。管事的一手提着蒲垫，一手架着孝子过来了。管事的扯开嗓子，声嘶力竭地喊一声"谢客——"，孝子面向宾客，两腿一弯，双膝跪向蒲垫。人们慌忙起立，有的反应迟钝，担心动作慢了，有失礼节，来不及拔出嘴里的筷子就站起来了。谢完客，管事的通知众人早点起席准备"送程"。

一支可以上溯到祖宗三代的队伍被组织起来了。村外的路口设一"土庙"，由围着的芦席充当。队伍围着"土庙"转了三圈，管事的一声吆喝，队伍和哭声停下了。礼宾先生手执一纸悼文，宣读死者的生卒年月和生平履历，最后念几句"庙前庙后菊花开，牛头马面两边排"之类的葬礼俗语，告知牛头马面开恩放行，让死者西天路上畅行无阻。

磕完头，离开"土庙"，队伍在火把和唢呐的引领下，行进在村外的土路上。孝子捧着丧棒，贤孙提着马灯，走在队伍的前头。女人们走在队伍中间，凄婉的唢呐声提炼出她们全部的哀伤，将她们的哭声推向一个又一个高度。风像个好事者，把哭声送到远处的村庄，送到窗台上亮着油灯的老人的耳畔，褶皱的眼角滚出几粒感伤的热泪，是对另一世界的向往，还是对不告而别的故人的忧伤，或许兼而有之。在乡间的白事中，唯有女人花样频出的哭声才能感动村庄，撼动人心，攫取更多的眼泪，召唤更深的亲情。也只有女人的哭才能使白事更像白事。在乡间，女人虽在养家糊口上让位于男人，但在哭丧上却是首当其冲。与女人相比，男人的哭大为逊色。

负责照明的帮手们沿途插上点燃的芦杆，这是给亡灵指路。人们提着纸人，架着纸马或花轿之类的纸品，走在队伍的后头。在管事的指挥调度下，送程的队伍在预定的地方停下了。死者的纸质家什被堆放一处，泼上柴油，点把火，顿时火光腾起，刺破漆黑的夜空，遮蔽闪烁的星辰。纸匠们通宵达旦的劳作，闺女们大额的支出，甚至债台高筑，只为这一把火。熊熊火光里，人们神思恍惚，依稀看到死者踩着火焰，坐上轿子或骑上白马，腾云驾雾而去。

与死者有过纠葛的人也一路跟随，他们要为死者送上一程，看着冲天的火光，愧疚与自责充斥心头，从此，与死者的恩怨一笔勾销。

奠酒是白事里的"重头戏"，是对亡魂的祭奠，更是一种技艺展示，非训练有素者所能为。参与奠酒的人是早就选定了的，多为远近闻名的奠酒好手。为了巩固技艺，不至于在灵棚里出丑，有人背地里反复演练，直至每个动作每个表情都胸有成竹。

送程的队伍返回，就是奠酒的时辰。仿佛一场戏即将开演，村里村外的人兴奋起来，走，看奠酒去。灵棚前围的水泄不通，人们踮起脚，伸着头，眼睛像追光灯一样追随奠酒者的表情和动作。奠酒者笔直地跪在灵前，左右各候着一个助手。此人面向祭桌，二目凝视，神情肃穆，双手并拢，形如雕像。右边的助手端一盅酒或捏一炷香，一个跨步向前，俯身垂首，动作犹如臣子面见皇上，人群里掀起哄笑。奠酒人伸手接了，轻轻擎起，高过前额，手里的祭物就纹丝不动地定在那里，数分钟后，方缓缓下落，酒不能溢出，香不能倾斜。左边的助手再双手接过，如此反复。此间，奠酒人像被套上无形的枷锁，始终是一个姿势，一种表情，仅靠一双手完成全套动作。其娴熟的动作，标准化的表情，让围观者叹为观止。奠完酒，刚离开灵棚，奠酒人的手就让一老太太攥住了，说活了几十年，头一回见到酒奠得这么好的。

唢呐换了另一种曲调，哀怨缠绵，如泣如诉，把祭奠仪式烘托得悲凉凄切。夜深人静了，人们在睡梦里尚能听到唢呐声悠悠飘来。

四

送走了亡魂，就是死者入土为安的时候了。

出殡定在正吊次日早上。阴阳先生早已告知主家出殡具体时辰，必须准时准点——若错过时辰可不是好兆头。主家像领了圣旨，委托管事的再次通知亲友，召集杠夫。在白事上，阴阳先生是至高无上的指挥者，他的意志没人敢去违抗。大杠抬来了，这是出殡专用的大杠，在杠夫手里辗转几十年，将一个又一个辞世的老人送到了村外的坟地，尽职尽责，从未出过差错。几个汉子喝了散酒，一脸驼红，七手八脚地把大杠捆在棺材上。亲人们冲过来，抓住麻绳，拍打棺木，滂沱泪雨中，任由哭声横冲直撞。棺材抬出门，厅堂里巨大的空洞提醒儿女们，世上最贴心最疼爱自己的人去了，再也不回来了。

乡间称抬棺为举重。负责举重的共八人，均是有家室的中年汉子，未婚者不能参与，这是忌讳。大杠两端各绑一根横木，一口棺材四条扁担八人举重。举重需行走平稳，轻起轻落，有专人指挥。指挥举重的是村里德高望重的老者。棺材起落行走，服从于老者的口令。一声断喝"起——"，八条汉子横着肩，咬着牙，晃着腿，抬起棺材疾走；孝子捧着瓦盆前面领着，后面的女人们簇拥着棺材一路号啕。到了村口，孝子猛摔瓦盆，纸灰四起，棺材加速通过。女人们收住哭声，返回家里候着。

出殡头几天，阴阳先生就根据死者生辰八字和咽气时间观测风水，选好坟地，用罗盘测定了方位，安排人挖好墓穴。管事的领着孝子给坟地每座坟烧纸，俗称"四邻纸"。提醒墓里的人，一个最新辞世的人将入住他们的领地，成为他们队伍中的一员，让他们善待自己的亲人，弘扬阳世的睦邻友善之风。

阴阳先生的父亲也是阴阳先生，靠一只罗盘行走江湖，在乡间的白事中扮演着不可或缺的角色。他手里的罗盘不仅决定了死者九泉之下的祥和处境，也决定着死者子孙家道兴衰和命运走向，他职业性的举止让人心悦诚服。阴阳先生走了，儿子接手了他的职业。阴阳先生提着皮革包，跳进墓穴，撒上麦麸，扔几枚硬币，投几片桂花糕，点燃火纸。若死者为女性，在棺头处的墓壁挖一小坑，放进头绳、木梳和镜子。人们围着墓穴，屏声静气地看着阴阳先生有条不紊地料理着另一世界里的一些事情。坟地里鸦雀无声。吹鼓手远远地候着，唢呐也歇了声，在阳光下闪着银白的光泽。

阴阳先生爬出墓穴，一挥手说，棺材可以入坑了。棺材抬至墓穴上方，举重人蹲下身，抽去肩膀，大杠、横木着地，棺材悬置在墓穴里。众人松了绳索，棺材徐徐降落。一根两端系着古币的红色棉绳由两人牵着，纵向置于棺盖中线位置，阴阳先生用罗盘测试，再让举重人调整棺材方位，直至与罗盘指针指向吻合。阴阳先生把铭旌敷在棺盖上，洒上酒，棺木与坑沿间搁着"过桥板"，让孝子喊一声"亲人过桥吧"。

送葬的亲友磕完头，挖墓穴的人挥锹向墓穴里扔土，一座新坟赫然入目。唢呐声再度响起。亲友和帮工们回到主家吃白事上最后一顿饭。往往是，孝子兄弟挖一块坟地的泥土放进篮子，拔腿就跑，先到家者将人财两旺，后到者日后多有不吉。

死者辞世后的第一周，称为"头周"，也叫"头七"。儿女们聚在一起，提一篮饭菜酒水，在当日早上赶到坟地烧"头七纸"。烧"头七纸"是儿女们对去了阴间的亲人首次看望，他们还要像送葬那样哭上一场。

据说，只有这天晚上，亡魂才能走出阴曹地府，站在望乡台上，看到披麻戴孝的儿女们绕着棺材哭泣。

<h1 style="text-align:center">五</h1>

时间改变着一切，包括白事。在时间篡改下，白事蜕变成一种表演，这种表演所展示的不仅仅是死亡和悲伤。

在三祖母的白事上，我参与了一场表演；而且，我看到了由欲望指使的白事的另一张面目。

三祖母，我祖父的弟媳妇，这个与拐杖和一对小脚一起进入我记忆的老妇人，一张冷酷的面孔让我刻骨铭心。三祖母十八岁那年，我三祖父撒手走了，给她留下三间土坯房和几十亩田地。土改中，那田地改名换姓，公家只给三祖母留下几分菜园地。菜园地是三祖母最后的阵地，她几乎用全部精力和心思守护着它，她不能容忍任何人惦记菜园里的一棵葱，一头蒜。我不止一次地对菜园里可以吃的东西想入非非，包括悬挂在豆角架上的衰老的豌豆。每当有人从菜园边的小路上走过，正在吃饭的三祖母会立即搁下饭碗，警惕地注视着路人的举动，包括溜向菜园的目光。三祖母的严格防范让我无从下手，只有夜间踩着月光潜入菜园，拔一把葱，摘几条尚未发育成熟的黄瓜。次日早上，我正在梦中反刍黄瓜的清香时，三祖母提着一根折断的瓜藤，找母亲算账来了。我被父亲吊在门上，我身上交错的鞭痕，消弭了三祖母心中的仇恨。

三祖母的院角放一口棺材。这是三祖母早就备好的房子，在她躺进去之前，棺材成了老鼠的粮仓和聚会的场所。多年以后，三祖母不能守护她的菜园了，她瘫痪了。菜园里一片荒芜。

母亲把三祖母接过来，捧吃捧喝伺候她。一年后，三祖母辞世了，享年八十岁。

父亲是三祖母后事的执行者。

三祖母的白事上，忽然出现那么多陌生的人，他们来自四面八方，是些在血缘上与三祖母有牵扯的人。但在三祖母活着的时候，我从未见过他们。三祖母的白事上，他们出场了。他们平静的表情背后，隐藏着无法抑制的兴奋，他们不约而同地到来，像是赴一场宴会。他们聚在偏房里商议着什么。有人建议白事要办得体面一些，要请最好的吹鼓手，请最权威的演出团队，甚至有人问及死者留下多少积蓄，房子、菜园地的归属问题。

在父亲指挥下，裹着一身蓝色寿衣的三祖母被抬进那口棺材，她的身体很轻，如一截朽木，除了三间草房，一块菜园地，寿衣包裹的遗体就是她行世八十年的全部积蓄。

一群女人，一出戏中必不可少的女人，她们绕着棺材，捏着嗓子，装腔作势地哭了一阵，哭得浅尝辄止，很不透彻。我无法从哭声里验证她们在生离死别面前的忧伤。尔后，她们你推我搡地涌进帆布棚，分享三祖母为她们提供的盛宴，酒足饭饱后，她们顺手拿走了碗筷和汤勺。

管事的是我家族里的一位老者，由于他坐席安排上的失误，让一位三祖母娘家亲戚大发雷霆，他一手掀翻了饭桌，满地的饭菜由几条狗去收拾。父亲给他跪下了，用一条烟平息他的愤怒。类似的风波在乡村的白事上时有发生，有人因主家没有在第一时间上门报丧，在入殓或出殡时横加干预，乃至出现肢体冲突，自此两家关系一刀两断。

我跪在灵棚前，看着前来吊唁的人们庄重的表演；而我也以表演者的身份被置于众人的围观中，在三祖母的白事上，我的沉静与冷漠，如同隔岸观火。

舞台搭起来了，音箱吊在树杈上。舞台前挤满了男女老少，200瓦的白炽灯泡，照着老人们蓬乱的白发和残缺的牙齿。他们是些从未走出村庄的人。他们不知道外面的世界，不晓得人生的多种可能。一场白事带来的狂欢，填补了他们精神上的空缺，颠覆了他们对人世的认知。

吹鼓手鼓起腮，不遗余力地吹奏欢快的乐曲，试图证明，这是一个十分专业的响器班子，他们都是些称职的艺人。女歌手长腿细腰，衣着妖娆，手执麦克风，扯起红唇，唱得天旋地转。她唱"路边的野花不要采"，唱"山路十八弯"，也唱"我的心在等待永远在等待"。

舞台上，一对男女在表演二人转和通俗小品，他们用粗劣的台词和下流的动作，攫取观众的欢笑。他们把三祖母的白事当成一场无关死亡的庆典，把放着棺材的灵棚当成表演的背景。表演结束了，报幕员一声吆喝，一个未成年的侏儒，迈着企鹅的步子走上戏台，俯下身，像马刀蛇一样趴在舞台上。一中年吹手站在侏儒的背上，用鼻子吹奏唢呐。台下骚动了，哄响了，他们用尖利的口哨迎接舞台上的盛况。那用鼻子展示技艺的吹手，在人们的狂欢中，吹得忘乎所以，双脚腾挪，却忘了脚下踩着的是个活物。他们在三祖母白事上的成功演出，除了赚取丰厚的报酬，多年以后仍为人们津津乐道。在乡村，他们是一支活跃的队伍，他们游走在文化与乡土之间，他们的职业决定了白事的水准和影响。在白事策划组织中，一种为人们认同的价值取向，让这支队伍在广阔天地，大有可为。

更令人称道的，是灵棚里的职业哭灵，这一角色由女性充当。她们哭得痛心彻肺，哭得不同凡响，这种以假乱真的哭技，纵使再会哭的女人也不能望其项背。雇主花了钱，哭灵的女人头上罩块孝布，做了雇主的替身，哭得令人动容。哭灵人走南闯北，从业阅历极深，除了称呼因人而异，哭腔和内容如出一辙。这边哭得天昏地暗，那边的雇主却在麻将桌上奋力鏖战。

风清月冷了，唢呐响得有气无力，狗支着前腿恹恹欲睡。一群妇孺围着灵棚在等着什么。帮工们正要动手拆去灵棚，祭桌上的祭品被哄抢一空，甚至连面目狰狞的猪头也不知去向。

出殡那天，父亲为寻找抬棺人绞尽脑汁。村里年轻力壮者甚为短缺，父亲只好捧着丧棒跪求年纪稍大的人，他们以每人一百元外加两条烟为报酬应下差事。此前，阴阳先生用罗盘找到了埋葬三祖母的风水宝地，挖墓坑时，有人以"此地有主"为由出面阻止，父亲拿出五百元平息争端。

三祖母下地当天，她的娘家侄女们，那群我不认识的女人准备回去了。临走时，她们在三祖母的土坯房里寻找一番，看看有没有值钱的东西，最终一无所获。失望之际，她们顺手搬走了三祖母留下的一口水缸和几只菜坛子，说三祖母没有后人，这笔遗产得有人继承。

六

站在时间的一端，我试图追溯乡村的源头。我知道，从源头一路走来的乡村衣衫褴褛，面目沧桑，积贫积弱；而它的血脉里流淌的却是古朴、持重和对传统文化的敬畏。在城市文化的渗透下，乡村连同与它血脉相连的土地一样质地的民风已不知何去何从。

在不断壮大的城镇格局中，乡村日渐萎缩和消亡。乡村里的一些事情，比如关乎死亡、伦理和情感的白事，我不再认为它是一种纯粹的庄严的安抚亡灵的仪式，我看不到它应有的品质。我更悲哀地看到，与白事一路相随的世道人伦，在时间与世风的围困下，已无路可走。

在乡村白事上，我看到另一种死亡。

城南旧事（外一篇）

张晓慧

儿时，喜欢去南门桥。不是因为它高高的桥头，不是因为它厚实实上了岁数的木质桥身，也不是因为桥下面清澈流淌的串场河水。喜欢的是，南门桥头的热闹和繁华。

南门桥头东北侧的杂货店，卖雪花膏卖百雀灵，卖五颜六色的小糖，还卖酱菜卖鸡毛掸和红亮亮的马桶……上学放学的路上总要和同学绕到这儿转一转看一看，再买上一块薄荷糖，一分钱一块，看上去黑黑的，吃到嘴里可是又辣又甜。其实，买糖呢又只是一个幌子，我和亚丽知道，更多的是，来看这儿卖东西的女营业员。

女营业员可真是一个美人，二十多岁吧，也有人说她三十多岁了，长长的卷发高高的个子，吊吊的眼梢浓浓的眉，白皮肤红嘴唇，总是不笑的。女营业员见到大人从来不笑，印象中只有见到我们小孩子才笑。她坐在高高的柜台后面，长长的睫毛密密地覆下来，笑笑地看着我们。不像那个老头，见到我们总是防小贼似的，老花镜吊在眼睛下面，两只鱼眼睛从上面死死地盯着我们，其实我们在杂货店从不乱摸的。

我很喜欢的是看女营业员卖雪花膏，雪花膏是装在那个大玻璃瓶中的，友谊牌的、雅霜的两个大玻璃瓶并排放在柜台上。买的人总是带着一个小瓶子，女营业员手指又细又长，指甲用凤仙花涂得红红的，她将一块竹片子在手中转一下，就在大玻璃瓶中挖上几块，再将小雪花膏瓶底在手心轻轻地拍上几下，拧上盖子就好了。店堂里满溢着香味，我们身上好像也有了香味，背着书包走出老远，还能闻到。我说是玫瑰香，亚丽说是茉莉香。

亚丽家就在桥头西南侧的下面。两层红砖小楼在那时很稀罕，现在想来也不过就是上两间下两间，楼下有一间是卖熏烧的。下午放学，转完杂货店总是要到亚丽家做作业。在门口摆上一只小桌子，她一面我一面，做着作业听串场河上小轮船瓮声瓮气地和水流一起作响，做着做着就闻到扑鼻的猪头肉香。

亚丽的爷爷做的一手好熏烧，但我们只有闻的份儿，亚丽说除了过年，她们家的人从来吃不到的。天有点暗了，南门桥上的人影模糊起来，她爷爷就将马灯挂在了门楣上，黄油纸糊的罩，上面一个黑团团的"卤"字。有着两个妹妹一个弟弟的亚丽很懂事，作业一做完就去接她奶奶的班，哄她弟弟也是她家那个活宝贝。其实宝贝也不过就小亚丽六岁，看十岁瘦瘦的亚丽抱着肥头大耳的弟弟，我会说放下来、放下来，那么大了还要抱！那宝贝就有点生气，跳下地，抓起我们做作业的铅笔就往地下摔，手上、脖子上的银项圈、银手镯、小铃铛响成一气，我们就哈哈大笑。

那年夏天发大水，亚丽家地势低，一楼都进水了，煤饼都泡瘫了，塑料拖鞋五颜六色漂了一屋子。一家人在忙，她们家的宝贝一个人坐在大澡盆中，在水中漂来漂去，用手四处打水，溅到谁身上就乐不可支地大笑起来，忙乱的一家子都笑了起来。

南门桥向西是去酒厂的路。酒厂开窖的日子南门桥头老是弥漫着山芋干子味道，闻了头晕，但南门桥下仍然人多店多摊子多。傍晚，炸徽子的卖金刚脐的蹲在煤炉边卖五香茶叶蛋的，路灯昏黄，各种气味混杂人声鼎沸。

门面最大生意最好的要数桥北那坐西朝东的一家饭店了。饭店是国营的，门面大品种也多。清晨有早点，中午摆桌子，晚上除了摆桌子，还在门口做点心卖点心。在亚丽家做完作业回家，要经过这家饭店的，黄澄澄的韭菜饼、金黄黄的油剪子；总是有很多人买了亚丽家的猪头肉，再排队买这家的大窖饼，供不应求。于是那揉面的师傅就越发忙了起来。六月的天气，我们还没穿裙子呢，那师傅就赤了上身满头是汗，两只手在硕大的白面团中翻来捣去，直将一案板的面渣渣，都团成一个个小面盆大的面团团，光滑无比地排列且整齐有序。

那日随母亲排队买饼，母亲忽然惊呼一声就松开我的手，径直走向那揉面的师傅：你怎么能这样？！那师傅手中托着一只面团笑眯眯地说：老师哎，天太热了嘛！妈妈说了一句"不要喊我老师"拉着我的手就气呼呼地走了。

我说我们就排到了呀！母亲说这个饼不能吃！却原来那师傅揉面时一头一脸的汗，竟拿起一只光滑的面团，对着脸上滚了几下将汗吸掉。那人还真是母亲教过的学生。从此，再也不去买这饭店的大饼，若干年后方想得，其实，油条、金刚脐的面也是这个人揉出来的……

串场河水流淌不息，四十余载的岁月有多长？南门桥早已脱胎换骨，旧貌换新颜，桥下公园五彩缤纷四季若画。亚丽早已远嫁他乡，随着城市的变迁和改造，也不知他家去了哪里住在何方，串场河水也不知道。杂货店自然也早已没了踪影，杂货店的美人倒是听说带着孩子回了苏南。

有意思的是前些日，陪母亲上街，漫步梧桐树荫下，一个肚大腰圆的男人追着母亲叫着"老师"，又递上名片一张，一定要老师到他那儿坐坐，哪怕喝杯早茶。母亲微笑，母亲点头，母亲挥手。母亲让我看看名片，却原是一家餐饮公司的老总。母亲又说：你还记得南门桥下那个饭店？还有那个用面团吸汗的人吗？

词客有灵应知我

晓风柳飚，纵湖掀卷万顷碧波；
苇叶青翠，春意馥郁七子岛畔。

陈琳墓，就如此静谧地与这湖这波这亘古至今的青翠作伴。想必一代才子陈琳在这儿不寂寞，有天有地有大湖之波，有花有草有葱郁风韵，诗人可以诗可以词可以为赋；也许陈琳在这儿很寂寞：无建安诗友吟诗唱和，无金戈铁马嘶鸣喧吼，"饮马长城窟，水寒伤马骨。长城何连连，连连三千里"那只是近两千年前的苍茫意象与嗟叹吟哦……

一

大纵湖的碧波万顷勾连起历史长河的浪花，将我的视线定格在了东汉末年。

踏着如茵的春草，一群意气风发、经纶满腹的才子向我们走来——以曹操为首的三曹，以孔融、陈琳领衔的建安七子，以其才华熠熠屹立于世间，以其文章诗歌播名于后世。

建安七子之一陈琳，盐都（古射阳）人氏，擅长撰写章表书檄，风格雄放，文气贯注，笔力强劲，写出了不少公文名篇，代表作有《为袁绍檄豫州文》。对陈琳在章表书檄写作方面取得的突出成就，大家刘勰也不吝给予肯定。《文心雕龙·才略》篇说陈琳"符檄擅声"；《文心雕龙·檄移》篇又说"陈琳之檄豫州,壮有骨鲠";《文心雕龙·章表》篇再说"琳、瑀章表,有誉当时;孔璋称健,则其标也"。那时,能跻身于三曹为首的建安文学集团,可比当下的什么作协或是几级作家文学地位高多了。

陈琳亦长于写诗,代表作为《饮马长城窟行》,描写繁重的劳役给广大人民带来的苦难,表达了诗人对人民的同情,颇具现实意义。全篇以对话形式写成,乐府民歌的影响较浓厚,是最早的文人拟作乐府诗作品之一,诗风朴实、生动,富有民歌特色,不仅为后世诗评家所称道,而且对魏晋六朝的诗歌创作产生了深远影响。诗以修筑长城的士兵和他妻子的书信往返,揭露筑城徭役给人民带来的深重灾难"饮马长城窟,水寒伤马骨……长城何连连,连连三千里。边城多健少,内舍多寡妇……君独不见长城下,死人骸骨相撑拄。"一步一句,让苦难叠加。"生男慎莫举,生女哺用脯",这句又让全诗因苦难而产生的悲情达到极致。收到丈夫书信的妻子回信中,则表达了坚贞不渝的爱情,以中国妇女美好传统道德衬托平民百姓在苦难中的人格美丽。全诗民歌的色彩很浓,对人民疾苦的同情溢于言表,也是历史的真实写照,读来让人心生酸涩,泪流不止。言为心声,若陈琳没有对底层民众生存状态的了解与同情,没有怜悯之心,纵有万千才华,笔下流淌不出如此深重的情愫。

陈琳辞赋代表作还有《武军赋》和《神武赋》,前者写袁绍克灭公孙瓒的功业,后者赞美曹操北征乌桓时军容之盛,都写得十分壮丽。据《隋书·经籍志》载,陈琳原有集十卷,均佚失。明代张溥辑有《陈记室集》,收入《汉魏六朝百三家集》中。其诗中名句有:"建功不及时,钟鼎何所铭""庶几及君在,立德垂功名"等,有高昂的政治热情,也有社会动乱、人生短暂之慨叹,读来也让人不由击节,喟叹不已。

翻开中国文学史的浩瀚册页,我们不难发现,魏晋南北朝文学堪称乱世文学,其起始点是汉末建安文学。建安是汉献帝的年号,建安文学指建安年间和魏朝前期的文学,这时的文坛以曹氏父子为中心汇集了一批文学家，其中建安七子便是其中坚。按魏武帝曹丕在《典论·论文》中对建安七子的排序是："今之文人，鲁国孔融文举，广陵陈琳孔璋，山阳王粲仲宣，北海徐干伟长，陈留阮瑀元瑜，汝南应玚德琏，东平刘桢公干。"建安七子与曹氏父子三人一起，在动乱的时代，以"政治理想的高扬、人生短暂的哀叹、强烈的个性、浓郁的悲剧色彩"，构成了"建安风骨"。"建安风骨"被后世的诗人们追慕着，成为反对淫靡柔弱诗风的一面旗帜。"慷慨以任气，磊落以使才"的独特建安文学风格，更对后世文学产生极大的影响。

二

今人从文学地位的角度，纵阅陈琳的盖世才华，均肯定其文学业绩。但对陈琳从军从政亦从文的多重身份与复杂生涯也多有非议，甚而在政治、人格操守上的质疑与诘问。

陈琳的初涉政坛，有史为证的是在汉灵帝的东汉末期。此时的陈琳为国舅、大将军何进的主簿，胸中已有文墨浩瀚，对于乱世中的政局也有着敏锐的政治见识。此时的大将军何进已是一人之下万人之上，大权在握踌躇满志傲视群雄。但权力也真不是个好东西，令人日不安宁、夜不能寐。为防失去大权，何进在袁绍等人的鼓动下，试图清除宦党力量，其妹何太后竭力反对。妇人之见！何进拂着长袖，召来信任之主簿陈琳密议，意欲借召见地方诸侯豪强进京之际诛杀宦官。"万万不能！"身着官服潇洒倜傥的大秘书陈琳立在何进的面前力谏："大将军掌握着国家兵权，总揽着皇威，整肃朝纲，是很容易办到的事。而现在，您放弃有利的条件不去做，反而召集地方诸侯豪强进京恫吓太后达到整肃朝纲的目的，无异于引狼入室，功必不成，只会造成国家大乱"。然而何进拒不接受陈琳的苦口婆心，一意孤行，其后果是董卓率兵进京，自立太师，废少帝立献帝，加快了东汉王朝的覆灭，何进也在乱中被杀。不知何进在面对刀枪剑戟吐出最后鲜血之时，可否想起陈琳那日立在阶前涨红着脸的句句劝谏？

有才华的人总是有人要用的，何况军、政、文皆通的陈琳。何进死后，袁绍向在凄惶避难于冀州的陈琳伸出了橄榄枝：到我这里来，有你施展才华的地方！于是，陈琳归附于袁绍帐下。自此，袁绍军中之文书，多出自于陈琳这大笔杆之手。最为出名并在历代史书中均有记载的，当数为才子陈琳奠定盛名，又为曹操留下阔大胸怀美名的《为袁绍檄豫州文》。仅有一千四百七十一字的檄文，通过排比对偶的手法，显出了排山倒海的气势，读来令人回肠荡气。犹记《三国演义》中的生动描写：曹操在许昌，患头风，看了檄文，毛骨悚然，出了一身冷汗，不觉头风顿愈，从床上一跃而起，顾谓曹洪曰：此何人所作？在知道是陈琳之手笔后，曹操笑了，自我排解说："有文事者，必须以武略济之。陈琳文事虽佳，其如袁绍武略之不足何！"一篇文章，竟让曹操治好了头痛病，这是何等了得的笔力！

官渡之战，曹操打败了袁绍，也俘虏了陈琳。曹操将这个败臣带自帐前，没好气地问：两军争战，你写个檄文，骂骂我就是了，这也是可以理解的，为什么要骂我的上人呀？他们又没有得罪你！而罗贯中则在《三国演义》中让陈琳回答了曹操一句话："箭在弦上，不得不发耳。"此话一出，陈琳气度风范尽显。曹操是个爱才惜才之人，不但没有追究，反将其收在自己门下作了司空军师祭酒，主管记室。曹操不杀骂己之人，也在历史上开了个好头。唐代大才子骆宾王如陈琳一般写《讨武曌檄》，被武则天抓住后，也因此得了个宽大处理。

从大将军何进的主簿军师，到袁绍的重要幕僚写出洋洋洒洒《为袁绍檄豫州文》讨伐曹操，再到袁绍败于官渡一役，陈琳竟又甘心为曹操所用并尽忠尽智，其为人为官的操守与文章前后任道不一，历史上从来对陈琳三易其主多有非言与诟病。有说是陈琳不守节义，有说是陈琳立场失据，也有稍能体谅的，说陈琳是时局所限之无奈不得而已。其实，纵观彼时彼地的时局动乱与枭雄纷争，我倒认为，陈琳骨子里是一个文人士子，具有敏锐政治见识，怀有远大理想抱负，更期待有卓越文学才华能施展之平台。

三

世上政客投机钻营多重利，陈琳是文人非政客。中国文人历来有"士为知己者而死"的情怀，更有为知遇之恩甘愿肝脑涂地之气质。当曹操以阔大的胸怀，对待这位大骂过自己祖上的陈琳，并以重任要务所托、所信、所用，陈琳又怎能不以智慧与才华施展于曹操麾下，尽心尽力尽忠尽智呢？

况且，曹操文韬武略，三曹父子文学才华好生了得；况且，建安文学集团活动频繁，诗、文、赋俱佳的陈琳如鱼得水以才华翔翼蓝天大地。坊间曾笑曰；中国第一个类似作协的组织，就是曹操组织的建安文学集团。况且，曹操不咎其过的大胸怀，为士子陈琳创造了千古文人最为向往的主从遇合的理想境界。从这一点来看，曹操堪为一代明君，换作别的君王，不将你陈大才子大卸八块、株连九族就是万幸，但严令你闭嘴牢狱之灾是绝绝免不了的。天下君王对发出不同声音者大抵如此，何况骂及自己的祖上族人。

可惜的是建安二十二年（217 年），陈琳与建安七子中的刘桢、应玚、徐干等一同染疫疾而亡。挣扎弥留之际，才子陈琳的眼底心中是否飘忽过不算太长之人生的林林总总？军中生涯？政中是非？也许，此时他的眼前只有其诗其文其赋的华彩熠熠吧！陈琳之死于疫疾可见当时社会动乱之烈，经济凋敝之极，竟然朝中直属机关的要员以及如此文学巨匠们也会得不到有效医治。茫茫乱世，陈琳心血之文稿也大部分佚失。他的一生，既有着与一代明君相逢相知之幸，也有着文人生于动乱年代，其理想与抱负均付之东流之大不幸。

七子岛上，清风掠过，犹见建安七子踏青折柳衣袂飘然，才华盖世的文学大师们指点江山、纵横捭阖；陈琳墓前，湖水波光，犹闻才子陈琳抚琴长吟：逍遥步长林，萧萧山谷风，惆怅忘旋返，嘘唏涕沾襟……

一切都已过去，一切又似在眼前。天下变换朝代更迭，当岁月的烟雨逶迤苍茫，唯一不受湮没的就是盖世的才华；当时光的巨轮拖曳着历史千年万载，在这长河中闪闪发光的，不是什么大将军府的主簿不是何人的幕僚更不是什么丞相门下督，那永远璀璨在中国文化长廊的，就是朴实生动、饱含对贫苦百姓的怜悯同情的《饮马长城窟行》，就是洋洋洒洒、声震山河的《为袁绍檄豫州文》，就是"志深而笔长，梗概而多气"的《为曹洪与世子书》，就是华美壮丽的《武军赋》《神武赋》……

晚唐诗人温庭筠曾在这久久伫留，"曾于青史见遗文，今日飘蓬过此坟。词客有灵应识我，霸才无主始怜君。石麟埋没藏春草，铜雀荒凉对暮云。莫怪临风倍惆怅，欲将书剑学从军"。一首《过陈琳墓》隔着六百年的山河岁月，尽显对陈琳的惺惺相惜。陈琳听得见吗？

"词客有灵应识我"，一群孩子笑声熙攘从陈琳墓前走过，对这墓这写有"七子岛"的四方木牌视而不见。不怪孩子们，多少成人眼底心中也不知也不晓也不识陈琳的，何况孩童？然而，这世上，终有建安七子名存千古，诗人陈琳的足迹确在这座叫作盐阜的大地上行走，他的诗词与才情也永镌刻在知晓他人们的心中，璀璨在中华文化的浩瀚长河。

心弦如丝做利坯（外二篇）
明前茶

"小时候，家中还没有洗衣机，洗了粗重的床单被罩，母亲都喊孩子们去帮忙绞拧。但她不许我沾手，因为，我要学利胚。"

三十年前，老葛还是小葛的时候，就深受管束，父母不让他掰手腕玩，不让他帮家里割稻子、扬谷子、捣年糕，不让他做任何有可能扭到手腕，或导致手部震颤的活计，原因就是"你师父说的，孩子的手腕要是不小心吃到力，利胚这一行就不能做了。"

利坯是制作薄胎瓷的重要一环。以一只敞口薄胎白瓷碗为例，拉胚师傅做好器型以后，碗还是混沌初开的模样，厚墩墩地憨态可掬，碗口、碗腰、碗底处都有少许的蓄泥，拿在手上有点坠手。而利胚就是把这胚体尽可能地削薄，只留下薄薄的一层胎骨。一只一百克的碗，利胚后只剩不到二十克。在利胚的过程中，器型的风骨开始呈现。清冷孤傲的气韵，并非上品，极品薄胎瓷看上去有一种很柔和的暖，"微微冒汗"。这种毫不孤冷的视觉效果，完全由利胚师傅所赋予的弧线来体现。

利坯的第一步是磨刀，小葛上到小学六年级，就开始学习磨刀。光这一步就学了两年。利坯用的刀，其实都是用细长的钢条再次淬火，经锻打锉磨而成。这是每位利胚师傅安身立命的吃饭家伙。师父不会把他用熟了的刀给你，因为你使不惯。每个人不一样，利胚的速度不一样，"咬刀"的习惯也不一样。小葛跟我解释说，瓷器的造型和弧线千变万化，所以刀刃的弧度必须跟随器型变化。胚体越修越薄，刀刃越要与泥胚的弧线咬合得天衣无缝，不然，"嗤"地一声，你精修了两个钟头的胚体，一秒钟就被修废了。

三十年光阴倏忽过去，小葛变成老葛，跟随他的利坯刀，从二三十把，变成一百多把，板刀、条刀、挽刀、底足刀、外形刀、蝴蝶刀，这些刀就像他的兵器一样，每天都要在手中掂量磨砺。老葛在他的工匠生涯中，养成了习惯：每天都要磨刀，一磨就是一下午。从他吃完午饭开始磨刀开始，家人就知道，无事不可扰乱他的心神。这三十年，老葛成长为景德镇首屈一指的利坯师傅，靠的就是高度的自律：他从不喝酒，因为酒精容易使手腕震颤；他不看情节粗暴的影视剧，怕自己沉溺分神；他也从不在白天工作，因为利坯时需要绝对的心神宁静。所以景德镇有一句老话称："利坯练的是'阴功'。"

下午把刀磨好，前半夜老葛都在喝茶、读经，看他从西安碑林带回来的碑帖拓片。他并不练习书法，他只是看，捕捉那笔锋的走势，水墨的速度，连笔的弧度。他细细观瞧，直到酷暑天，身上也凉津津地没有一滴汗。这样，到了后半夜，他做利坯的心气就养成了——身体微倾，耳朵紧贴在钢条刀具的另一端，靠听走刀的声音判断胎体的厚薄。此时市声已消，灯火渐暗，猫走在瓦楞上的声音都清晰可闻。刀条擦过泥胎卷起飞扬的细浪，瓷泥特有的涩味钻入鼻孔。老葛已经锻炼出这样的本能——无需盯着泥胎反复观瞧，只要耳听手摸，就能判断胎体的厚薄。听一下刀在泥胎上走的声音，如果是"噗"，说明胎体尚厚；如果是

"嘶"，说明开始走薄了，越往后，声音变化越是在毫微之间。

景德镇的薄胎瓷源于宋代影青瓷，那时，这种瓷器就有"滋润透影，薄轻灵巧"之说。明代万历年间，著名陶瓷大师吴十九创制了一款"卵幕杯"，"薄如鹅卵之幕，莹白可爱"。说的就是吴大师能将茶杯的厚度，利薄到犹如鹅蛋壳里面的那层卵衣。

这种脆弱又坚韧的美，靠的就是利胚师傅的功夫。午夜，老葛的左手，一直小心翼翼地托举着泥胎，犹如正托举一个十世单传的婴儿。他在这四个小时中不喝水，不看手机，不上厕所，不交谈。他只是沉浸在自己的节奏和旋律里，如此忘我，直到一气呵成。

利胚成功的喜悦是怎样的？老葛说，形同十二岁那年的春天，在油菜花田里伸出手去，一只蝴蝶停在他的手背上。他失去了欢呼雀跃的本能，只是感受那痒酥酥的幸福。

乡村医生

观看法国电影《非你莫属》时，老葛不止一次揉脸、叹息，他真没想到，发生在法国乡村医生维纳与娜塔莉身上的故事，在他身上也一样发生着。中法两国的文化差异很大，可农民的本质却那么接近。

老葛也是一名乡村医生，驻守村卫生所已经三十五年。作为方圆十里唯一的一名全科医生，他什么都得干：自己打针配药，自己准备手术器械，自己在院中种植草药。他非常懂得那些带着一堆孙儿、六七十岁还在种地的老农民的心理——看一次胃病或感冒，就要花去几百元，这是他们绝对不能容忍的。作为乡村医生，你最好能针灸、刮痧、拔火罐、搓艾绒烧艾灸，不花什么钱就妙手回春；你也要为六十岁以上的老病号建档，你得像一名病案管理员一样，把上百人的病历都用防水油纸包好，整整齐齐放在十几个大抽屉里。你当然可以与时俱进，把病历在电脑中归档，那样一来，搜索出八十岁老爹的身体指标变化只要花费三十秒。可接下来，要说服他接受你的治疗方案，说不定得花三十分钟。信不信由你，那些变黄发脆的纸质病历，病历上着急上火的笔迹，竟能说服农民：这位医生与你是一同滚过泥潭的战友。

老葛在乡间行医，经常遇到令人哭笑不得的场景：去村民家里巡诊，需要打败看家大狗，和高头警卫一样嘎嘎乱叫包抄你的鹅；中途被一脸焦灼的大娘拉去给她的羊接生，尽管你一再强调自己不是兽医；你也需要与脾气古怪的鳏夫寡妇打交道，他们绝不轻信人，像城里老人那样听信保健品推销员的几句软话或威胁，就拿出十几万养老钱买了一屋子包治百病的药丸和床垫，这种事绝对不可能发生。他们多半眼神锐利，山根处有不好惹的横纹，腮帮上的肌肉像牛肉干一样紧张，就像活了几十年的鹰一样，谁试图从它的老巢里拖走一根树枝一片羽毛，它立刻跳出来啄你。

反正，他们都是以高度的警觉来掩饰自己的无依无靠，以高亢强硬的做派来掩饰年华老去的虚弱。作为乡村医生，你绝对不可以嘲笑他或戳穿他，你唯有与他熟到可并肩坐在在门槛上喂鸡，可以喝同一钵味道古怪的炒米擂茶，你唯有跟他熟到可以抱怨自己的孩子，这倔强的乡村老汉或大妈，才会放心让你治疗他溃烂的脚，或者每到采茶季就要爆发的偏头疼。

既然如此辛苦繁忙，又费口舌，为何还要坚持做一名乡医？老葛笑着说了两件事，第一件事是他服务的一个村寨，有一位八十五岁的老农，老伴去世二十年了，儿子落户深圳后，每年都来劝说老爹去深圳一同生活。无论儿子如何苦求，老爹铁板一块，就是不松口答应。最后，是老葛出马打包票，说深圳带咸盐味儿的清新空气，可以让他多活十年，老太爷终于肯起驾搬去深圳。第二件事，是今年连绵的春雨，让老葛的车陷进了村路上的大泥塘。村人不呼即来，帮他起劲推车。老葛点火猛踩油门时，后轮甩出的泥点子喷了推车人一脸。老葛正愁没带湿巾给人擦脸，其中一位花脸儿大笑，这算什么，咱这里有的是山泉水洗脸。听老葛赞美这里的杏花，他不仅从家撅了一枝开得正旺的杏花来，还带来了去年收获的一包杏干，不管老葛肯不肯要，开了车门就放在了他的车后座上。

中产的标配

旅行至德国，与民宿主人闲聊，说到北上广的青年都以养一只猫，作为晋升新中产的标志，对方瞪大了他的蓝眼睛：中产的标配，难道不应该是一辆自行车吗？

在德国的黑森林里，浓郁鲜甜的阳光，被公路、池塘、农舍前面的草坪，切割成一方又一方。阳光与森林的阴影泾渭分明，一群又一群的骑车人高速掠过，沁凉空气如活泼的鱼儿一样，冲入肺腑。每个人都一脸舒展，从十二岁的半大孩童到九十二岁的老头，他们的车龙头上无一例外地挂着一个藤编车篓子，里面放着全麦面包、精酿啤酒、成瓶的果酱或酸黄瓜，钩针餐垫，还有厚厚的诗集，以及辨识浆果与蘑菇的彩绘书。这些郊游用的物件，开宝马是没有办法展露于外的，只有骑自行车，才能引来艳羡的目光。

在德国人的心目中，中产的概念不在于开什么样的车，背什么样的包，到什么地方度假，而在于对一家老小高质量的陪伴，以及有一颗富足的心，可以对那些无用的事物感兴趣。德国家长会从小教孩子辨别蕨类、苔藓、松鼠的亚分类，即使连学校的考试也不会涉及这些。但，这又有什么关系，一家人总有骑车出去在草原上谈天、说梦、野餐的时候，此时认出草地上的缬草、葛缕子与胡椒薄荷，轻搓它们的叶片，嗅闻它们的气息，心头是否也也涌来他乡见故知的快活？

自行车像一匹灵活的小马，载着永远只能晒出一身粉红的欧洲人，前往自然深处。不仅是德国人，芬兰人、丹麦人、挪威人与荷兰人，也在享受自行车专用道路带来的快适。大约每隔十公里就会出现一个自行车服务亭，你可以在里面充电、打气、买饮料，甚至投币洗一个淋浴。

镜头穿越回四十年前，那时，一辆凤凰牌或者永久牌自行车，也是扎扎实实的中产标配。尤其是江南相对富裕的人家，攒了两年的工业票，又托了无数人情，买到一辆亮锃锃的自行车，都被父母当作微妙的心理补偿，给那些主动前往苏北插队的孩子骑用。因为，唯有他们放弃了江南的户口，才令其兄妹们，可以留在父母身边。那个时候的人也是淳朴，自愿前往农村吃苦的孩子，也攒齐了一年的收获，用自行车驮着，准备带回江南。那是如今可以塞满汽车后备箱的农副产品，新米、咸蛋、碱水挂面、风鸡腊肉、山芋粉丝、蛏子干和野生紫菜，每一样，都沉甸甸地凝结了对家人漫长的思念。过江要乘坐汽渡，不管是通沙汽渡还是海太汽渡，自行车都是可以带上船的，只不过需要另付一份船票钱。在海门插队的我舅舅，回苏州前除了准备了数十斤土产，还会另外准备麻袋、十字起与粗布手套。在到达江北码头之前，他自己动手把自行车大卸八块，用麻袋装起，如一件沉重的行李一般拖曳上船。到了江南，他下了船，再在远离码头的地方把自行车组装起来，骑着它，驮上土产，意气风发地回家。

省下来的一张汽渡船票钱，舅舅会在新华书店门口排长队，抢购两本印刷粗糙的外国文学名著。这是在江北乡镇不可能买到的书。

汽渡的检票员，不知道自行车偷渡过江的现实吗？舅舅说，确认过眼神，他是知道的。然而，检票员都四五十岁了，黑红色的脸膛早就被江风吹得龟裂，他看了看那些过江的年轻人洗得发白的裤子，以及头顶被劳作与思考催生出来的一缕白发，默默挥了挥手，让他趔趔趄趄拽着小山般的行李，过了闸口。

边疼边跑

韩丽晴

在中国大地上这些如庄稼一样普通却又茁壮生长的女性，她们的努力、迷茫和付出，她们的勤恳和希冀，她们对生活百折不挠的热爱，这一切令人心生敬意。正是因为她们对村庄不离不弃的坚守，令田园永不荒芜，令这片厚土始终散发出温润的气息。

在疼痛之后，在经历了生活的纷繁复杂之后，她们依然去爱，依然向往着爱，这就是中国乡村女性坚韧蓬勃的生命活力。

当我保持零度情感，以平静、理性而客观的笔触开始叙述关于她的故事时，我一再提醒自己，节制情感地去书写，是对被采访者最大的尊重。

——札记

赵清明初中毕业后，去日本打工两年，挣得 17 万元人民币。返乡后与同村的小伍结婚。婚后不久，小伍说要买辆卡车跑运输，赵清明便向父亲要来那 17 万元交与小伍买车。

一年后，小伍提出再买辆小车，说既可家里用，也可以闲时开滴滴挣个油钱。

赵清明说我总共只有 17 万，全给你了，没钱了。

小伍让她回娘家借。赵清明的父母都是农民，忙时种了三亩多地，闲时出外打工。考虑到小儿子在读书，所以赵清明提出来借钱时，老父亲有点犹豫。

赵清明说，你们就是重男轻女，就是想把钱留给弟弟。

父母亲觉得冤枉，不管心里是不是真的重男轻女，但如果背上重男轻女的恶名，是要被人笑话的，说不定会影响儿子后来的婚事。赵父为了打消女儿的误解，毫不犹豫地把家底全捧给了女儿，连个字据都没想到要。赵清明转手就把从父亲处借来的五万元现金交给了小伍。

几年后，因为小伍与邻村一离婚女性有婚外亲密关系，导致赵清明家庭关系紧张。小伍提出离婚。赵清明同意。

协议离婚时，赵清明提出要小伍归还分两次借去的共 22 万元款项。小伍做惊讶状，说我哪有借你的钱？你有证据吗？

赵清明闻言，气愤至极，跑回娘家，一家人抱头痛哭。

小伍死活不认那 22 万元钱的欠账，最后他为了尽快把婚离掉，只承认那笔钱是赵清明自愿带来的陪嫁，同意给赵清明 22 万元的离婚补偿款，但不肯称作是偿还欠款。

赵清明同意，双方立下字据，小伍如愿领到离婚证。

离婚后不久，赵清明找小伍要求他按协议付款。

小伍换了嘴脸，说我们之间感情还在，看在孩子还小的份上，我们复婚吧。

世上有种自虐，以一味付出为荣。赵清明一口答应复婚，只要求小伍写下保证书，承诺不再发生婚外亲密行为。小伍满口应承。于是，两人复婚。

复婚后第四天，小伍再次与前面所提及的婚外女性产生联系，被赵清明抓住。

赵清明态度强烈，只有离婚一条路可走。

小伍爽快答应，两人二次离婚。轻率的结婚、离婚、复婚，失去了情感应有的神圣，这种没有边界的所谓自由，不过是给放纵欲念找到借口而已，因为男女之间，没有了常识，就是没有了智识，结果必然是涕泪交加。

几天后，赵清明带着先前立下的字据，要求小伍履行付款诺言。

但这次小伍说那个协议作废，因为随着上一次的复婚，先前离婚协议上的条款不成立了。

纠缠不下，两人去找律师，律师支持了小伍的说法。

赵清明当然不服，和父亲找出了当年去银行取款的凭据。律师说你这凭据没有用，这只能证明你从银行分两次取了22万元出来，不能证明你把钱给了小伍。

赵父气得手直颤抖，当时他是以现金交给女儿的，女儿自然也是捧着现金给小伍的。没有半个字的借据。民间借贷因为轻信人情和缺少法律意识，其行为往往过于轻率，由此滋生的各类问题不在少数。

此事最终结果是：赵清明离了婚，借给前夫的22万元分文无归，且夫妻关系存续期间的共同财产赵清明没有分得一分钱。因为小伍说，他平日开货车所得钱款，都是交给赵清明保管的，如果要论夫妻共同财产，赵清明还应该分钱给他才对。

赵清明说，小伍给她的钱，她都用于一大家子人的日常开支，自己根本没有余钱存下。

律师支持了小伍的说法。

孩子判给夫家抚养。

至于这几年赵清明在家洗汰烧买、生育、抚养孩子的辛苦，用小伍的话说，就是"她不打工挣钱，我养了她几年，供应她吃饭穿衣，还给她钱用于人情往来，这笔账怎么算？"

周围人都认为清明呆，清明也认为自己呆，但她更觉得委屈，自己每一步都是按照标准的好女人的步子来走的，但怎么就走到现在这个田地？她吃苦耐劳，宽容忍让，巴心巴肺地希望家庭过得好，但怎么就还是把这个家过散了呢？

夫妻们过日子是具体而琐碎的，不是一个简单的对和错就能把责任搞个黑白分明。但最根本的原因，价值观不同的情境下，任何努力都无补于筑牢婚姻关系，如同沙滩上建高楼，根基不稳，楼越高越危险。情同此理，价值观不同，付出越多的一方越难免陷入被动的境地。

赵清明两手空空重新回到了娘家暂住。现在赵清明在镇上以打零工为生。

有天傍晚，骑着电瓶车下班回家，赵清明突然想晚点回去，那天家里有什么事请客，一屋子亲戚，清明害怕别人关心她，问她许多话。

秋天，路边晚熟的玉米清气萦回，快到收割时节的稻谷一片金黄，清明停下电瓶车，站在马路边上望向田埂，她好久不下农田干活了，现在看着这些庄稼，想起小时候妈妈教她学插秧的情景，无比感慨，她怕蚂蟥，不敢下水田，妈妈说：清明啊，技多人饿不死，只要不离开土地，怎么样都能活得好。

她不由得停下电瓶车，慢慢走到空无一人的田野上，九月的空气里全是植物快要成熟时的清香，她拼命对着庄稼大口大口地呼吸，觉得心里一直堵着的东西，似乎正慢慢变淡变轻。

赵清明说现在没有别的心思，就想多挣点钱，尽管父亲从没有因为钱的事责怪过她，但她还是希望自己能尽快把欠下的债还上。

有人问她，大城市的收入会高一些，钱来得快，想过到外面打工吗？

去外面吗？在哪都是一样的，都得靠自己。然后，她又补了一句，在家还可以经常到田里去帮着干点活，那些玉米啊青菜啊稻子啊，一棵挨着一棵的长，靠得紧紧的，真好，看着看着，觉得日子还是有奔头的。

我将赵清明的故事讲给一位妇女工作者听，她说，现在村村都有妇女议事制，赵清明她们以后有类似的事情，娘家人的力量大得很呢，会给到她很多的情感支撑。

某一天，我特地走到田野上，看着庄稼，体会着赵清明曾经说过的那句话的含义，她说"那些玉米啊青菜稻子啊，一个挨着一个的长，靠得紧紧的，真好。"

现在我懂了，这是一个女人潜意识中对亲密的人际关系的向往。那个乡村妇女议事制，应该就是赵清明向往的"一个挨着一个的长，靠得紧紧的"一种支撑的力量。

赵清明的这个愿望，已经是一种非常超脱的精神诉求了。而淳朴仁厚、敬天礼地的文明乡风，才是田园诗意的根本，愿乡村里的女人，都能被善待，春风千万里，不抵你嫣然一回眸。

那一刻，满满是爱

李琳

在国内，我对打的、出游总是心有余悸。或曾被出租车司机绕道，或眼睁睁看着疑似动了手脚的计费器在飞也似的攀升……内心的忌惮总是很多。

有一年9月底，我与在美国克利夫兰生活的表姐和在北京的表哥夫妇，一行四位"小老人"愉快地踏上了夏威夷群岛自由行之路。按照计划，我们在夏威夷群岛的本岛——欧湖岛登上"美国之傲"邮轮，沿北太平洋、夏威夷群岛的茂宜岛、大岛、考爱岛环游海上天堂。

9月29日傍晚，巨大的"美国之傲"邮轮停泊在夏威夷欧湖岛港湾，欢迎来自世界各地的游客。我们登上巨轮入住客舱后，便迫不及待地奔向邮轮最高处的第十三层，居高临下地一览欧湖岛港湾那目不暇接的美妙景色。落日的余晖铺洒在忙碌的港湾深处，波光粼粼的海面游弋着星星点点远航归来的船只，霓虹闪烁的华灯衬映着远处的建筑物和如织的道路，流畅地勾画出夏威夷本岛繁花似锦的绚丽多彩。随着响起的高昂而悠远的鸣笛声，邮轮徐徐离开港口，凉爽的海风拂过脸颊，好生舒畅，我们目送着欧湖岛不夜城慢慢远去，淹没在浓浓的夜色中，这才优哉游哉地回到邮轮的公共区域，如刘姥姥初入大观园一般，眼花缭乱地闲逛在巨轮金碧辉煌的各楼层间。以至于谁也没听见邮轮上一遍又一遍广播的通知，而为我们未来几天登岛上岸观光埋下"出行难"的尴尬。

9月30日上午，"美国之傲"停泊在茂宜岛港口，刹那间空气中仿佛弥漫出古秀之岛特有的一股香甜清新的气息。意气风发的四位"小老人"乐颠颠地来到邮轮大厅服务中心，准备办理搭乘旅游大巴前往岛上景点的手续时，却被邮轮客服人员满脸歉意地告知：对不起，因为你们没有预约，所以不可以乘坐旅游大巴，只能自己上岸解决车行问题。

我们半晌回不过劲。

终于弄明白了情况，原来前一夜邮轮一遍又一遍广播的通知，是让游客登船后即去服务中心预约各岛游览用车事宜的。

万般沮丧中，我们下船上岸，准备另辟捷径，然而更令人无语的情形又出现在我们的面前。港区内除了与邮轮签有协约的出租车可以自由出入港口外，其他所有出租车辆均被远远的挡在港区之外。抱着一线希望，我们试着与进入港区的出租车司机要求搭载，但均被友好的婉拒了。与我们同样遭遇的还有不少同船游客，有的人干脆打道回府了。但我们不甘心，还是走出港口去找车。

在港口禁区外，我们东绕西拐的走了半个多小时，终于在一处大型仓储中心附近找到了环岛的公交车站，着实让我们兴奋不已。四美元一张全天通勤票，上车下车，下车上车，一天转下来，茂宜岛的知名景点或无名街巷，基本让我们一览无遗，近距离深度感受到了岛上的民俗和民风，还有那欲罢不能的美味。茂宜岛坊间处处流淌着的浪漫气息，也算是对我们未能随邮轮安排的大巴游览的额外补偿。

10月4日上午，邮轮稳稳地停泊在了考爱岛。我们办好离船手续，疾步上岸，经验老道地往港区外走去。远处一辆丰田商务车跃入我们眼帘，大家一阵小窃喜，有了出租车就可任性地想去哪就去哪了。

一位中年妇女笑盈盈地迎着我们走来，当她确定我们要去的地方后，用夹着当地土语的英语告诉我们：包车的费用是下车后结算，一分钟一美元，游览景点的时间也照此计费。

天哪，一分钟一美元！三个来自国内者不约而同地惊讶道。

尽管司机听不懂中国话，但聪明的她从我们高八度的腔调里，已经明白了这三个外国人的质疑和拒绝。还是在美国生活了几十年的表姐沉得住气：没事的，上车吧！

看着周围空空荡荡的，真是不敢错过有车的机会，于是我们怀着复杂的心情上了车。

司机大姐春风般微笑着，娴熟地打开车门，一股幽幽地清香味由车内扑鼻而来。车厢内似一间袖珍的甜心小屋，淡蓝色的纱帘、雪白的椅套，可爱的小挂件恰到好处地在客人眼前晃悠，前排座位的后插袋中放了一摞十二寸的彩色图片，展示着考爱岛的湖光山色，还有各种地图、手机充电器等，更醒目的是车内的后视镜上，悬挂着各个监督部门的投诉电话。这些贴心的细节，悄无声息地融化了我们心存的芥蒂，坦然地接受了一分钟一美元（习惯思维，一分钟六元多人民币）车资的"巨额"享受。

司机大姐的笑容始终很灿烂，属于外向型开朗的人，只要你提供一点话题，她便会情绪高涨的与客人交流。于是我们知道她是菲律宾人，六十五岁了，受过高等教育的一儿一女在纽约工作等等。

六十五岁还在开出租车，也太辛苦了吧！面对我们的同情，她认真且又幽默的回应着：我喜欢开车，喜欢握着方向盘在蓝天白云下自由奔驰的感觉，当然也特别喜欢挣钱和数钱的快感哦。在她的引导下，我们游览了游客必须"打卡"的热门景点，也去了我们不知道的小众景点，每一处景色都是那么的优美静谧、美不胜收。印象最深刻的是司机大姐在顺路的情况下，领着我们去了当地颇具盛名的咖啡种植园，而且还让我们在温馨雅致的咖啡厅里免费品尝了一杯又一杯口味不同、浓郁醇厚的咖啡。

过完咖啡瘾，出了咖啡厅，不见了司机大姐的踪影。正纳闷时，只见她在热辣辣的阳光下从远处向我们奔跑而来，手里捧着一束洁白的花（类似中国的栀子花），急切的递给我们每人一朵，并热情的告诉我们这是岛上特有的花，是送给尊贵客人的。

时间分分秒秒过得飞快，下午四点多开始返程。迷迷糊糊中的我被表哥的诧异声惊醒，紧接着是表哥与司机大姐的一番对话，经表姐翻译才明白，原来是表哥发现司机大姐所走的路与高德地图所指的路完全不是一回事，表哥自然地认为司机大姐在绕路耗时。司机大姐迅速回了一下头，估计是看到了四张面孔的惊诧表情，立刻笑着说：为什么有近路不走呢？这一路沿着海边还能看风景呢！能早点回到船上休息多好啊！我们四目对望，将信将疑，还能说什么呢？做好多掏钞票的准备吧！

果不其然，沿着海边看着熟透的夕阳盈盈地挂在满天的云彩里，真是有一种令人目眩的瑰丽；又出乎意料，实际的行程与高德地图所标注的公里数与时间更少，我们整整提前了十分钟到达港口。提前十分钟啊！这意味着司机大姐少赚了十美元。瞬间四位"小老人"暖心涌起，面面相觑，脸色赤红，为心里曾暗自的揣度而惭愧之极。人与人相遇本就是美好的，何必用猜忌的心去看待人和事呢？

司机大姐接过我们给她的车资，眼睛笑成一弯月牙。可在她点完钱后，表情却不自在起来。因为出于一种感激抑或发自内心的些许歉意，我们多给了她二十美元，她一个劲地婉拒。听不懂表姐跟她说了些什么，之后她羞涩地收下了钱。无意中将这一幕看在眼里的我，心里似有一根弦在被温柔地拨动着。我从司机大姐身上，读出了久违的滋味——纯，清爽得无杂质，甘醇得如蜜酒。

从茂宜岛、大岛、考爱岛环岛游返回后，我们继续在夏威夷的本岛——欧湖岛游览了几天，且继续享受着一分钟一美元的包车服务，没料到的是这期间我们又遇上了一位"奇葩"的出租车司机。

我们包租的丰田商务车司机小哥大约四十多岁，眉清目秀的模样儿给人以善良、诚实的印象。他彬彬有礼、话语不多，车子开得十分稳当，且非常有眼色，只要我们对路边景色、建筑流露出兴致，他便会问我们：要停下来转转吗？两个小时左右的车程，我们来到了大风口景区，正准备下车，司机小哥突然关掉了计时器，转身用不经意的口吻对我们说"我把计时器关了，你们尽管地玩吧，不要着急"。当时我们都不敢相信自己的耳朵，想不通怎么会有这样谋生的司机？他似乎看穿了我们的小心思，淡然一笑说"你们可以看一下现在的读卡数"。我们却谁也没去看。

我们下了车后，几乎是一路小跑，急不可耐地要去体验被大风灌醉的感觉。估计此时司机小哥看到四位"小老人"撒腿奔跑的样子，一定很好笑。不一会儿他好像突然意识到什么，跑过来追上我们，像对待孩子一样千嘱咐万叮咛的说：最刺激的风口在山的下口，要牢牢抓住手中的东西，注意安全，慢慢玩，不要着急。经表姐翻译，我们的胸中又涌起了一股暖暖的热流。

随后我们又来到了草帽岛公园。车刚停稳，司机小哥就又"啪"的关上了计时读卡器，说"你们好好地玩，这里可美啦"！并指着那卡内奥赫海湾最北边的山峦，又说"那山峦顶端似如帽子的景观，被当地人称作是你们'中国男人的帽子'"。司机小哥说过之后，便也下车静静地坐在碧绿如茵的草地上，面带微笑，看着我们边走、边笑、边唱、边挥动着艳丽彩巾的身影。此时世外桃源般的美景、"中国男人的帽子"与我们惬意悠闲的身姿，同框在一个画面时，瞬间也定格在了司机小哥的手机里。

在返回酒店的路上，表哥表姐和司机小哥拉起了家常，之前我们心中存留的一个个疑问，在双方的交流中也全然得以释解。他告诉我们，自己是马来西亚人，妻子是有着中国血统的马来西亚人，好像是一百多年前，妻子的爷爷的爷爷从中国到了马来西亚（原话），所以他只要看到中国游客就特别开心，他要把我们的照片给妻子看，要告诉妻子今天为中国人服务时特意关闭了计时器，妻子一定会表扬自己的，也一定会为自己作为中国人的后裔所做的奉献而欣慰。异国他乡，这番话无疑在我心里的某个角落翻滚着。这是一份饱含思念、血脉相连的亲情，尽管司机小哥的妻子是一位素未谋面的同胞。

那一刻，满满地温情湿润了我的双眼。是啊，漫漫人生路，无论是在天涯还是在海角，对故乡的眷念始终会徜徉在思乡的心深处。

这一天，司机小哥只收了我们二百七十美元，与我们往日每天四百美元左右的包车租金相差了一百多元。

浅浅的相遇，却满怀深情地在我们心中收藏了一份浓浓的乡情。与司机小哥分手时，我们用力挥着手大声地呼唤着：欢迎你们到中国来！欢迎你们到北京来！欢迎你们到南京来！明知他听不懂，但是他一定会明白，这是我们在呼唤着他和他的妻子"回家看看"！

兰为王者香（外一篇）

郭翔

养了多年的花，姹紫嫣红，各有秋千，然而心头最好的永远是兰花。君子如兰，心向往之。

兰花好看花难种，有人总结了一条经验：第一年看花，第二年看草，第三年看盆。第一次听说时，哑然失笑，可不是如此！刚开始养兰花时，新入的兰花亭亭玉立，幽幽暗香，如诗中所说"着意闻时不肯香，香在无心处"，真是人见人爱。

好花不长在，再美的花也会凋谢，剪了残花，便守着一盆草等着来年复花。如果坐公交车回家，每次会从一家店铺门口经过。店铺刚开张时，沿街的落地玻璃橱窗下放了一溜儿的兰花，花好看，盆也好看，全是一色儿的紫砂盆。看一回，担心一回。第二年，兰花叶子的颜色愈见灰败，我几次忍不住想推门进去说：把花送给我养吧，可是怕被人家打出来。再后来，就见叶子黑了；再后来，连盆都不见了，好心疼，心疼花、心疼盆，紫砂盆好贵的。

高手说：养兰，三年才会浇水。乍听似乎有些夸张，只有经历过的人才知道确确实实如此。浇水是技术活，地域、季节、天气不同，浇水都不一样。因为兰花的根对水比较敏感，水多会烂根，水少会空根，然后反映到叶片上，最后整个植株枯萎而死。换言之，植料中的含水量是决定养兰成败的关键，蓬松透气沥水的植料非常重要。

有一位花友，擅兰，无论兰、蕙、君子兰、蝴蝶兰，都养得生机盎然、花团锦簇，经常在花友群发些开得茂盛的图片，让人艳羡不已。她几年前曾送了两盆给我：一盆带花的金丝马尾，一盆铁骨素。正在开花的金丝马尾被我带到了单位，办公室外临河的走廊里有风吹过，似有似无的香味谜一样调皮，微醺一会儿、甜蜜一会儿，却宁静而从容。从门外进来的同事都会夸一声：好香！宾主身心愉悦。香味渐渐淡去，花色也渐黯，最终不得不剪掉。花后，换盆、加底肥、过了几天浇透水定植。然后就到了梅雨天。"梅雨细，晓风微，倚楼人听欲沾衣。故园三度群花谢，曼倩天涯犹未归"，梅雨天在唐诗宋词里是一个带着淡淡忧伤的浪漫季节，然而却是花草们的生死劫，渡不过去就落个花去盆空。兰花亦是如此：叶片出现黑斑、新苗根部向上枯萎，剪呀修呀，多菌灵喷叶、灌根，也无济于事，原本满满一盆日渐稀少，能剩有一、两棵苟延残喘就是万幸了。梅雨天闷热、湿度大，如果兰花放在室内不通风、水浇多了，通常在劫难逃，那盆金丝马尾最终就是这样离我而去。铁骨素秋天开花后一直长得不错，还萌了新芽。然而次年梅雨天时搬到走廊的窗台上，通风、有散光，见干见湿，并且每周喷一次多菌灵稀释液预防病虫害。不可谓不悉心照料，然而铁骨素依然决绝地步了姐妹的后尘。

子曰："夫兰当为王者香"，不是谁的期待都值得你守候，不是谁都有缘与你邂逅，得你之青眼。

幸好，你未曾说出的那部分，我懂。几年的若离即离，兰，终于肯与我结下金兰契。家中的几盆兰花，算不上名贵，却长得葳蕤苗壮。踏着花月令的节奏，把空空的怀，留给我的温柔和温暖。

一生有戏

提起汪曾祺先生，首先会想起他笔下的美食——种种妙趣横生、令人垂涎三尺的美食。买了一套丛书，其中就有《人间滋味》。先打开读的却是《人间有戏》，缘于这两年在跟着昆曲老师拍曲，自然对这一本青睐有加，特别是看汪先生写到大二时兴趣由京剧转向昆曲以及晚翠园曲会，更是心生亲切。

父母是孩子最好的老师，汪先生的父亲是个多才多艺的人，会画画、刻章，还会乐器，家里有笙箫管笛胡琴等乐器。父亲跟着留声机学拉胡琴，汪先生就跟着学唱：坐宫、起解、霸王别姬……老先生说他年轻时唱的是青衣，因为"年轻时嗓子很好"，读到这一句，五音不全的我只能"呵呵"了，想必他拍昆曲时也是以旦戏居多。记起那一年看《霸王别姬》，程蝶衣的一个眼神、一个身段、一个兰花指，端的颠倒众生，连张国荣自己都分不清戏里戏外了；后来看《梅兰芳》里的梅兰芳和孟晓冬，也是叹为观止，艺术的魅力可见一斑。于是就有先生主动要教"小汪同学"曲子：昆曲世家的许宝騄先生教他一出《刺虎》，许先生唱的摇曳生姿、清清楚楚。汪先生说不知道许先生为什么要教他，旁人却晓得这样的天赋只有羡慕的份。在网上搜了许宝騄先生，是我国著名数学家，概率统计学科的奠基人，其父许引之，曾任两浙盐运史，著名昆曲家。原来是家学传承。

书中写了许多名优逸事，但最喜欢看的是大学期间的那些曲会，诸曲友人物鲜明，栩栩如生。最好笑的是一位聋子，每期曲会衣履整洁的前来参加，其实他不是真的聋子，只是和我一样爱跑调。可是令人佩服的是撇笛的张宗和先生，他的笛子跟着聋子跑，能把一折跑调的曲子吹完，真是有本事！令人叹息的是张宗和、孙凤竹伉俪，曲唱得好，人品好，也非常有才，两个神仙眷侣似的才子佳人，就像汪先生说会让人想起"拣名门一例里神仙眷"（惊梦），三十岁余先后因病离世，好生可惜。还有一位人情练达却童心犹存的许茹香老人，每期曲会的帖子都是他用欧底赵面的馆阁体小楷书写的。许先生什么戏都会唱，还"能打各省乡谈"，很是诙谐有趣。先生们多半清贫，却平平静静做学问，斯斯文文唱曲子，即便是魏晋风流也为之逊色。

不止是唱曲，还有绘画。"文革"期间被派去守马铃薯地，老先生画了枝叶生动的马铃薯图片，风轻云淡的，仿佛是在他高邮的老宅，青砖小瓦、岁月静好，放学途中看过人家画画、写字后归来后闲暇之余的信手小令。屋子大门的门楣上贴着："万物静观皆自得，四时佳兴与人同"。还记得有一幅小令，画的是一柄荷花、一只蜻蜓，题跋是在等水开的时候画的，印象特别深。现如今等水开的时候，大都数人是在看手机，看看朋友圈又发生了哪些大情小事，这边插句嘴，那边撩两句，或者再抢几个红包，然后炉子上开水煮烂了也不知道。

莎士比亚说"整个世界是一座舞台，所有的男男女女只不过是演员"，有人是角儿，有人是跑龙套；有人是红脸，有人是白脸；有人唱的高山流水，有人唱的十面埋伏；有人腾挪跌宕依然没戏，有人不动声色却是老戏骨一枚。譬如汪先生，折折漂亮，出出精彩！

第四辑　怀人

唱歌的人不时掉眼泪

红孩

吉吉离开病房，她冲我微笑着摆了摆手。她是专程从西安赶到北京来看我的。半个月前，吉吉还和我通过电话，她说她要参加西部歌手大赛。她问我跟其中的哪几个评委熟悉。我当时告诉她，至少和其中的四五个评委有些交往。不过，我明确表示，参加比赛，一定不要找关系，有时候找了关系，效果可能比实际更糟糕。

我和吉吉相识在西安的一家陕北饭店。老板娘是延安人，曾在一家文化事业单位工作，九十年代末去日本工作学习两年，接受了一些养生理念。回到西安后，她便开了一家陕北特色的饭店。饭店的服务员也大都来自延安、榆林。我去这家饭店吃饭，是西安的几个作家朋友特意安排的。饭前，老板娘和我见面，简单地聊了一会。她问我喜欢吃陕北的什么饭食，我说，只要不太辣，什么都可以。于是，几个作家朋友拿着食谱，向我推荐了洋芋擦擦、水盆羊肉、荞麦饸饹、蜜汁南瓜和碗砣、抿节儿等七八种特色菜品。

过了约莫七八分钟，饭食陆续摆满了餐桌。我刚要动筷子，忽地从隔壁房间传来了音乐的伴奏声，接着有人唱起了陕北民歌。我喜欢陕北民歌，对其中的《走西口》《赶牲灵》《五哥放羊》《山丹丹开花红艳艳》等歌曲相当熟悉。我的一些陕西的朋友，只要聚会，经常会听到他们情不自禁唱。当然，我们非陕西人也常常跟着哼几句，词虽然对了，但始终找不到地道的陕北味儿。我问老板娘，你们这里还有驻店歌手吗？老板娘说，她从创办这个饭店之初，就一直安排一些陕北的歌手在这里唱歌，有的给开工资，有的是助唱，他们不单纯为了挣钱，更多的是想通过为客人唱歌，锻炼自己的舞台经验。

　　老板娘当然会让歌手给我们助兴。乐队共四个人，一个键盘手，一个鼓手，还有一男一女两个歌手。女孩自报家门，说她叫吉吉，来自榆林。当老板娘告诉他们，我就是写出《东渡东渡》那篇散文的作者时，吉吉高兴地说，她就是吴堡人，他们家距离 1948 年 3 月 23 日毛主席率领中央前委机关东渡黄河的川口渡口只有三四十华里。我听罢，问，你们家也在黄河边上吗？吉吉说，他们家在山里，离黄河有十几里呢。

　　吉吉说话的声音很像王二妮。不过，她比王二妮要高一头，皮肤也很白净。吉吉先唱了一首《走西口》，我听得如泣如诉，仿佛真的回到那个艰难的时代。接下来，吉吉问我想听什么歌，我说，唱《赶牲灵》吧。记得在九十年代初，我第一次听这首歌，是在一个文学笔会上，由萧军先生的女儿萧云和女婿王建中共同演唱的。后来，在我的婚礼上，他们二人又演唱了这首歌。我去吴堡采风时，曾专门到陕北民歌大王张天恩的故居参观。这首歌就是由张天恩编曲演唱的。那次采风，我的朋友朱佩君女士回来，专门写了散文《叫一声赶牲灵的哥哥我来了》。也就是说，在过去的二十多年，我与陕北民歌结下了不解之缘。

　　与吉吉组合的男歌手叫二娃，是个残疾人。他是吉吉的哥哥，多年前上山砍柴时，不慎掉到了悬崖下边，多亏被一棵枣树给拦了一下，即

155

便这样，也弄成了骨折。本来家里就穷，当地的医院治疗了几次也不见好，便造成了腿部残疾。好在兄妹两人天生有一副好嗓子，他们每天对着录音机、电视机模仿别人唱陕北民歌，渐渐地，他们在十里八村就有了小名气。镇上的几家饭店纷纷请他们唱歌，唱一中午给五十块钱。吉吉想，只要每天可以唱歌，她就能攒下钱为哥哥娶上媳妇。这样的日子，过了一年多。一天，西安的陕北饭店老板娘回吴堡老家探亲，无意中在饭店听到吉吉兄妹俩的歌声，她就问吉吉愿不愿意到西安，她可以安排食宿，每个月还发工资，每人三千元。吉吉跟哥哥商量后觉得，这是天大的好事，他们就高兴地跟女老板来到了日思夜想的西安。

初到西安的日子，吉吉哥兄妹还是有些胆怯。他们唱歌时，没有了往日的自由，也缺乏基本的自信。特别是有一天，几个企业老板聚会，在吉吉为他们演唱时，有个老板仗着酒劲，非要强行搂抱亲吻她，吉吉不干，那老板恼羞成怒，居然拿出一千块钱扔在吉吉的脸上，吉吉当时就气哭了。哥哥见状，上前去质问老板为什么如此无礼，哪想，那个老板非但不道歉，反而和另一个老板上去给二娃暴打一通。老板娘听到动静前来制止，并大声谴责几个老板。打人的老板怕把事情惹大了，赶忙扔下两千块钱溜走了。老板娘把那几千块钱塞给吉吉，让她带哥哥去医院看病。

哥哥的伤并不重，他所不理解的是，在西安这个大城市里，几个衣冠楚楚的企业家咋能这么野蛮呢！哥哥对吉吉说，咱们不唱了，回陕北老家吧。吉吉说，回陕北老家虽然人熟不受人欺负，可那里毕竟没有西安的收入多。她劝哥哥最好忍了，再干上几年，就可以挣够哥哥娶媳妇的钱了。哥哥抱着吉吉哭着说，好妹妹，哥就是一辈子不娶媳妇，咱也不受有钱人的气！

吉吉没有听哥哥的话。她留在西安，除了能多挣点钱，她内心深处还有一个梦想，她希望自己某一天也能像王二妮那样在全国成名。那样，她就可以彻底改变她自己和家人的命运。

吉吉是个有心人。当她听说我在北京，对文艺单位很熟悉，她在为我唱了几首歌后，就让老板娘求我，让我给她当老师。我对女老板说，我虽然在国家文化部门工作，但我并不懂声乐，我只擅长写作。老板娘说，您就别谢绝了，您看娃多可怜呀，您就给她一点希望吧。我见老板娘言辞恳切，再看看吉吉兄妹祈求的目光，只好答应。但我不能确定，我究竟能帮他们什么忙。

从那以后，吉吉真的把我当成了她的老师。她几乎每天都给我发短信，报告她正在唱什么歌，她想参加什么大赛。到了年节，她还给我快递一些家乡的红枣、小米、挂面。我在北京也多次和艺术界的名家、领导联系，希望他们能具体帮助一下吉吉兄妹。有个民营文化公司，说可以让吉吉他们到北京试唱，如果确实唱得跟王二妮似的，公司就和他们兄妹签约。我把这个消息告诉吉吉，吉吉开始很兴奋，很想到北京试一把。可是，几天后她又变卦了。我问她为什么，吉吉支支吾吾不肯说。后来，我问饭店老板娘，老板娘告诉我，吉吉在一次唱歌时，被一个老板相中了。他提出要娶吉吉，如果吉吉答应了，他不但要出钱包装吉吉，还可以给他家一大笔钱。这个老板虽然年龄比吉吉大个十几岁，但言谈举止倒也显得真诚。吉吉便半推半就的跟那个老板相处起来。

我本来想提醒吉吉，对那个所谓的老板交往要审慎，千万不要轻信。可我一想，既然吉吉没有跟我说，我也就不好多说什么，一切都顺其自然吧。在吉吉和男友相处的日子，她和我的联络明显少了许多。我希望吉吉真的能够找到自己的归宿。

几个月后，饭店老板娘打电话告诉我，吉吉失恋了。那个所谓的老板男友，实际就是个骗子，他利用代开增值税发票，获得一些手续费，结果给抓了。据说至少判五六年。吉吉感到很没脸，一直不敢跟你联系，现在连在饭店唱歌都成问题了。我打电话给吉吉，她在那边哭得说不出话来。我劝她振作起来，人生就是这样，什么事都会遇到。我建议她可以选择到其他地方发展。吉吉说，她不想当歌手了，她想和哥哥开个小超市什么的。我说，你做什么我都支持，只要你开心就行。

在饭店老板娘的帮助下，吉吉兄妹开了一家超市，规模不大，但也干得红红火火。我到西安，也曾到那个超市去过两回，看到吉吉兄妹一脸幸福的样子，我感到心里释然了许多。

近几年，由于慢性病缠绕，我去西安的次数少了许多。偶尔从吉吉发的朋友圈里看到她的一些信息。去年年底，我明显感到食欲不振，吃什么都不香，整夜地失眠。我开始以为是疲劳引起，连续吃了几天安眠药，也不见起色。在元旦那天晚上，我被迫拨了120。到医院急诊科一化验，说我心脏、胸腔严重积水，已经出现心衰，必须透析治疗。

本来，我生病住院的消息只告诉了几个人，特意嘱咐他们不要声张。但几天后，很多朋友还是从各种渠道知道我生病的消息。一时间，我的病房每天都要来好几拨人。人们看到我一下子消瘦了十几斤，面色苍白，都心疼得长吁短叹。我告诉他们，这只是暂时的，经过一段时间治疗，一定能吃能睡，很快就能恢复成原来的样子。大家见我很乐观，都为我高兴。有几个朋友说，听说你透析了，不由想到作家史铁生。我笑道，只是我没坐着轮椅。

吉吉的到来出乎我的意料。我说你那么老远，店里就你们俩人，你还要亲自跑来？吉吉说，坐高铁很快，也就四个多小时。她是听饭店老板娘说我生了大病的。我说，你打个电话问候一下就行，病情没你想得那么严重。吉吉说，那可不行，您是我的老师，一日为师，终身为父，您生病我要是不来，那成什么人了？

吉吉坐在我的旁边，一边和我说话，一边给我剥香蕉、揉背，那感觉就像自己的女儿一样。我问了吉吉一些店里的情况，吉吉说，小店虽然不大，但效益挺好，估计再干一年，就能为哥哥张罗个媳妇了。我又问吉吉，你参加西部歌手大赛准备得怎么样了？吉吉说，她想通了，参加比赛如果能取得好的名次固然好，实在取不上也没关系，反正现在有个超市兜底，生活有保障。我见吉吉现在心态如此放松，就说，这世界的事就这样，属于你的终究是你的，不属于你的，强求也没有用。

不知不觉，吉吉在病房待了一个多小时。这时，护士来通知我，马上要做检查。我知道，这是护士在用这种方法撵人，人家肯定嫌看我的人太多，怕影响我休息。吉吉问我，她要不要陪我去检查，我告诉她，让护工陪着就可以。吉吉只好告辞，说她明天还来。我说不行，你在北京待个两三天，赶紧回家，要不你哥哥该不放心了。

吉吉和我拥抱了一下，摆摆手走了。我拉过被子，朦朦胧胧睡着了。大约过了个把小时，吉吉给我发来微信：红老师，我来的时候想象你肯定身心疲惫，甚至对人生很悲观的样子。原想一进门就抱着您哭一通。但一看您对生活如此乐观，我怎么也哭不出来。从医院走到地铁口，想着您生病的样子，我还是忍不住哭出了声音。您这么善良的好人，怎么会生这个病呢？假如有可能，我都想替您生，您不知道，全国该有多少人需要您的帮助呢！我祈求苍天，保佑红老师，赶快好起来吧！

吉吉的话让我眼含热泪。我没给她回任何一个字，只给她发了一个表情包：加油！

水芦笛

吴光辉

一

一场漫天大雾将扬州城的无限繁华掩盖起来，像是给这座城市挂起了一层厚厚的帘。而一阵低沉哀婉的笛声，便和着雾一起向四处弥漫开去。雾气和笛声全然无比的湿润，抓一把雾气，再抓一把笛声，都能攥出几许水来。

我去扬州的那天正是农历送灶，晚上雾里古城到处都是火光闪烁。我知道这大多是来扬州打工的农民工烧的。也就是在这天晚上，我去租住在运河边一座小高层顶阁楼里的大姐夫家，刚到小区的楼下，就听到一阵笛声迎面而来。这时，运河沿岸的高压汞灯通电之后放射出了大量的可视光，大运河的水面上便漂浮起一层若隐若现的青紫色光亮来。我在想这种迷蒙的光影，好像是给这些农民工的心头平添了一层怀想亲人、思念家乡的思绪。而街道角落、河边小路、广场空地上，此起彼落的纸烧烟火正在白色的雾气中闪烁，想必就是在外流浪的人们的一种心理寄托了。

大姐夫要遥祭二十年前死去的母亲，便对他儿子说，别人家都烧纸了，我们也下去烧吧，然后让他儿子去在楼顶上用芦席搭成的小厨房，叫正在烧晚饭的我大姐。大姐长得很瘦，像是只剩下一团筋骨，没有半点肥膘。这时，她一边目不斜视地盯着锅里正在熬的稀粥，一边吸了一口烟说她不想去。大姐知道每次烧纸，便是大姐夫发泄伤心气闷的端口，大姐夫总是要寻着这个端口，批判他那死去的父亲的种种不是。所以，大姐干脆来个避而不去，让他一个人去尽情吐槽吧。

大姐夫是我的大连襟，他的媳妇和我的媳妇是亲姐妹，他媳妇是大姐，我媳妇是三妹。大姐虽然瘦小却天生一副大嗓门，讲起话来像是放连环炮，根本不带标点符号。她又对我说，前年大姐夫的父亲去世时，大姐夫的四个妹妹带着他伯父兴师问罪，说大姐夫不孝，逼着大姐夫和大姐一起跪下来向死人请罪，并且闹着不让下葬。闹到最后，那三间祖屋拆迁了，乡里要盖工业集中区，拆迁所得的十万元钱，被伯父做主平分给了他们兄妹五个，作为儿子的大姐夫只得了两万元。这点钱在扬州买半个卫生间都不够，他们只得租这么屁大的一间楼阁。

我早就听说大姐夫的母亲在二十年前是跳进芦苇荡自尽的。大姐夫和他的四个妹妹一致认为是他的父亲将他的母亲逼上了死路。因而，这二十年，他和四个嫁到外地的妹妹几乎没有回去过。他们与他父亲二十年前就断绝了来往，他的纸每次也只烧给他的母亲，而坚决不烧给他的父亲。

这时，大姐又说，女人烧纸，阴间是收不到的。她穿着一件厂里的工作服，回家下厨的时候也穿，白色的大褂前襟和袖口全都是油污。她的头上已经长出了白发，现在正在灯光下闪着亮光。大姐夫长着一副驴条脸，这时脸拉得更长了，顶嘴说，不想去烧就明说，还胡诌出这么多的理由！说着他带着那个已经比他高的儿子下楼去，在运河边的路口，摆开了烧纸的阵势。大姐对我说，大姐夫对他的母亲还是十分孝顺的，他的母亲去世后，他每年送灶都在这个固定的地方，对着苏北的方向烧纸叩头。

这天晚上，雾越来越大了，空气流动的速度很慢，雾气贴着地面行走，运河里的水便沉默起来，好像城府很深的样子。纸钱、纸房、纸家具在高温的作用下，与氧气发生发光放热的剧烈化学反应之后，冒起由二氧化碳与氰化氢等惰性颗粒组成的青烟，笔直地向天空升腾而去，无声无息地与乳白色雾气融为一体。那座蓝色的纸楼房见了火，便呼呼啦啦地一下子燃烧起来，几秒钟就闪着火光升空而去，烟和雾便联合在一起，弥漫在他们的身边，使他们看不清这座城市的面目。

大姐夫的儿子长得又高又瘦，像是一根竹竿，这时问他爸道，纸房、纸车也烧了，我老爹老奶会从天上腾云驾雾来取吗？大姐夫两眼一瞪说，哪个说给你老爹烧纸啦？如果给你老爹烧了纸，你老爹在阴间变成了老板，有房有车了，肯定又会包二奶，把你老奶给甩了的！他一边说一边跪在地上对着烧纸叩了四个头。

他在儿子叩头之后说，顺便将送灶的鞭也放了吧。儿子说别在这烧纸的地方燃放，离这儿远些吧，别惊动了从天上腾云驾雾来取钱取房子的老奶。这时，大姐夫对儿子说，自己觉得老爹在世什么都不是，只有一样还值得后人怀想的，那就是老爹会吹水芦笛，吹得人心里毛毛的。又说老爹到老家的芦苇荡里，摘下一叶肥实的苇叶，卷成一个小喇叭，坐在荡边沾些水，放到嘴边吹起来，一曲悠扬婉转而又带着几分凄凉尖啸的老淮调，便会向四周扩散开去。笛声和着芦苇荡左右摇摆的旋律一起荡漾起来，引得四处放飞的水鸟全都随着一起嘶鸣。

大姐夫回到阁楼上对我说，老爹老奶死在了乡下，埋在了老家。可是，我哪天要是死了，这座城市能有我的埋骨之地？我说扬州有公墓呀，他火了：那得花几万元钱的！

我推想大姐夫烧纸还有另外一个原因，那就是他在内心深处对自己一生归宿的迷茫，就如同今晚惨淡的雾和飘飞的烟。

二

回家的路走了无数遍，从来没有这一次走得那么的漫长。大姐夫觉得与家乡相隔得越来越远了。他昨天接到堂弟打来的电话，说他的伯父已经不行了，让他们赶紧回乡一趟。我说也要回苏北去，就一起走吧。大姐夫自他母亲投水自尽以后，十八年没有回家看他的父亲，一直到他父亲去世那年回去过一次，至今又有两年没有回家乡了。

大姐夫对我说，他的伯父是他父辈兄弟二人中后一个去世的，又说伯父是他们陈家在苏北乡下的一种象征。伯父死了，陈家在苏北的血脉，也就彻底地绝了。他伯父有三个儿子，全都在外地打工，没有一个在老家务农的。这就像大姐夫家一样，他的四个妹子全都嫁到了外地。父母住的老屋也被拆迁了，而位于稻田中央的父母的土坟听说也要迁走。

本来计划在十点半钟就能到达县城，可是那辆超载了十多个人的长途汽车，开到了苏北灌溉总渠时堵车了，前后排起了几公里的长龙。大姐就皱起了眉头说，不知从这条路上走了多少回，从来没有堵过车，这次回去就堵车了，看来是你父亲不愿意我们回去看望伯父。大姐夫经她这么一说，心里也觉得有点奇怪，不会是父亲在天上看着我们吧，难道是对伯父当年与父亲分家产之事还在耿耿于怀？难怪老天一直阴着脸，不肯放晴呢。我知道大姐夫的父亲与伯父生前矛盾很深。

大姐问大姐夫回去住哪？你家没有房子，连住的地方都没有，还借住在伯父的家？大姐夫叹了口气说，就住亲戚家吧。大姐便再一次借题发挥，用她的连环炮，炮轰起大姐夫没有用，不像二姐夫那样会挣钱，不像三妹夫我这样有国家工资，也不像四妹夫那样有手艺。大姐夫被她说得像一只泄了气的皮球，再也嘣哒不起来了。

我知道大姐夫去扬州打工足足有二十年了，那时与大姐分居两地。大姐在苏北乡下，当留守妇女，为大姐夫培养儿子。他们的儿子一直读到高中，考取了县里的中学。大姐便在县城里租了一间车库陪读，一直到老爹去世那年儿子考取了大学才到扬州打工来了。他们的希望全都寄托在儿子的身上。他们期待着儿子能够像他的三姨，也就是我的内人那样考取大学，做一个拿国家工资、有城里户口的真正的城里人。

我听说大姐夫与扬州的发廊妹发生过一段爱情故事。当然，也就是有了这么一个经历，才使我大姐夫对他父亲的态度有点缓和。当初，他恨父亲在外面打工时有了相好的，才导致他母亲跳水自尽。可当大姐夫自己也进了城，也有了相好之后，觉得农民工找个相好的，并不是什么大不了的事情，只是让他不能理解父亲的是，就这么点事情居然能把母亲给活活地气死了。

这两年，他也学着他的父亲吹起了芦笛，一有空就从瘦西湖边拔一把芦苇回来，做成一个个芦笛，放在水里浸泡一阵子，然后就趴在他们家阁楼的小窗洞前，不紧不慢地吹起来。我推想他吹水芦笛，是思念他的发廊妹，是思念他的母亲，当然也会是思念他的故乡。我听过他的笛声，凄苦而悠长，深沉而绵延，我能听出他的思念之苦。

大姐夫这两年没有回乡，估计今后回得会更少了。对于大姐夫而言，乡下老家就只剩下一股气息了，让他没抓没挠的。这时，身上还散发着一股酒味的大姐夫无所事事，看到桥头水边的芦叶早已枯黄，虽然卷不成芦叶笛，但可以用芦柴杆刻成一支柴芦笛。他让儿子去河边折了一支带叶的芦柴来，用小刀削下一小段，一头削成斜坡，用芦叶做了一片笛膜，试吹了几次，最后用矿泉水浸泡了几分钟，便认认真真地吹了起来。

车上几十个打工回乡的人不再交谈，全都被他的芦笛声吸引过来了。原本谈得兴高采烈的几个年轻妇女，居然被他吹得眼眶发了红，前面那个心急火燎开不了车的驾驶员，也被他吹得满脸愁容，不住声地叹气。大姐却将她的黄脸拉得老长，沉得八人大轿也抬不起来。她知道，自己男人就是吹这个水芦笛，吸引了发廊妹。后来，男人虽然和发廊妹断了，可是一想起发廊妹就不由自主地吹芦笛。大姐对大姐夫吹芦笛的理解并不全面，断定他只是为了思念那个小妖精。

凄美的笛声是大姐夫的一种精神寄托。

<h1 style="text-align:center">三</h1>

雇了一辆电动三轮车，沿着县开发区刚铺成的柏油马路一直朝东走，尽头就是我岳父家住的那座六层楼下面的半地下车库了。车库不足十平米，正好有一人高，室内放着杂七杂八的东西，一张床就占去一半的空间。这里便是岳父母住的房子了。只有门上贴上了大红的春联，才让人感觉到他们也在过年。

这里的土地被县里征为开发区，他们住了几代人的三间老屋去年也被拆了，轰轰烈烈地被夷为平地，眼下正在上面热火朝天地盖彩钢板结构的厂房。我记得岳父家的大瓦房，足足有一丈高、两丈宽，南头房是岳母住的，乱得像个猪窝，北头房是内弟两口子的。北面又建了两间房，一间做饭，另一间是岳父的卧室，面积虽然很小，却被打扫得干干净净。我总是记得小儿子七八岁时到岳父家，在他家门前的土场上放鞭炮，追逐他家那条表情严肃的小狗；岳父总是吸着烟一动也不动，坐在墙根晒太阳，只有两只老眼还在转动。我不知道他的那双老眼是盯着我小儿子看，还是盯着隔壁邻居家的小媳妇看。

我们几个人一跨进岳丈家的门，岳母就张罗着烧茶。我说中饭还没有吃呢，不用吃茶了吧，可岳母执意要烧。岳父还是勾着腰，不动声色地吸着烟，接着就是一个劲地干咳，咳了半天也咳不出塞在喉咙里的老粘痰。不大功夫，岳母就端来几碗热气腾腾的茶来。我看到岳母端碗时，她那干柴一般的油渍渍的大拇指，正浸泡在热气腾腾的汤里。岳母的两只眼睛特别的大，与身材干瘪、满脸乌黑相对比，似乎就只剩下这双昏花的大眼睛在眨巴了。我知道在苏北乡下，过年时姑爷登门，是一定要烧茶的。当然，这里的茶并非茶叶，而是汤圆。吃汤圆自然也有讲究，不能吃单数，一定要吃双数，新年头得好事成双，图个吉利呀！

我们刚要端碗，岳父的四女婿，也就是我的四连襟，从外面风风火火地进来。他说去车站买车票，一共买了六张，又说人山人海，全都是春节后外出打工的，挤了半天才买到手。岳母就对她的四女婿说，正好这一碗没人吃，你就吃了吧。四妹夫也不客套，端起碗来呼呼啦啦，不一会功夫就一扫而光，吃得头上直冒汗。吃罢了茶，四妹夫还用枯树皮一般的手背代替餐巾纸，把自己的嘴狠狠地揩了两下。

扬州的二姐夫办起了玩具厂之后，先后把大姐夫、四妹、大姐招进了厂里做工。四妹夫的手艺是钳工，玩具厂不需要，他只得到其他地方找活干。后来他们两家的孩子都长大成人了，也就自然而然在扬州找工做。他们的终极理想是在扬州买下属于自己的房子，安下扬州的户口，否则，他们总觉得自己是个外来户。

吃罢茶，四妹的女儿送来一叠照片，我拿过一张，是女人的写真照。照片上的女人袒胸露背、搔首挠腮，一副城里时髦女性的作派。四妹的女儿就笑着让大家猜，这照片上的时髦女人是谁。我听她这么一说，就重新仔细端详，这才看出照片上的女人居然是已经四十五岁的四妹。我再拿眼看她时，只见她用一层厚厚的白粉，将自己原本黝黑的脸皮掩饰得天衣无缝，脸上还现出几分得意的微笑来。我知道，四妹进了扬州城之后，讲起话来也学起了扬州人的绵软轻柔，只是她浓重的鼻音不能改变，暴露出苏北乡下的土腥味。

家里人全都知道四妹和二姐夫有一腿，二姐只是装聋作哑，觉得自己四妹夫常年去上海打工，四妹寂寞难耐也是必然的，这个便宜让外人占还不如让自己男人占呢。日子久了二姐夫和四妹之间的事情，也就成了公开的秘密。然而，大家全都觉得千万不能让四妹夫知道，否则，就有可能会发生像大姐夫的父母二十年前那样的不幸事件了。

四

初五是正吊他伯父的日子，外面下起了大雪，大姐夫一大早就叫醒老婆孩子，都用棉衣将全身像包粽子似地包裹好。我说我也去吊唁一下，出个礼吧，也就跟着他们一起上了路。四个人分别骑了岳父借来的两辆电动车，一齐朝陈家滩顶风冒雪而去。一路上，大姐的埋怨声不断，连环炮一直没有熄火。大姐夫背着我，大姐背着她儿子，两辆电动车因为负荷太重，歪歪扭扭地掉了几次链子。

电动车从省道上拐下来，就驶上了一条三米多宽的水泥路。这条路大姐夫说他走过无数遍，当年是一条沙土路，土路两边长着几丈高的白杨。现在的路变成了水泥的，可两边的白杨还像过去那样高大挺拔。当然，现在的树肯定不是当年的树了，想必是当年树的儿子或是孙子甚至是重孙子了。现在的白杨早已进化变异，一到春天便使坏，撒出无数白絮，给行人带来了无尽的烦恼。

大姐夫说，与他父亲一样，伯父也是得了食道癌去世的。老家对死人举行祭奠仪式称为正吊，正吊的第二天清早就出殡下葬了。现在实行火葬，这套传统仪式也不能省略，只是在火化之后，将骨灰盒放在木棺里，然后埋下地。当然现在大田里是不给埋的，只能埋在乡里的公墓，或是埋在废黄河边的坟场。因而，今天去正吊的那口黑漆棺材里，安放的已经不是他伯父的遗体，而是一只雕花骨灰盒了。

我知道大姐夫的父亲死时，他本来不想回家，是他伯父来电说要帮他们兄妹五个分家产，他才不得不回去的。自从他母亲死后，他就不想再见到他的父亲了。在这十八年里，他父亲写信打电话找他，他全然不予理会，后来已经七十五岁高龄的老父亲坐车来扬州找他，结果又被他拒之门外。

他的父亲和伯父是同胞兄弟，他伯父家与大姐夫家虽然就一墙之隔，他父亲和他伯父却是冤家对头，老死不相往来。大姐夫原先以为他们的矛盾是因为分家时争夺祖父留下的那张八仙桌。后来乡里搞工业集中区，拆除了他们的老屋。大姐夫父亲的房屋被拆了，得了十万元钱，被他们兄妹五个平分了，而他伯父则搬进了这座村民集体居住区。

这时，我看到帮办公司在这座房子的前面搭了一个丧棚，在他伯父的遗像前放了一个火盆让前来吊唁的人烧纸，正屋中间安放着他伯父的灵柩，棺头点着的引魂灯在冒着黑烟。院门口搭起了一个高台，一班吹鼓手正在演奏着各种欢乐的曲调，台前高高地竖起一杆一丈多长的招魂幡，竹竿的顶头还绑了一只活公鸡，那只公鸡正在半空中睁圆红红的双眼俯视着人们。

我和大姐夫一家三口瑟瑟抖抖地下了电动车，就直奔他伯父家而去，先在门口上了账，付了礼钱，然后就披了麻、戴上孝，去灵堂烧纸叩头，根本没有留意高高在上的那只芦花大公鸡，也没有留意灵前还有一个从教堂请来的牧师。只见那座不算小的砖瓦结构的院落里两间主屋的楼上下，本来只剩下他伯父一人住在里面，现在连他伯父也死了，这座小院子也就变得空空荡荡的，什么也没有了。我想一年过后，这座院子肯定会变得更加荒芜。然而，我想象的这个结果，肯定是不会再出现的了，因为他伯父的三个儿子已经为这座房子的未来进行异常激烈的辩论。老大主张卖房之后自己得一半的钱，理由是自己是长子；老二和老三却坚持认为，应该三个人平分秋色。这三个人全都在外地打工，将房子卖掉全都坚定不移。

大姐夫跪在地上的火盆前烧着黄纸，望着灵堂上伯父的遗像，觉得伯父正在向自己得意地微笑着，似乎在说，别看你们在大城市里生活，其实还不如我在乡下活得踏实。我听大姐夫说，他伯父十多岁就参加了革命，入了党，还当上了炊事班长，一直随着大军将大铁锅背到了长江边。而就在渡江战役打响之际，伯父突然撂挑子不干了。因为他在江边口碰到了也在部队里当炊事员的未婚妻。小时候，家里为他订了一门娃娃亲，双方以绣花枕头作为信物。谁知道就在渡江战役打响的前一天，伯父无意之间看到了一个女伙夫，居然也有一个与他一模一样的绣花枕头！他与她再一细叙，这才知道眼前的这个又黑又胖又丑的女伙夫，居然就是自己的未婚妻！俩人一商量，不约而同地决定，不去打仗了，立马回家结婚！结果，他们作为逃兵被部队给除名了。后来，许多人都说，如果伯父参加了渡江战役，肯定能当个大官。可是，伯父不后悔，他总是说，如果没有做大官，反而被打死呢？那样一来，连家都回不了，那不成了孤魂野鬼？几十年后的今天，他伯父果真安安稳稳地死在了自己的家乡。

中午的丧宴有几十桌流水席，是请帮办来做的，只是我看到门前的沟边那两个满身灰垢的男女，一边抹着鼻涕，一边用一块油黑的破布擦碗，就根本吃不下去了。可是，一位远房亲戚热情地拉着大姐夫和我的手不放，硬要拉我们入席。

也就是在这次丧宴上，一位喝醉酒的老伯说出了大姐夫的母亲当年跳荡自尽的真相。大姐夫听了他这一说，只顾往自己肚里灌酒，什么话也没讲，两只眼睛红得放光，脸上布满了泪水、鼻涕和酒浆。我知道，大姐夫肯定是被老伯的话狠狠地刺伤了。

五

眼前的陈家滩已经不再是过去的一家一户的自然村落了，而是变成了一座村民集中居住区，全都是清一色的两层小楼，红瓦白墙水泥路，只是小楼里的房屋不少是空着的，人都外出打工了，没人住。

半醉半醒的大姐夫说去小区前面的小店买些纸钱，准备去为他的父母上坟，刚跨上电动车，就听到有人高喊大爷，掉头一看却是他的当了村支书的本家侄子，正开着一辆摩托车奔过来，先是说新年好、新年发财之类的喜话，然后就直奔主题而来：乡里要搞平坟整田，你家的坟正好在规划内，按照乡里的要求，在十日之内要将土坟迁走！大姐夫昨天还说过，他父母的坟正好在大田中央，孤零零的，他的心里早就打起了鼓，生怕要迁坟，现在是怕什么就来什么。所有人都知道，祖坟是不能动的，一动就坏了风水，更重要的是会直接影响到子孙的运气。

这时，满身酒气的大姐夫舌头根子还有点直，阴着脸对本家侄子说，祖坟是不能迁的呀，哪家迁过祖坟之后哪家就会倒霉的！又说我岳父家的祖坟迁过之后，就接二连三地出事情，先是岳母被电动车撞了个骨折，接着是二哥家的小孙子得了睾丸癌，切掉了一个小卵子，再后来又是大哥摩托车醉驾，坐了两个月的牢房，一共就半年时间，一连出了三件。大侄子叹了口气说，不是他个人能够说了算的，是国家的政策，不过咱们是家里头，看看有没有变通的法子。大姐夫听他这么一说，觉得还有转机，当下将头皮一硬，就请村干部晚上喝几杯。大侄子便笑着说，哪能让长辈破费？说完跨上摩托车笑道"吃顿工作餐，还是可以的，那就晚上见！"然后一加油门一溜烟地不见了人影。

这时，大姐夫满脸无奈地对我说，自己原本打算为老爹老奶烧个纸就走了，这样一来哪里还走得了呀？他只得到村南口长顺家开的小饭店去订了一桌酒席，又去陈三家开的小超市，买了一条一品梅、一箱老洋河。一切准备停当过后，看看这时才四点钟，离吃晚饭时间还早，还是去父母的坟上烧个纸，让父母亲在阴间也能过个安身年吧。我知道大姐夫是从来不给他父亲烧纸的，今天突然改变了主意，原因肯定是中午在丧宴上听了那个老伯的一番话。

雪已停了，风也住了，只是老天还没有放晴。大姐夫说，他的心里十分伤痛，好端端地回乡，却知道了自己母亲当年跳水自尽的真相，又冒出了平坟的这档子事情来。大姐的连珠炮又开了：村干部马尿喝过了，事情还不知道能不能办成呢！大姐夫骂她不要乌鸦嘴，新年头尽说晦气话。这几百元钱，不是从天上掉下来的，是他一分钱一分钱苦来的！大姐用满是鱼尾纹的眼睛斜了他一眼说，你去找发廊妹怎么舍得花钱的呀？她的这句话就将大姐夫给噎住了，半天没有说出一个字来。

这个时候，大姐夫还没有想到，他的本家侄子晚上带着一批村干部，吃了他的一顿工作餐，喝了一箱老洋河，抽了一条一品梅，最后让他变通，坟是可以不迁了，但必须将坟平掉，在坟上栽上一棵树作为标志。就这个结果，他的本家侄子还卖人情说，是他给乡干部花了三千元钱的通融费才打通关节的。大姐夫鼻子一捏，又掏了三千元钱给了他的本家侄子。听了这些，大姐夫的儿子又忍不住地发表他的见解说，今后再回乡给老爹老奶烧纸，不就是向一棵树叩头了吗？

六

大姐夫的儿子坐在电动车上手一指说坟到了。我就老远地看到了一座土坟正趴在大田中央，大田的后面有一大片枯黄的芦苇，正在寒风中点头哈腰地摇摆着，一望无际的白色芦花也在风中尽情地飘飞。大姐还不知道在中午的丧宴上老伯对大姐夫说的那番话，因而又放起了连环炮：人该死不能活，那就是命，你伯父也是个老党员了，得了癌症，才想起信基督，说是主能包治百病，每天病歪歪的，还念什么圣经，结果又是怎样呢，还不是死了吗？你伯父在解放前就入了党，死后还找个牧师来超度，他就能真的上天堂呀？大姐夫似乎根本没有听她的啰嗦，自顾跪在雪地上，两只眼睛早已充满了泪水，我看出来他是在强忍着自己的悲痛情绪。

烧了纸，叩了头，大姐夫就再也忍不住了，拉开喉咙放声大哭起来了。这让大姐、他儿子和我全都猛吃了一惊。大姐夫一边哭一边扇着自己的耳光一边说，是自己对父亲不孝呀，让年老多病的父亲独自一人，在乡下孤苦伶仃地生活，最后孤独无助地病死在家中。他还说他父亲在病入膏肓临死前几天，一直喊着他的小名，不肯咽气。看到大姐夫捶胸顿足地嚎哭，大姐说从来没有看到过他这样的悲伤。

后来我才知道事情的经过，他父亲年轻时候一直在苏州打工，累死累活地在码头上扛麻袋，省吃俭用地将钱寄回苏北家中，养活家乡的老婆和五个孩子。然而，二十年前他回乡时，居然撞见了自己的老婆和隔壁的大哥，也就是我大姐夫的伯父在一起亲热！大姐夫的母亲被他父亲狠狠地打了一顿，当天夜里就跑到芦苇荡里投水自尽了。他父亲是个好面子的男人，又不想家丑外扬，就硬着头皮说自己在苏州有了相好的，让他母亲接受不了才跳水自尽的。从此，大姐夫和他的四个妹妹对父亲恨之入骨。一直到今天，他伯父也去世了，那位老伯才说出了事情的真相，才让大姐夫明白自己和四个妹妹，全都错怪了父亲整整的二十年，一直到父亲临死也不肯原谅，连父亲的最后一面都不肯见。

大姐夫哭着说，他将专程跑到扬州来找他的老父亲拒之门外呀！那可是浑身是病的老父亲呀，那可是已经七十多岁的老父亲呀！大姐夫哭着说他父亲在家想他，写信打电话让他回家，他坚决不肯回去，让他的老父亲独自一人，拖着病体在家落泪！他又哭着说，他父亲死后，他还一直不肯为他烧一次纸，连个头都不肯叩呀！难怪老父亲在世的时候，总是坐在芦苇荡边，没完没了地吹着水芦笛！他的父亲是在思念母亲，是在想念儿女呀！他还哭着说，老父亲将自己的天大委屈，全都承担下来了，却换来了外界的指责和儿女的不孝，换来了自己在孤苦伶仃中死去呀！

大姐夫哭够了，也哭累了，便一屁股坐在田埂上不想爬起来，顺手扯过一根芦苇，三下五除二地做了一支芦笛，就呜呜啦啦地吹了起来。吹着吹着，两眼里又涌出了两行眼泪水来，他说他又推想起他的父亲临死之前生病痛苦的样子。他又流着泪说，老伯对他讲起他父亲临死之前，身边连一个端茶送水的人都没有。又说邻居发现他父亲死时已经是几天之后尸体已经发臭了，他父亲的全身饿得只剩下皮包骨头，孤苦伶仃地死在了冷若冰霜的泥地上，手里还紧紧地攥着一张多少年前与妻儿们合影的旧照片，身边还有一支水芦笛。大姐夫泪如雨下地说，没有人给他父亲养老，没有人为老父亲看病，没有人为老父亲送终！只有那支水芦笛一直为陪伴在他的身边，只有这张发了黄的旧照片为他送终！他父亲肯定是再也吹不动那支水芦笛了，肯定是含着泪水看着这张旧照片上的儿女，忍受着满腔的委屈离开了人世呀！

芦笛幽幽，凄婉不已。几只乌鸦，在土坟的上空盘旋着，发出一声又一声沙哑的嘶鸣，它们像是也哭哑了喉咙。

大姐夫吹了一阵芦笛，大概是吹累了，歇了下来，叹了一口气，对大家说，如今父母都死了，祖屋没有了，祖坟也要平了，自己生着回乡没有地方住，死了回乡也没有地方葬了。故乡就像是没了，他的归宿也就跟着没了！

他的儿子一直没有讲话，这时却坚定不移地说，什么是归宿？有钱就有归宿！大姐夫骂自己的儿子说，你懂个屁！大姐却对大姐夫顶嘴说，儿子是大学生，有什么不懂的？你才懂个屁！大姐夫还嘴说，老子是个老高中生了，不比他们现在的大学生差！大姐夫是个文学老青年，戴着一副近视眼镜，看上去根本不像是个农民工，倒像是个知识分子。

我在想如果说他父亲临死之前，渴望家的情感归宿而未能如愿，只是一个偶然现象的话，那么，大姐夫家乡的祖屋被拆了，祖坟被平了，打工的城市又没有户口、没有住房，这些造成他在人生归宿上的迷茫，恐怕就是一种普遍的现象了。而作为老党员的伯父，在临终之前想让基督宽恕自己二十年前犯下的孽债，作为村支书的本家侄子的"被嫖"名言，作为大学生的儿子的有钱就有归宿，所有的这些，则是一种精神归宿的迷失了。或许，在这种归宿感缺失的时代，水芦笛也算是大姐夫的一种寄托吧？

母亲的油纸伞

范金华

　　临近春节，文化部门和我们小区居委会，联合搞了个"迎新春油纸伞民俗文化风情展"。原本稀稀松松的街道上，骤然热闹起来；满大街造型各异，五颜六色的伞，既梦幻、浪漫，又夺目耀眼。

　　伞，这个原本只用于遮阳挡雨的工具，如今被赋予了文化和艺术的内涵。但不论有多少伞，不论那些伞有多么乖巧，多么鲜艳夺目，在我的记忆里，只有两把伞。

　　上个世纪六十年代初，我刚记事，家中的三间草屋里，除了母亲陪嫁的两个箱子，就是正中间的一张供桌，和供桌后面墙上正中间贴的一幅画像。画像上，一个伟岸的男子，身着长衫，右手夹着一把伞，目视远方。没有小伙伴玩的时候，我就看着他，问母亲，"他是谁？"母亲说："我也不知道，你大来家问他。"

　　父亲在外工作，偶尔来家一次，我有点怕。

　　上小学以后，才知道那是"毛主席去安源"。

母亲的那把伞，看样子没有毛主席的那把伞大，但母亲的伞很小巧，是红色的。不论是阴雨天还是晴天，从来没看到母亲用它遮过阳挡过雨，只是在夏天，经常看到母亲拿出来晒。那伞上有些图案，画的是一朵牡丹花和一龙一凤。

母亲在晒伞的时候，用湿布擦伞上的霉点，小心翼翼地，生怕把伞擦坏了。擦好后，一会放在堂屋门东旁，一会儿又放到门西旁，像是怕风刮跑了，又像是怕被人偷了。

我上小学三年级时，夏天的某一天，树梢是静止的，天上的云彩是静止的；就连平时一天到晚忙碌不停刨食的鸡，也戗着翅膀，张着嘴趴在树荫下喘粗气。

母亲和我也是静止的，放一张芦席，躺在堂屋里的地上纳凉。

突然，一个陌生的中年汉子，带着左邻右舍的几个男人，站在我家的门前；一个平时我叫他大爷（叔）的说，嫂子，把你家那把伞拿出来看看。

母亲没犹豫，以为都是邻居，就把收在箱子里的那把伞拿出来给他。他们撑开伞，看了一会，那个陌生的男人说，就是这个。也没说什么，拿着伞，转身就走了。

母亲追上去，哎、哎地嚷着，想要伞。

那个陌生的男人说，没收了！

母亲像被要了命似的，一直追到生产队办公室。那个陌生男人坐在办公桌后面，把伞放在桌子上，瞪眼看着母亲，拍着桌子说："知道你这把伞问题有多严重吗？这上面的龙代表什么？代表皇帝！凤凰就是皇后，牡丹是说明你想荣华富贵；你满脑子封建流毒，要好好清洗清洗！"说完，三下两下，那把伞被他扯个稀巴烂。

母亲晕了过去。

我吓得号啕大哭。

几个邻居找来一张纳凉的软床，把母亲送回家。

母亲病了，父亲带着她四处求医。一个老中医说，她这是急火攻心，要用中药慢慢调理。

我不明白，一把伞至于把母亲气得一病不起吗？

母亲吃了几副中药，父亲又给她做了一些思想上的疏导，病情有些好转。

我记得，可能是父亲给母亲讲的那个故事起了一定的作用。

那是夏天一个月明星稀的夜晚，父亲带着我和母亲在院子里纳凉，父亲边给母亲摇芭蕉扇边说，我给你娘儿俩讲个故事：古时候，有个地主家的小姐爱伞如命，人家小姐做女红，不是绣花鞋就是做香包什么的，她只做伞。整个闺房，挂满花花绿绿大大小小的伞。出了家门，雨天打伞，晴天也打伞；夏天打伞，冬天也打伞。一天，丫鬟不小心碰倒了油灯，点着了针线筐，小姐的闺房被一把火烧个精光。看着满屋子心爱的伞化为灰烬，小姐心痛得一病不起，茶饭不思。老地主派伙计求遍当地名医也不见好转。就在小姐病入膏肓，一家人哭哭啼啼之时，门前来了个化缘的老道人，问明缘由，叫家人拿来一个碗，从他的葫芦里倒出半碗水，给小姐喝下，然后从怀里掏出一把精致的小红伞交给小姐。小姐上午服下水，下午就能下床吃饭了。第二天是个大晴天，小姐来到院子里，先是呆呆地望着手中的那把小红伞，看着看着就慢慢撑开了；一阵微风袭来，小姐和伞慢慢地向天空飞升，一会就看不到了。一家人惊呆了。夜里，她的母亲梦见女儿来到面前说，妈，我已经到月宫做了王母娘娘的执伞侍女，您老不用担心……

听完父亲的故事，母亲仇怨的脸上露出了笑容。

母亲好了以后，我问她：妈，那伞真的很值钱吗？

你知道什么呀？！母亲说；那是你姥爷挑了两笆斗小麦，跑了二十多里路到县城卖了，给我买的伞。回来的路上，你姥爷不小心把腿跌断了，卧床半年。

姥爷家住在大运河边上。解放前家里有条船，姥爷常年在外跟帮跑船，是个走南闯北，见过世面的人。

苏北风俗，女儿出嫁没有用伞作陪嫁的，姥爷也许是独一家。

伞作为陪嫁，是客家人的风俗。既然客居他地，就得时常准备迁移，所以要有伞来遮风挡雨。因此，客家有女出嫁，必有伞，以示身处客地，不忘父母，经得风雨。伞作为陪嫁品，还是吉祥如意的象征；伞张开是个满满的圆，寓意有情人终成眷属，婚姻圆满。繁体"伞"字，由五个人组成，一个大人下面四个小人，也是寄予"多子多孙，人丁兴旺"之意。

随着年龄的增长和对伞的关注，我对伞有了进一步认知。

伞，这个纸（布）糊的遮阳挡雨的工具，随着人类的进步，不仅被赋予了感情的温度和文化的厚度，甚至也蕴涵着人情世故。

当许仙把他的油纸伞撑上了白娘子头顶的空间，一曲动天地，泣鬼神，传千古的爱情故事由此演绎至今。许仙，没权没钱没家产的一个穷光蛋，白娘子看重的，是他油纸伞下的一腔温情与怜爱。

在家乡，如果两家之间闹矛盾，一家被另一家欺负，经过打官司，有理的一家输了，没有理的那一家反而占了上风，人家就会说，"某某家有某某那把'大红伞'照着。"这里说的"大红伞"，指的是有权势的人。

姥爷既然是个"走南闯北，见过世面的人"，我想，他用一把精致的大红油纸伞给母亲陪嫁，绝不是仅用于给女儿遮风挡雨的。他期待女儿到婆家也能得到"大红伞"的照应，也期待女儿的后代能成龙化凤，荣华富贵。

母亲到老也没有得到过"大红伞"的照应。倒是母亲变成了姥爷送给父亲的一把"大红伞"。

由于父亲在外工作，是母亲起早贪黑，风里雨里，严寒酷暑；饥一顿饱一顿地，抚养我们兄弟姊妹六个长大成家立业，有了自己的儿孙之乐，幸福之家。

母亲老了，逢年过节，兄弟姊妹相聚的时候，我有时会给他们讲母亲和伞的故事，逗母亲乐。看着儿女们带着家孙外孙和重孙三十多口欢聚一堂，母亲就自豪地说："还是你姥爷厉害，他把我当成伞送给了你大，撑起了你们姓范家的这片天，我没有辜负他。"

是的，在一个家里，母亲就是儿女们最好的"大红伞"。

蝴蝶（外一篇）

成秋菊

男怕入错行，爸爸入了车工这个行当。

所涉及的公事有钻头、扩孔钻、铰刀、丝锥、电焊、铸模、板牙和滚花等，父亲刚跟师傅后面学徒时，经常晚上回来拿着图纸，在泛着黄晕的煤油灯下细细回忆、琢磨、研究，夜很深，才睡去。

日积月累，练就了他过硬的车工技艺，在社办厂谋得技术指导一职，收入虽微薄，但日子过得清闲。

那时村中长满了拐枣、桑树、苦楝树、榆树、槐树等，整个村庄被包裹成一个绿色的圆球状，只在村落中间劈出一条曲径，静谧的环境让人怡然自得，感觉现世安稳；即便在这小小桃花源中固步自封也乐意。父亲家中排行最小，爷爷也从不给父亲压力。屋门前东边有棵歪脖子桑树，身子大都倾倒在河面上，桑果成熟后，父亲调皮，下班回家用脚一跺树身，桑果便纷落河中，河中鱼抢着吃。父亲身轻如蝶，手脚灵便，可以一下子用鱼叉叉好几条鱼，让家人改善一下伙食。他成了大家眼中的"鱼叉少年"。

到了适婚年龄，爷爷一座一座村庄挨次访过去，帮父亲安排了一场相亲。后来，我的母亲便来了。可是婚后不久，爷爷突然得肺疾去世，加上我跟姐姐相继出生，家徒四壁，揭不开锅了。

"鱼叉少年"一夜长大，为了更好照顾家里，跟母亲商议，买台车床，尝试自谋出路。

家里拼拼凑凑，凑足了三千多块，去隔壁的市区买二手的。第一次出远门，父母用一块碎布把现金缝在大衣内兜里，一路走一路打听，总算买到心仪的车床。

车床拖回来的时候，云在很远的地方翻腾，天际变成白色与黑色界限分明的幕布。雷电交加，大雨如注，声音听着瘆人。农村全是弯弯曲曲的泥土地，地面就像搅拌开的咖啡，淤泥混沌。到我们后村，机器像长在地里，动弹不了。

父亲从村头喊到村尾，请在家的青壮年全部来帮忙，把深陷泥潭中的车床挪回家。路面泥泞，鞋子雨靴都撞不开这泥地，最后只能赤脚在泥地里拖行。一步一步，走走停停，几吨重的车床，推到半夜才到家，众人都精疲力竭。

面对这种情况，母亲一脸愁容，开头这么难，连老天也故意刁难。父亲笑着，安慰起妈妈："我就知道，这个机床是个好兆头，搬回家就下这么大的雨，这个叫风调雨顺！"

他兴奋得一夜未眠，迫不及待将机床组装好，却启动不来。拆开后，原来里面大部分零部件连同马达已经被偷偷抽走，相当于买了个空壳回来，如同废铁。

夏天的树林，郁郁葱葱，硕大的蚊子漫天飞舞。他坐在那里，慌了神，不察蚊叮虫咬。

此后半年，他白天上夜班，晚上一回家就研究机床，里面的配件一件件购置，试了又试。他总是默默看着图纸，画着草图，用满是油污的手在那拆装，一言不发。似乎只有这样所有的能量才能汇聚，不从嘴巴里溜出来。

兜兜转转半年，机床发出了轰隆隆的声响，那是它跟父亲特有的语言回应。

车床开始载着一家人的希望，稳稳地转着。

父亲除了接一些加工的活，还喜欢研究各种生活的配套玩意。家里的晾衣架，一些金属动物，形状各异的铁质工艺品都出自他手下。每次发明了新东西，他都高兴得像个孩子第一时间跑来拿给我们看。村民的车轮子轱辘经常坏，他赶紧用机器帮忙锉磨。包括其他小物件的简单加工，他从不收钱。他总跟我们说起车床搬回家时，那场大雨中的事；以及晚上夜班车床声音很大，乡邻从无微词，让我们时刻记得感恩。

他大部分时间都在家，鲜少出去，但是名声在外，有很多慕名前来的客户。说是客户，最后都成为他的朋友。好几次来家中，雨下得大走不了，他们便在屋檐下聊天。父亲给朋友点燃一支烟，说一些工作上的事，有时候到了饭点会留别人吃饭，喝点小酒。反正炒点花生米也能成席。

他平时只是做着车床，外面的纷纷扰扰都与他无关。但也喜欢在家种种花草，小敲小打小磨。天气热的时候，电焊的温度太热，他很多衣服上都是洞口，喷射的火光，穿透到无边的灼热之中，像流动的火山口，星光热烈，发出嗞嗞的尖锐声响。床身厚重低沉，咕噜噜地咳不出声音，机肚里爬山倒海，排出的铁丝经常不经意间迎面袭来；飞落到半空后，火光清凉，垂垂抖落，烫伤、割伤是常事。

时代越来越进步，机床老实地蹲在墙角，像个老伙计，看着父亲进进出出。

明月清风，酷暑寒冬，车床的声音穿透村落，轰隆隆的声响与夜色糅杂，车床一直转着，时间也都被卷进去了。

我跟姐姐都考上了大学。

上大学那两年，回来见父亲，他说话时神情有些呆滞，总是喜欢沉思，出去骑车容易跌落，像一片树叶，飘忽。

父亲终究还是老了……

医生推断他可能是长时间接触金属，或许是压力过大，加上长期上夜班，积劳成疾。

人生不能倒转。

从搬回来知道是空壳那天开始，他已经把自己所有的能量与灵魂注入了机床体内。

有些事是注定的。

父亲这次只能手术了。他沉沉睡去再也没有醒来。

轻得，像一只蝴蝶。

麻婆

麻婆喜吃是有名的。

奶奶那一辈，都是省吃俭用，见不得铺张浪费。热菜热饭，是常有的事情，从蔓藤上揪一根黄瓜，地里扒一点南瓜，顺手摘一些菜叶，在灶锅里翻炒一顿，便是一日三餐的构成。子女在家的时候，买点小鱼小肉改善下伙食，你若跟他们说隔夜菜饭对身体无益，他们会瞟你一眼，露出鄙夷目光。

但麻婆除外。麻婆是我一个远房亲戚，嫁得远，一般过节才回家。她跌跌撞撞撑着拐杖，高高的颧骨凸在高原红的脸颊上，一双聚光的眼神露着一股坚韧劲，蒜头鼻翼挤占了脸上大部分面积。最特别的是那张薄唇的嘴，像包子头，时刻等着东西往里塞似的。

她来到我家，奶奶正往灶肚里推柴。她屏息着，眯着眼摇晃着脑袋，先闻闻刚出烟的蒸气香，判断是什么样的菜食。若是肉类，两眼发光，幽幽看着发黑的锅盖板；判断不出什么东西时，直接不客气地掀锅，引得奶奶一脸惊诧，但渐也习惯。

　　"月儿奶奶，你又在忙啦？！"挤眉弄眼一阵，试探性地戳几句闲话引子。

　　"麻妹，今天留下了吃饭呗！"奶奶顺口寒暄几句，乡里人的客套跟礼数，是需尽的一项，面子上要过得去。

　　"好的，我就喜欢吃！"麻婆倒也直言不讳，索性坐下来，也不回叔公家了。叔公家是麻婆的本家，麻婆回家叔公不会特别准备饭菜，说自家人不应该显生分。麻婆端了张木凳，与奶奶促膝而谈，时不时抿着嘴，狠狠吸足两口满屋的热气。午饭时间，不需要奶奶夹菜，直接将几块硕大的肥肉收入碗中，还嚷着要配点小酒。半会功夫，只看到她嘴角残留的油渍。她心满自足地打了个饱嗝，与奶奶唠了点家常后，拄着拐杖回家去。

　　有时候，她会去其他的乡邻家吃。有的子女已经成家立业，关系生疏几分，麻婆倒是随遇而安。尴尬的反倒是那些乡邻，毕竟麻婆只是老一代的旧相识，跟晚辈隔了代别，也有生活习惯的差异，显得突兀。为此，乡邻总有所微词。但是农家人好客，不冷上门客是古往今来的道理。因此，麻婆在娘家的时候，总能得一些口惠，也不管他人评说。久而久之，她变得无所顾忌，为口食之快不顾他人尴尬，落得一个不雅名声"蛤蟆嘴"。

　　她嘴巴里，除了吃，还会绘声绘色讲很多好玩经典的故事，《聊斋志异》里那些神灵鬼怪，《地雷战》《鸡毛信》《宝莲灯》《人鱼传说》……从她嘴巴里喷射出来的字串，引得小孩大人频频点头，驻足倾听。麻婆还喜欢听戏，记忆超群，听来的事情都能自主编撰成一套鲜活的人物故事。吃饭无非是多一双碗筷，心里多一点宽容跟坦荡就可以，但她的那些故事倒是难得有人讲得这么声情并茂；乡邻徒生几分期待，给她饭吃之外有了生活的闲雅之趣，渐渐博得了好感，助长了她吃货的天性。她在动情处拂袖，弯腰，猫步，阔首，拔剑，各种姿势随性而发，偶或有板有眼地唱起：铁树开花结铜铃，毛竹扁担出嫩笋……抬头做拥抱状，手往上翻转。

春天来了。

麻婆又回家了，但是变得清瘦削骨，走路时微颤微颤抖动着双腿，穿着那件深蓝色布扣的衣服，将肤色衬托得愈发灰暗了。

"她生病了，挺严重的，能回来一趟是一趟了吧，喉咙里长了东西！"奶奶在院子里摘着青菜，泥土混着水渍，一起吸在篮子边。叹了口气继续下去："这个青菜虫子太多，你去帮我挖点荠菜吧。"

荠菜满坡都是，我按照奶奶的指示去采摘，对荠菜的形状有点混淆，一股脑地都装到篮子里。

"阿菊，在挖什么呢？"麻婆的拐杖先进入眼帘，一双小脚也慢慢挪进我视线，声音急促但轻柔："是不是在挖荠菜？"

"哦，麻婆，奶奶让我挖的！"

"我就知道，你篮子里放了一些。真是傻孩子，你挖了不少老的，嚼劲是好，口感不行，别白白耗尽这功夫咯，"她缓缓地将后背往后翘起，费力地抓着拐杖，紧紧握住，脸上的皱纹因为用力变得更醒目，大声地喘着气，老树皮般的手轻轻推过来，指了指地上；白发扎成简单的髻，因人摇晃不稳，在脑后起了一个漩涡，似要散落。她喃喃地说，"喏，这种是板叶的，旁边的那个是散叶的，都是！你挑那种叶子小的，嫩着呢！"她努力地攀着身体往下，手臂却怎么也伸不到那一株趴在地上的荠菜。

"哦，麻婆，我知道了，我来，我来！"我连忙扶起她，邻居拆房子丢弃的楼板摞了几层，有半米高，正好够她坐下，腿可以自由伸展在地面上。她就那么坐着，静静看着我寻荠菜，根据她的指引，篮子很快满了。

"以前小时候都是吃的百家饭，家里穷，没有少吃这个菜哦。那时没事就挖点送送人，也拿不出其他啥东西来！我是吃百家饭长大的，现在回来还是改不了这个毛病，总是忍不住，瞧我这张嘴巴，嘿！"她低下头，看着远天的流云。空气清澈得不染一点尘埃，她的目光灼热而清明，好像远天之外是她的童年。她看着那些远景，压了压褶皱的衣角，"现在很多人都不在了，你倪爷走的早，我现在回家，这家吃吃，那家吃吃，总感觉有些日子像又回来了。人啊就贪那点家的味道，改不了！"

她嗓音低沉沙哑，我想起她平时毫不客气掀起我们家锅盖的机灵劲，现在的她说话都一直吁叹着，不禁感叹人会老得这么快。

留给她的时间不多了，我脑海里总是盘着这句话，索性撸了一把碎草，坐在田埂间，听她讲以前在老家的往事。那全是活生生的所见所闻。她很早就嫁人了，老伴去世后习惯了独来独往的日子，生活上也遇到了很多困境。她说接受现实是让我们内心从低谷往上慢慢爬的藤蔓，可以让心里生出一扇窗。

"我这辈子，该吃的吃，该喝的喝，不像你倪叔，死前大半夜让我去镇上买烤鸭，说特别想吃。那个死鬼，贪恋人间烟火，好歹争口气给我活着，说没有就没有了。大冬天的，店铺都关门了，哪有烤鸭。我在寒风中敲了一家家的店面，累得最后摊坐在马路上哭了一夜……他省吃俭用一辈子啊……什么都舍给我！"她语气变得铿锵有力，用长满寿斑的手撑着楼板，掐紧了往旁边缓缓挪了下位置。两声长叹后，脸上舒展开来的笑意在眉间荡开。"我这辈子该吃的都吃了，去见他也没有什么遗憾了。人啊其实就图一碗饭，一份情，一身衣，其它都带不走啊！"

黄昏渐渐暗下来，我搀扶着她，我们的背影在田埂边慢慢消逝。

"麻妹，吃晚饭了，给你做了最爱吃的茄饼，你尝尝！"奶奶从灶台端出了热气腾腾的一大碗茄饼，奶奶内心总是有股热乎劲。

"哦，不了，我生病了，不能沾人家碗筷！"麻婆笑了笑，一圈漩涡在脸颊，好像被风吹了一个洞，已经涌不出红晕了，一层皮紧贴着脸架子骨。她轻轻地用手推了推盘子，奶奶将两个茄饼用油纸袋包好给她，她右手在空中转了一整圈的弧度，巧妙地避让了奶奶递过去的茄饼，看来她是铁定心不吃别人的东西了。

麻婆直来直去，说一不二，看来怎么强求也是无济于事。我只好扶着她，慢慢往叔公家走去。

这是我最后一次见麻婆。

几个月后，麻婆去世了，那时我在异乡。

母亲

徐澄范

母亲 93 岁了。从她的经历看，读过多年书，喝过不少墨水，做了 30 多年的妇产科医生。现在，她身子硬朗，生活仍能自理，不轻易麻烦别人。在我眼里，母亲与有些人相比，不止活一生，可以活好几个一生。

一

母亲是个清心寡欲的人，做了一辈子医生，从来没听说她收受过病人及其家属的礼金礼物。当她 60 岁退休时，依然是"清风两袖朝天去""去时还似来时贫"。

八年前，我为独居的母亲找了一个钟点工阿姨，工钱由我支付。有一天，阿姨见母亲家里的塑料台布陈旧且又短小，顺手从单位拿来一块新的塑料台布，铺在桌子上既美观又实用。母亲见了，喜上眉梢，但转念一想又觉得不妥，一直追问台布价钱，阿姨自然不肯作答。问过几次后，母亲索性将这块已用过一个多月的塑料台布退还给阿姨，还硬塞给我一百元付给单位。我见拗不过母亲，就让阿姨把钱收下了。

母亲家厨房的屋顶粉刷层脱落，露出一个大穹隆。我请人代为修补粉刷一下，事毕后，她老人家隔三差五问我，维修费结账没有？我有几次因为事忙，转身就忘记了。过了一个多月，她又拦住我问这事，我只得含糊其辞，她从口袋里掏出五百元，放在我手里，语气坚定地说：咱们不占别人一分钱便宜。

还有一件令人捧腹好笑的事情。那是上世纪九十年代初的一个秋天，我趁出差的机会，陪父母一起去上海旅游。我们在乘车途中，父亲就告诉我，他想去鲁迅纪念馆。因为第二天一早我去开会，所以到了上海，我便打电话请上海朋友来陪父母。第二天我整整开了一天会议，直至天黑才结束。

那个朋友在百忙之中抽出身来，赶到我们所住的宾馆，可是父母坚决不要他陪，说不合适打扰上班的人。朋友只好走了，父母亲自己乘车去了鲁迅纪念馆。傍晚下班，那朋友又订了一家高档酒店的晚餐，再次跑到宾馆接他们。没想到父母还是不去，父亲说那家酒店吃饭太贵，他们已经吃完了。那时候也没有手机，朋友联系不上我，只得悻悻然离去。

待我匆匆返回宾馆，要陪父母吃饭去。父亲说，我们吃过了。吃什么了？我问。我们回来的路上买了几个面包，连明天的也有了，母亲答。有那么好的本帮菜不吃，却躲在宾馆啃面包，这是何苦呢？还让朋友赶了两趟，我多尴尬。

我一屁股坐在床上，责怪父母，你们叫我以后怎么做人呢？现在不是你们那时候了呀。母亲回答，不论社会怎么变，不贪图享受，不给别人添麻烦，就不会错。

父亲几年前离世了，母亲独自生活。她还是自己买菜烧饭。母亲这一生是父亲最好的部下，也是最后一个部下。凡事都依着他，让他满意和开心。母亲以自己的勤奋和包容温暖了这个家，她是我们家庭之树的沃土，在这块沃土之上，母亲成就了父亲这片天。

有位智慧老人对我说，清廉勤劳的人长寿。我相信此言。母亲淡薄名利，生活简单，福禄寿属于她。

二

步入母亲家，犹如置身于花的世界。

"这么香，是栀子花飘香啊！"

"都是我们家的栀子花！你来看看……"母亲一边骄傲地说，一边领着我来到房间北侧的阳台上。

"天哪，这栀子花长得太盛了啊！你看看，碧绿的枝叶，淡淡的清香，满屋子散发香味啊。"我为那几盆栀子花长得那样旺盛而吃惊。自然，这样的花百看不厌，我一边观赏，一边把鼻子贴近花朵，尽情地嗅吸着……母亲站在一旁欣慰和得意地看着她的儿子。

那一刻，我感觉自己的家比世界任何地方都美、都好。

"到南阳台去看看。"母亲挪动着她那并不利索的脚步——我猛然发现她老人家的脊背渐渐弯曲成"S"型了啊！

我嗓子口猛地"噎"住一口气，心里有种说不出的难过，当着妈的面不好表露出来。

"这一棵杜鹃开得茂盛，你看看……"母亲打开阳台的窗户，让我看得清楚一些。

我忙不迭地数起花朵，一共28朵。母亲在一旁笑着合不拢嘴。

杜鹃花旁，放着梅花、月季、水仙、海棠等八九盆花。母亲对报春使者——梅花却钟爱有加，梅花放在靠窗最显眼的位置。

梅花，在百花之中开花最早，梅花开了，春天就要来了。那年，父母乔迁新居，母亲的第一件事就是在楼前的院里、窗边的阳台上栽上梅花。春天黄花满枝，夏秋绿叶舒展，冬天翠蔓婆娑，一年四季家里都充满了诗情画意。

早春时节，梅花枝杆上，渐渐透出新绿，花蕾如点点繁星，临风摇摆，呈含苞欲放的姿态。不经意间，一朵朵梅花凌寒独放，开得优雅，显得热闹。

去年，我的两位上海阿姨来探望母亲，向路人询问我家时，一个邻居指着我家窗台的梅花说："那个开着梅花的人家，就是你要找的……"没想到梅花竟成了我家的标志。

梅花开放的季节，也是母亲开心满满的时刻。她最爱的就是看着一朵朵小精灵傲然独放，枝条上星星点点地闪烁着灿灿的小红花。窗台上飘扬着梅花的清香，母亲眯着她的老花眼，边晒太阳，边欣赏梅花，满脸洋溢着的都是幸福。

今年春节前，那盆梅花的花瓣似从指尖脱落，一朵朵粉红色的花蕾已挂在枝头！一朵、两朵、三朵，七朵八朵，十多朵，梅花树枝瞬间春意荡漾，梅花点点了！不管季节怎么的，它都是霜雪时节开得最烂漫的花儿！

推窗远望，是那片高高耸立在小楼边的松树林。它们像我的家丁一样，默默地坚守在自己的岗位，三百六十五天在此为我母亲守护家园。就像我遥想逝去的花儿，无论是山间的，还是花圃或菜园中的，它们没有随着时光流逝而被遗忘，而是像风一样，一直拂动着我的记忆。

我给母亲拍过一些照片，要数老人家"护花"的最多。画面上她一手持喷壶，一手拿把剪刀，修剪树枝，施肥浇水，花儿鲜艳的色彩映照在她脸上，顿觉年轻了许多。

我喜欢苏轼的那首《花影》："重重叠叠上瑶台，几度呼童扫不开。

刚被太阳收拾去，又教明月送将来。"意即花影在窗台摇曳，任凭什么扫把，也扫不开它。这日光和明月下永不消散的花影，就是时光，不管它穿越多少年，总会把美留在心头。

愿母亲和她喜爱的花一样永远留于我的心间。

三

母亲年纪大了，身体还算硬朗。作为儿子，没能提供一个宽敞舒适的地方让她老人家安度晚年，心里很愧疚。

不知何故，过去住家里时，听到母亲唠叨，心里就挺烦的，听着不顺心时，还得顶撞几句。有时情绪失控，拔腿往外就走。自从带着妻女乔迁新居后，经常会有一段时间听不到母亲的唠叨，觉得生活中缺少点什么。

母亲年纪大了，唠叨得多了。在她看来，这是花费一生总结出来的经验之谈，都是些普通不过的道理。唠叨的事不免啰哩啰嗦，听者难以理出头绪。每次回家，母亲都会把她认为重要的话，不厌其烦地重复说几遍。生怕你听不懂，或者没听进去。

多年前的一个夜晚，母亲的一个女同事来家里，原来是来找我办事，她亲戚的孩子要上名牌学校。我知道这事挺为难的，一直装聋作哑，迟迟没有吱声。待她同事告辞后，母亲讲了：人家求你，是看得起你，你无论如何都要想点办法。我同事从来没给你开一次口，不是金口，也是银口啊。你不能让人家大老远跑来，听不到答复，会让人家好没面子。

我回答：我不要她看得起呀。再说了，我又不做校长，学校招生都有明文规定。我自己都没有面子，哪里给她面子？

母亲接着讲：我晓得你有办法，我不相信你是个铁石心肠。

我讲：我没办法，我就是铁石心肠。

母亲的话盒打开了，给我讲那同事如何热情，如何厚道，如何够朋友。总之，都是一个"好"字，母亲讲话像机关枪扫射，我根本插不上嘴，只能听她唠叨了好长时间。末尾，母亲长叹一声：反正你要好言好语交待人家，莫让人家不好想。

我不耐烦地说：我晓得，不用你教我！

另有一次，让我更好笑。我的一位远房亲戚春节前来看母亲，带了一些礼品来。我一般不收礼品，但亲戚临走，执意要留下礼品，我实在推不过脸面，就收下了。我想以后再想办法，还这个人情。

没想到，母亲从房间里拿出一箱精美水果，非要给那个亲戚。亲戚当然不会要，因为精美水果比他的礼品贵。母亲硬生生拉住他的衣襟，不拿不让走。亲戚讲了，怎么好意思呢，我说有啥不好意思，你不拿走我母亲心里会不好受的。亲戚只好拿了，对母亲很感激。

亲戚走后，我就讲：母亲，我送给你的水果，怎么刚转身，就转送给人家了。

母亲不悦，用疑惑的眼神看我，舍不得了吗？

我答，不是舍不得，我计较的是你对我不够尊重。

母亲解释，你过去一直讲，不要随便收礼。我看他执意不肯，就把你送来的东西拿来回礼呢。我们不能随便收人家的东西。

我说：我哪里做得不对？这是亲戚之间的人情往来嘛。

母亲说：是亲戚也要注意，不该拿的就不能拿。我每次从报纸电视里看到被抓的那些贪官，我真为你担心。今天我当母亲的要给你敲敲警钟，当干部就要清正廉洁，贪欲之心，绝不能有。今天拿两条烟，明天就会拿金条银条，人的贪欲膨胀起来就是填不满的黑洞。

听母亲说了一大堆话，我不耐烦地吼道：你唠唠叨叨这么多话，真烦死人。

母亲说，我是你的母亲，都是为你好。那些坐牢的贪官未必不晓得，他们在贪欲面前失去了理智，才走到不可收拾的地步。你说，我讲错没有？

我虽然嫌母亲啰嗦，话语也很刺耳，但确实有道理，让我牢记在心，终生受益。

近年空闲时间多了，想起母亲的言谈感触挺多。年轻的时候，听母亲的唠叨，感觉不出味道，甚至很快淡忘了。进入中年以后，我碰到很多挫折，撞了不少南墙，才渐渐感受到其中的人生意味。母亲的唠叨，没有深奥的道理，但句句是掏心窝的话。细细品味，感觉像盛夏里一股清凉的甘泉，滋润着儿子的心田。

近来，母亲身体不如以前，唠叨也少了。我回到家里，母亲总会朝我端详片刻，看看儿子穿了多少衣服，摸摸儿子的手是否暖和。吃中饭的时候，我也会凝视母亲那张越来越苍老的面容，视线久久不忍离开。过去怕听唠叨，如今想多听听，母亲毕竟到了和儿辈见一面就少一面的年龄。常回家看看，多陪陪母亲，听听母亲的唠叨，是为儿的福分。遇到快乐和顺心的事，就想回家告诉母亲，让她老人家一起分享儿子的快乐。

愿母亲的唠叨一直这样陪伴我。

四

母亲受外公的影响，从小就爱动脑、善学习。

母亲从小学到中学一直是好学生，参加各种考试基本都是一百分，得九十几分的很少。但是，母亲每次大考后，都要生一场病，也许这是她付出的代价。如果哪一次没考好，她都会难过好一阵子。

母亲读高一年级时，患了"伤寒症"。那时候，药物少，医疗条件差，母亲只能办了休学，病休在家。经过若干年的治疗，才慢慢痊愈。

五年以后，她终于醒悟过来，做出了一个改变命运的决定：一定要继续读书！母亲经过一段时间自学，报考了上海地区的三所职业学校，她的成绩都达到了录取分数线。母亲考虑到家庭困难，选择了提供奖学金的上海高等助产学校就读，经过三年学习，顺利毕业。

上世纪80年代中期，国家恢复了医疗卫生人员职称晋升考试，医院里很多年长者放弃了这个难得的机会。那一年，母亲63岁了，还是主动接受了挑战。当时要考三门功课，最难的是英语。在复习迎考的四个月里，她从英文字母学起，做了很多卡片，让我陪着她默单词，练口语，熟练运用医用名词等，把难题一个一个"啃"下来。功夫不负有心人，母亲顺利通过了职称考试，成为医院考试人员中年龄最大的人。

近年来，母亲收看央视23频道播出的"健康之路"节目。这个节目请来的都是著名中医，谈老年人养生之道。母亲每期必看，看时必记，记后必理。她原来看这个节目，只是看看而已，过段时间也就忘记了。她感到可惜，前两年开始边看边记，把讲课内容记录下来。我有次去看母亲，只见她端坐在电视机前，桌子上放一本笔记本，戴一付老花眼镜，正埋头做笔记，等到节目结束，我才开口说话。她边说话边打开笔记本，只见本子上密密麻麻写满了字，字体端正，绝少涂改，给人很舒服的感觉。二年多过去，母亲已记满三本笔记本。空闲下来，她经常翻阅笔记，作点修改与补充，从她满是皱纹的脸上，流露出志得意满的神态。母亲深有体会地说：边看电视边做笔记，做到了"三动"：动脑、动眼、动手，这是一种锻炼身体的好方法。

母亲独居斗室，有时候没有一个欢谈的对象，只有几只小麻雀在阳台上跳来跳去。这时候，就要靠书本和报纸来打发时光。她更多时间是在家中小房间的一张躺椅上度过。这张躺椅已用了三十多年。先是父亲用，用了二十多年，父亲离世以后，母亲又用了十多年。母亲除了午睡小憩外，就是用来读报看书。躺椅的一侧扶手旁，放一张凳子，用于堆放书报。阅读疲倦了，可以闭眼休息，放松一下自己。

每天读过的报纸，母亲都会整整齐齐地放在一边。剪贴报纸是她几十年如一日的习惯，修身、戏曲、健康、烹饪等都是她关注的内容。报纸剪下来后，分门别类贴到自己做的剪报本上，并标注报纸名称及日期，然后收藏起来。有空的时候，她会反复查阅，不断加深理解。

母亲喜欢身处安静的世界，没有过多的欲望，过着与世无争的生活。苏东坡的"万人如海一身藏"，说的就是母亲那种人。不攀高枝，也不倾轧排挤，保其纯朴，成其自然，潜心一志完成自己能做的事情。

现在，越来越多的同事、邻居敬慕她，喜欢与她聊天，从她身上学淡定、学智慧、学为人处世之道。母亲淡然一笑，说：我做得没有那样好，还得不断修炼。

读书的爸爸（外一篇）

姚正安

6月9日，弟弟在亲友圈上传了两张爸爸读书的照片。一张是裸眼，一张戴着眼镜。

爸爸94岁了，听力不足，视力尚好，看书读报可不借助于眼镜。如果是在以往，这两张照片，我不会十分留心，更不会对我产生情绪的波动。对于爸爸能看书读报，我一点也不奇怪。爸爸读过十多年私塾，虽然没有读出"黄金屋""颜如玉"，但也积累了一定的文化知识。

而在距离4月16日还不到两个月的时间里爸爸能坐下来读书，实在出乎我的意料。我看着照片，心中有不出的滋味，泪水不由自主地顺着鼻翼而下。

4月16日清晨，妈妈突然倒下，昏昏然躺在椅上，睡在地铺上，两天两夜。这在生离死别的两天两夜里，爸爸几乎没有睡觉。时不时，两腿跪下，为妈妈擦拭嘴角的泡沫，为妈妈洗脸。时不时，与妈妈对话，"你走也没告诉我一声""你想吃粥，我去为你烧"，并要求妈妈"你把我一同带走吧，不要让我一个在世上受罪"。

两天两夜里，爸爸一直老泪纵横，每每泣不成声、

那时的爸爸是不理智的，老人家也许忘了，同年同月同日生并非个人志愿，同样，同年同月同日死，也不是主观愿望所能决定的。

彼情彼景，不忍述说，也难以用文字表达。

我从爸爸的言行里，体味到父母七十七年的深情，他们早已从夫妻出发，以姐弟到终，患难与共，相濡以沫。

妈妈还是无可挽留地走了。几天里，爸爸少吃少喝，丧魂失魄，或而独处一隅喃喃自语，或而默默以泪洗面。出殡那天清晨，爸爸扑向灵柩，失声大哭。我真的害怕爸爸挺不住。

妈妈走后，按照风俗，每周一下午为妈妈烧七。头七下午，刚进门，爸爸就告诉我，他每天一天三顿为妈妈上饭。

我鼻子发酸，泪水直流。九十四岁的父亲，天天为我们侍候着已经离他而去的母亲，那是用情用爱能够概括的吗？

我走进父亲的卧室，床头桌上，放着几张母亲与父亲的合影。我不知道父亲是从哪儿找出来的，很显然，父亲还停滞在与母亲共同的生活里。

三七回家，刚坐下，爸爸就泪水和着哭腔告诉我，昨天夜里，你妈妈家来的。我知道是子虚乌有，为了不扫父亲的兴。我大声问：你看到啦？爸爸回答，不曾看到，听到堂屋的桌子响的。致桌子响的因素太多了，怎能以此判定是妈妈回来了呢？再者，爸爸的听力不好，怎能听到桌子响呢？我不愿也不敢戳穿爸爸的幻觉。

五七回家，爸爸又告诉我，昨天夜里你妈妈家来的，我与她说话，她不睬，一个等儿就走了。我知道，这是爸爸思之越深，念之愈切，陷之越远，不可自拔。我担心爸爸沉湎下去，思维错乱，精神恍惚，身体也因此一天天地垮下去。

爸爸的思维确实出问题了。"复山"回家（民间风俗，指亡者下葬第三天，为墓加土，使墓坟起）。家人告诉我，上午爸爸闹了半天，说家里的电饭煲被人偷了，煤气灶也被人偷了。根本没有的事。

爸爸的头脑一直是很好的，所以如此，是想得太多太专了。用什么方法分散爸爸的注意力？旅游不合适，打麻将没人带，爸爸也不太喜欢看电视。就在我万分焦急且无计可施时，弟弟上传了爸爸的读书照。我为此大喜过望。

照片上的爸爸头发全白，面容清癯，但精神还好。

爸爸读的是我写的书。书名是《我的父亲母亲》，这本书是为父亲九十大寿而出的，收集了几十年，我以父母生活为题材，写成的四十篇散文。江苏省作协副主席储福金为之作序，漫画家陈景国先生为之配图。

妻子问我：爸爸怎么突然读书了，是想从书中找到妈妈生活的影子？问那么多干嘛，读起来就行。我说。

6月13日下午，我按捺不住激动的心情，与妻赶回老家，给爸爸送书。我整理出近年来我出的三本书《一种生活》《不屈的脊梁》《回不去的过去》。这三本书不少内容都是爸爸熟悉的，爸爸应该喜欢。记得，我的第一本书出版时，爸爸要了几本，留一本自己看，其余的送给了他的朋友。

爸爸接过书，就看起来，还轻轻地读出声音。

我问：爸爸，你天天读书吗？

爸爸头也不抬地告诉我，晚上睡不着也读。

床头桌上确实放着《我的父亲母亲》，书上是一副眼镜。

我的眼睛湿润了。

读书吧，爸爸。不是希望您读出智慧，读出才干，而是希望您能以读书抚慰慌乱的思维，消磨寂寞的时光，尽快走出过往，走出痛苦。

读书吧，爸爸。儿子会为您写更多的书。

爸爸，您可能早忘了，四十六年前，您用为生产队到兴化装氨水分得的几角钱，神使鬼差地为我买了一本故事集《山里红梅》。我反复地读过多遍，而且珍藏多年。

《山里红梅》，也许就是我的第一本完整的文学启蒙读物。

这个故事，就躲在我的书里，您读着读着就会发现了。

妈妈，今天是我的生日

妈妈，今天是农历三月初一，是我的生日。我在小城的家里，您却去了远方。

今天又是清明节，我没有回家。我怕回家想起那令人心碎的一幕。去年的清明节，您还一如往年"烧纸敬先"，今年却物事人非，让儿子情何以堪？

听父亲说，去年的三月初一，您清晨五点就提着沉重的香篮，到村东首的慈云庵烧香，这是您每年三月初一必做的功课。您曾无数次地对我说：我烧香不求福禄，不求自己长寿，只求儿女平安。谁曾想，刚登上庵前的几级台阶，您就倒下了，再也没有起来，三月初三成了您的忌日。

六十三前的今天，您生了我。您生我的时候已经三十五岁，在人均寿命四十多一点的当时，您是高龄产妇，生我该是冒着多大的风险啊。但您决然地生下了我。有人说，是我改变了您的命运，因为父亲是祖父弟兄仨中唯一的男嗣，我前面又有三位姐姐。而我感激您将我带到人间。

您百般地呵护我，为我取了女性化的乳名，留了两条辫子，直到十岁才剪去。你为我戴耳环、索锁还有脚镯。您是想尽办法保我平安。

我出生后的第二年，三年自然灾害爆发了。为了让我免遭饥饿之苦，您还有外婆，抱着我投奔上海郊县的姨妈家。

白天您到河堤下、荒滩芦苇丛中摸螺子，晚上在灯下剪洗，第二天凌晨赶往上海市区，叫卖于大街小巷。然后用螺子换来的钱买早饭给我吃。妈妈说，每天你的早饭都是一碗面条、一只包子。妈妈不止一次地含笑着用手指戳着我头嗔怪我，你的嘴很刁，包子只吃芯不吃皮。每每忆起，我都感到羞耻，真是年幼无知，在那个饿死人的年代，我竟然挑三拣四。妈妈和外婆吃什么早饭，她们从没对我讲过。外婆告诉我，你妈妈的双手整天泡在水里烂得像个蜂窝。

　　妈妈，您为了我吃尽了苦头，但您从来没有抱怨过。几乎每年春节全家团圆的时候，大姐都会老生常谈，说：你很小时候，大忙时节，妈妈打夜工，都是我带着你睡觉。有一天，妈妈收工回家，床上看不到你。妈妈急了，叫醒我，问宝宝哪去了。我魂打头顶上飞掉了，当即就哭了。后来在床底下找到了你。妈妈抱起你，看了又看。打那以后，妈妈再不打夜工了，队上有夜工活，都是我去。

　　那天大姐一定受了妈妈的责罚，但大姐没说。大姐也只长我十四岁，委屈了大姐。

　　上小学的每年冬天早晨，您都亲手为我穿好衣服，双手在衣服上抹了又抹，帮我戴上瓜皮帽，还备了一只取暖的小铜炉，让姐姐护送我到学校。妈妈是怕她的儿子冷着冻着。时如白驹过隙。彼情彼景，历历在目。

　　1973年，我初中毕业。生产队与我同学的还有两三位，他们的家长不由分说，就让他们回家挣工分了。在我回与不回的问题上，家里是有争议的。父亲不太管事。读过私塾的爷爷也主张我回家干活，毕竟那是以工分决定粮油的时代，也是文化最没有用处的时代。但妈妈不同意，坚决让我继续上学。正好，我也考上了。如果妈妈顺着爷爷的想法，我的成长又是另一条轨迹。

　　妈妈不识字，也不会懂得文化的重要。我想妈妈是想通过让我上学，免得过早地承担繁重的劳务。

正因为是高中毕业，毕业后我就当上了民办教师，后来又顺利考进了师范学校，捧上了公家饭碗。祖祖辈辈职业栏目中的农民改写成职员。

从1980年起，近乎四十年，我辗转于城乡学校机关之中讨生活，很少在父母身边。但妈妈一刻也没有离开过我。每次回家，妈妈都会眼睛就到我的脸上好好看看我，说我瘦了黑了，都会教导我少喝酒少抽烟少带晚，当心身体。我非常清楚地记得，有一年夏季某一日，七十多岁的妈妈，居然乘车几十里，到我家。我当是妈妈来玩的，哪知道是妻子将我醉酒的事告诉妈妈，妈妈不放心赶来。妈妈责备我不该滥喝酒，"酒是穿肠毒药"，是妈妈那次对我说的。

妈妈知道我是惯宝宝脾气，凡见面，都要我不要由着性子来，不要做"好头鸭子"，多做事少说话，不要跟别人争长争短。妈妈曾经找算命先生为我算命，算命先生说我"口舌重"（遭人非议）。妈妈将算命先生的话告诉我。妈妈的用意，我是懂的。

妈妈不是文化人，更不是哲学家，但哪一句话不凝聚着丰富的人生阅历，不蕴含着深刻的做人道理呢？

六十三年，风风雨雨，坎坎坷坷，有过失意也有过小小的得意，有过快乐也有过烦恼。妈妈始终为我遮风挡雨，为我欢喜为我愁。我是妈妈生命的延续，妈妈是我的精神支柱。妈妈为我所做的一切，哪是一篇文章、一本书能够写尽的！

妈妈，今天是我的生日，是您的受难日，也是您暴病不起的日子。后天，就是您的周年忌日了，我将率妻女回家，为您焚香化纸超度。

我知道，这一切，对于逝者是毫无意义的。但是，妈妈，儿子还能为您做什么呢？只有思念可以冲破阴阳之隔，穿透时空之阻。

暗伤（外一篇）

皑君

昨夜又梦见母亲，重逢的依然是她年轻的笑颜，美丽依旧。热切拥抱，依稀闻到母亲的乳香，让我陶醉。醒来泪水潸然，心疼在午夜时分，思念如风。

为什么每次梦境都是这样巧合，唯独不曾看见母亲的老年？是因为离开母亲太久，记忆深刻的都是那些如同蝴蝶快乐飞翔在母亲身边的童年？还是拒绝接受这样一个事实，母亲真的已经很老了！

是不是，母亲现在满脸的老年斑让我不忍目睹？还是她力不从心，无法洗净日日月月遗留的污垢，脏了她的容颜，让我不敢想起？那不是丑陋，而是女儿心底不能轻易碰触的最疼！

都说，女儿是父母的贴心小棉袄。远离母亲的我将拿什么去温暖母亲的老年，去安抚她的那份无助与孤单？

哥哥一直有个心愿，要报答母亲的养育之恩，让母亲锦衣玉食，住上明亮宽敞的楼房。

家乡的瘦山瘦水，肥沃不了哥哥的心思。一日，他携带妻儿，远走他乡。用智慧播种，用汗珠灌溉，终于在异乡的土地上丰满了希冀。

几年的拼搏奋斗，如数带回了家乡，换成了红砖黛瓦，在向阳的地方为母亲盖了一座城里高档住宅区才有的那种别墅。富丽堂皇的装修，华丽了左邻右舍眼里的孝心。羡慕的话语，恭喜着母亲的好福气。

哥哥盖好了房子，没有住上一宿半夜，就与依依不舍的母亲话别，开始了新的旅程。渐行渐远的脚步，模糊了站在村口送行的母亲的双眼。牵肠挂肚在彼此的心头萦绕……

独自享受这份奢侈的母亲，没有期望中的欣喜。走在原木地板上，得脱掉鞋子，小心翼翼。坐在柔软的真皮沙发里，她的老腰像患了风湿病一样酸痛。

液化灶蓝色的火焰，点燃不了母亲开心的一笑。电视里精彩纷呈的节目，热闹不了母亲的孤寂。冰箱里冷冻的鸡鸭鱼肉，消瘦了母亲的食欲。唯独餐桌上那盘小青菜，热情了手中的筷子。

所有的家用电器，在母亲眼里都是一堆废铁和一种浪费，只有那部红色电话机是她的宝贝。

一年又一年，她对这部电话机产生了严重的依赖。没事的时候，她就坐在旁边，不时用手摸摸，像摸着哪个孩子的头。偶尔去邻居家串个门，也是心不在焉。回来后，赶紧翻查一下来电显示，害怕错过了接听我们的电话。有时在别的房间，听见那悦耳的铃声响起，仿佛是一挂喜庆的鞭炮，愉悦着她孩子般兴高采烈，向着那个声音奔跑，唯恐慢了半步。

可真的拿起电话，往往又是话未出口泪先涌，几多酸楚与思念充盈眼眶，哽咽在喉，千言万语化作口是心非的三个字：我很好。安慰着我们的担忧与牵挂。

渐渐地，母亲越发觉得房子的空洞和陌生。她有些迷失，找不到家的温馨，闻不到炊烟的芳香。她想念老屋。

年迈的身影，孑然走进老屋，霉腐阴潮，扑面而来，她没有后退也没有皱眉，一呆就是半日一天。一间间，蹒跚的步履，猫一样轻盈，踩响曾经的岁月。

旧家具上厚厚的尘埃，绽放着往日全家的欢声笑语。母亲用手轻轻抚摸着，如同抚摸着一种久违的快乐。于是，嘴角有了浅浅的微笑。

站在黑色镜框里的父亲，已经离开她好多年了，这是他青年时唯一的留影。那双深情的目光，给过母亲爱情和婚姻，那稍微有些瘦弱的身躯，为母亲遮挡过风雨，那不算厚实的胸怀给过母亲温暖和幸福。

母亲浑浊的目光，刹那间被记忆擦亮。留守母亲，我心里的暗伤。

你

你说你的身高只有一米六九，不够高大，你说你的体重还没有一百二十斤，太过单薄，你说你只是一个普通的人，没有值得炫耀的地方，你说你是一个小人物，谈不上伟大。

你还说你是一名教师，学生都喜欢你，是他们心中的偶像；你说女同事找男朋友时，你是她们择友的参照；你说你是妻子的精神支柱，心灵依靠；你说你是父母的骄傲，你说你要为儿子做出榜样！

听到你说这些的时候，我说我相信，你真的是一个好人，让我由衷地敬佩！可是，一个"好"字，无法概括你优秀的才华，优质的品德，淳朴的善良，深情的博爱。

虽然，认识你，时间不长，可是，你带给我的一次次感动，却是那样悠长。

我常常徜徉在你的故事里，阅读你那份对于爱情的忠诚，那份对于父母的孝心，那份"以生命的名义——资助一名地震孤儿"的铮铮誓言！

在世俗的眼里，你娶了老婆就等于娶了一份负担。也许"负担"这个词语有些难听。但事实就是如此。

当你和女朋友沉浸在恋爱的美好时光中，她的父亲你未来的岳父却得了癌症。她是长女，父亲的病痛折磨得她身心疲惫。是你的爱和柔情支撑着她坚强地面对现实，陪她一起走过父亲患病数年的那段艰难岁月。

看着她因为父亲的痛苦而痛苦的时候，你在心底默默承诺：我一定要好好爱你，给你一生的幸福，在未来的日子里不让你受苦，不让你为生活慌张。

父亲走了，你和她携手走进了婚姻的殿堂。也携手担负起照顾她的妹妹和母亲的责任。你在用行动践行着你的承诺。

几年后，没有父亲的妹妹，在你的支持下，一样嫁得排场而风光。没有丈夫的母亲，在你的理解中，又重新获得了人生的伴侣。

你总是怀着感激的情怀，善待你的继岳父。你说是他给予了岳母你们都无法给予的一切，也因为他不是亲生父亲，你说要加倍孝心他。你懂得感恩和报答。

就在 5 月 16 日，他因病要进行住院手术，之前，你多方联系询问，要让他住进最好的医院，要最好的医生为他开刀治疗。

这天手术，你特意向单位请假，安慰着把他送进手术室。手术从上午九点开始一直到下午两点结束。整整五个小时，你守候在门外，担忧着、祈祷着。希望他出来的时候能看到你们，那是一种亲情的鼓励。晚上，你又彻夜守护在他的病床边，细心陪护着他。病友都以为你是他的儿子，投以羡慕的眼光。

没有人知道，当你如此关心着岳父的时候，你的心也一直牵挂着汶川地震，看见那些因为灾难成为孤儿的孩子，你的心在痛，泪在流，你悄然决定要资助一名孤儿，不仅要支付资助的费用，更要给他一份父爱，让他健康成长。

从你决定那刻起，你就在网上搜索相关信息，向民政部门打了无数电话，由于像你一样的爱心人士太多，每次你打的时候都在占线，但你不放弃，坚持打下去，整整打了三天，你于 5 月 19 日才打通扶贫基金会的电话。你填了申请表，你的心稍微放松了一些。可是当你看到越来越多的人和单位都愿意收养和资助这些孤儿时，高兴之余，又担心自己资助的愿望不能实现！

其实，谁能知道，你坚定资助的背后，又肩负着怎样沉重的责任与义务。

就在你把岳父送进医院之前的三月份，你的父亲也因病住进了医院，在短短一个多月里，先后进行了三次手术。你不仅承受着心痛、焦虑，还承担了两位父亲的大部分医药费。而你的月收入也只有两千五百多元。你可谓是上有老人下有孩子，需要养活，还有房子的按揭贷款，那是一笔不小的数目。

就是这样，你依然说，再艰难也没有灾区的孤儿艰难。

而我想说，你很高大，看你，需要仰视；你的胸怀很温暖，瘦弱的躯体里包裹着一颗火热的心……

永远的父亲

殷娟

父亲于 2012 年 7 月 23 日去世，终年八十岁。写下这些文字，我泪流满面、万般不舍。以前，原以为这样的事情是戏剧里的情节、别人家的故事，不想，这样的场景会有一天降临于自己的生活。

如今父亲孤零零地躺在那个冷冰冰的墓地已有七年了，如果真有另一个世界，父亲在那个世界会变成什么样子？

父亲，你在那个世界还好吗？

没有回音。

去世前的一个星期，父亲说他做梦自己死了，他看见他的孙子和孙媳妇还有外孙们在灵堂里大哭。他是笑着讲给我们听的。一个星期后，一语成谶。从那时起，父亲两个字于我成了一个空洞的称谓，再也没有了有血有肉的父亲的高大身影。

父亲十七岁就从老家兴化来靖江工作了。他在靖江娶妻生子，从此靖江成了他第二个故乡。但他故土难离，每当父亲听到家乡话或是见到家乡人，他总是分外亲切、分外热情。

有空时，他会讲他儿时的趣闻，做人的道理。他最常说的一句话就是，人不要自作聪明，别人不傻。他常教育我们为人处世要诚实善良，并且身体力行。过去的年代，大家都不富裕，但只要农村有亲戚来，父亲总要热情招待。若是有亲戚带了土产，父亲总要让我母亲到街上买更多的东西回赠。每当父亲单位加工资，别人争得不可开交时，父亲常把自己来之不易的名额让给别人。他回家会告诉我妈妈，那是因为别人家子女多、或是别人家有病人。妈妈总是笑笑，说父亲做得对。

父亲一生爱酒、爱旅游。不管到哪里，他除了去景点、就是到商店查找酒的价格。他说得出酒的价格、产地及度数。以至于后来每到一处父亲去过的地方，我总会寻找父亲曾说过的酒带给他。

父亲有一帮"酒友"：封建琴伯伯、杭吉余伯伯、陈竞生伯伯、何致远伯伯、戴卿伯伯……他们经常一起喝酒讲过去的事情。他们常在酒后讲重复的故事，我们百听不厌。现在这些"酒友"只剩下杭吉余伯伯和戴卿伯伯了……

生病后的父亲再也没有了酒的相伴。每当我先生喝酒时，父亲会坐在先生旁边，端起先生的酒杯，先把鼻子凑到杯子边闻了又闻，接着用舌头舔下，然后轻轻地咂着嘴，最后怅然放下。那种落寞的神情，至今想来仍令人心疼。

父亲是做别人思想工作的，他对社会的一些丑恶现象看不惯时会挺身而出。比如有回他看到路边有一个老人摔倒，一个年轻人立即上前扶起了那个老人，怕老人不适又默默地守着老人，直到老人的家人赶到。在年轻人准备离开时，那家人竟然对年轻人说，是不是你撞了老人？转头又问老人是不是被那年轻人撞的。老人想了想吞吞吐吐地说，我也记不得了，可能是他撞的。我父亲在旁看到了全过程，这时父亲不顾自己高龄，站出来对那个老人说，我看见是你自己摔倒的，小青年好心把你扶起来，你不说感谢怎么还诬陷别人呢？如果社会上人人都像你一样颠倒黑白，可怎么得了。你也这么大年纪了，竟这样做事，真是枉为人在世上走一遭呢。直说得那个老人低下了头。

回到家，父亲似得胜一般讲给我们听，说在场的其他人都为父亲捏了一把汗。末了，父亲还愤愤地说，世上怎么会有这种恩将仇报的人呢。父亲说以前缺吃少穿，民风尚且淳朴。现在日子过的这么好，这老人反倒还要讹人家，真是以怨报德，实在令人气愤。

离休后的父亲，每天骑自行车出去锻炼，回来后就摇身一变成了"记者"：今天回来说，看到哪里起了房子；明天又说看见哪里建了花园；后天又说哪里农村有了大路，路比以前好走了。他如孩子似地向我们报喜，而我们则因为尘世的繁忙，忽略了父亲的喜悦，有时，还会嘲笑他的孩子气。

再后来，生病后的父亲寂寞了，他再也骑不动车了。他经常躺着。当他在七十八岁的高龄决定接受手术时，我们都不知如何安慰他。而他却对我们说，我想起那些先烈们，当时被反动派开膛破肚，挖心挖肝，他们那么疼，都能坚守自己，我这点疼算什么呢。还说周总理七十二岁时还开了三刀，术后每天日理万机，我跟他简直不能比，而且现在科技这么发达，我没事的。本来我们想安慰父亲的，不想反倒被他安慰了。

父亲，你知道吗？你之前的几次病危，医生都把你抢救了过来，以至于我们放松了警惕，以为死神暂停了脚步。不想，死神一直都在。当我们发现你呼吸急促时，已回天乏力。尽管我们已做好了思想准备，可大难来临，我们仍然止不住地失声痛哭。父亲，不知你会带着怎样的遗憾和不舍离开你生活的场景。临去的前一天，你艰难地说了两个字，可你当时带着面罩，我听不清，我拿来纸和笔让你写下，可你颤抖不止的手，让那写下的两个字如作天书，你叹了口气，我说不急，等等再说。可是，等等却没了后来。父亲，你知道吗？那两个字成了我终身无法解开的谜。

父亲，再过几天又是一年一度的父亲节了。在没有了你的七年岁月，也许你已慢慢从别人的视线里淡出，但你从来没有从我的心海里失落。每次想到你，我都会止不住心痛。在你生病的日子里，我怎么就忽略了你那么多的情感，从来没有深入到你的内心世界。而现在再也无法知道，你最后的思想了。

父亲，你生病时，我在 QQ 签名上不断地更新你的近况，相识或不相识的朋友，总会发来许多安慰的信息。他们像天使，令我倍感温暖。你去世后，我最后一次的 QQ 签名是：丧父之痛，痛彻心扉。从此，这个签名我再也没有更改过。

父亲，对你的离去我一直不能释怀，想起来总是心怀忧伤。尽管我后来学习心理学，用了许多的心理技术调节，但也只能释放我一时的悲伤。

父亲，我曾看过一篇文章：生和死也是一样，如果没有死，生还有什么意思？如果天从不下雨，谁还会体会到阳光的温暖？如果没有黑夜，谁还会在乎白天？如果缺憾没遇到开心，悲伤没遇到快乐，谁能体会真正的幸福？

父亲，这些我懂，我都懂。可我还是不能接受你离世的事实。

直到我看到了《寻梦环游记》。电影中，小男孩说，"死亡并不是终点，遗忘才是。不停地爱，爱就不会永逝。"

父亲，我豁然开朗，我知道对你的不舍和牵挂会让你不得安宁。父亲，我相信，你的离去，一定是化作了天使守护在我们的身旁。此刻死亡的背后不再是阴暗和悲伤，而是父亲另一种形式的陪伴。父亲，你生前的一身正气、你留下的美好记忆、你曾传达的人生价值，会让我们代代相传。

父亲，愿你安息。

就像一个四分钟的短视频《尽管我们的手中空无一物》中表达的那样：

尽管我们的手中空无一物，

但是爱始终围绕在我们身边。

父亲，你的爱会永远陪伴在我们身边……

第五辑　风情

沱沱河的月亮

凌翔

一弯月亮，高高地挂在青藏高原上空，在她温柔的光影里，平均海拔四千多米的青藏公路，像一条系在青藏高原脖子上的青色哈达，远远地延伸到遥远的天边。

第一次随汽车兵走上青藏高原。来之前，我脑海里被誉为"天路"的青藏公路是崎岖和曲折的，处处险象环生。因此，刚走上这条世界海拔最高的公路时，我一度感到世界屋脊的平凡，他远没有我想像中那般宏伟。

随着海拔逐渐升高，我终于感到了世界屋脊的不平凡。头晕、目眩、气短、胸闷、恶心，所有的高原反应都一股脑地显现在我的身上，我这才明白，在大自然面前，我们生命的躯体是如此脆弱和渺小。

在"哭爹又叫娘"的五道梁兵站吃过午饭后，车队决定夜宿沱沱河兵站。这一决定，让处在高原反应中的我一下子来了劲头，我知道，沱沱河是"三江之源"，在沱沱河沿，还有一座世界海拔最高的公路大桥。

我的心飞向了长江源头，高原反应似乎也轻了许多，在五道梁走路还像踩棉花的感觉似乎也消失了。然而，沱沱河却给了我一个下马威。汽车快到沱沱河沿时，盛夏的高原突然狂风大作，暴雨夹带的冰雹砸得行驶中的汽车不得不停下来，以防止砸碎那些尽管曾经过钢化处理的窗玻璃。车到沱沱河兵站时，雨是停了，可狂风刮得我们难以打开车门。我们裹紧了北京深冬里才会穿的军大衣，在寒风中逃也似地奔进了沱沱河兵站。

　　高原的天，孩子的脸。不一会儿功夫，天晴了，风也没有刚才那般猛烈了，我这才想起，来到沱沱河沿，我还没仔细看看沱沱河的模样。经过随行的兵站部杨大祥副政委批准，我们决定到沱沱河边，去见一见"母亲河"之母。

　　一道道流淌平缓的细流，就组成了沱沱河，与青藏高原所有的河流一样，沱沱河源自堆了又化、化了又堆的雪山，条条细流，汇集成一路奔走的沱沱河，进而汇集成奔腾到海不复还的长江。

　　月亮升起来了，缺氧的高原给人们展示着苍凉的妩媚。站在周边全是雪山的沱沱河边，面对着不知何因不能食用的沱沱河水，我在想，青藏线上一个个执勤点位里的官兵，不正像流淌平缓的一支支细流吗，汇集在一起，就汹涌澎湃，势不可挡。

　　见天色已晚，杨大祥副政委催我们回兵站，因为这里没有电，用电全都依赖于兵站那台自备油机，晚十一点钟得准时熄灯。

　　得知我们要来，为改善伙食，兵站官兵事先在沱沱河中捕了一些我们叫不出名的鱼，喝完这鲜美的鱼汤，我们的高原反应似乎也轻了不少。

　　很快，整个兵站就停电了。我躺在到处透着寒气的床上，透过窗口射进来的淡淡的月光遥想着夜幕下的高原，在倾听呼啸的风无休止拍打门窗的同时，我的思绪如同皑皑雪山上那起伏的雪线一般，不断延伸着，澎湃着。来到沱沱河沿后的点点滴滴以格外清晰的影像在脑海里翻腾着。

听从后勤工程学院毕业的沱沱河兵站教导员范红卫介绍，我们来的八月下旬，正是沱沱河的最好季节。在这里，"六月飞雪七月冰，八月封山九月冬"是司空见惯的事，而九月之后一直到第二年五月，气候恶劣得主人不敢带客人行走青藏线。那时，一旦大雪封山，气温常常降到零下四十多摄氏度，整个青藏线上，除了执行进藏任务的军用汽车外，几乎没有什么车辆，线上官兵吃的常常是萝卜、白菜、土豆这"老三样"。

我的脑海中浮现出助理员李建武和战士尤天亮、邹凯、张黎的身影，他们都才二十多岁，但是一个个都是紫红色的脸庞、干裂的嘴唇、凹陷的指甲，心慌气短、头痛胸闷已不同程度地造成他们患有记忆衰退、浮肿、高血压、心律异常、头发脱落等高原疾病。

高原病几乎是线上官兵的职业病，上线执勤五十多年来，青藏兵站部已有七百六十多名官兵因为高原病而长眠在远离家乡的冻土层下。上线前，我曾在雪线政工网上看到22医院一位网名叫"各输己键"的军医写的博客，据她介绍，她在给青藏线上的官兵查体时，用五毫升的注射器竟很难从官兵血管里抽出血来，原来，高原缺氧，导致人血管中红细胞代偿性增高，血液严重粘稠，她每次都不得不在战士的胳膊上紧紧绑上止血带，进针以后，在拉动注射器针栓的同时，吩咐官兵不断做抓、握拳的动作，同时用手在进针血管的上部有节奏地挤、压、推，这样才十分勉强地从他们身上抽出五毫升的血来。一项肝功能检查，内地两三毫升就足够的血样，在这里却需要五毫升才能完成。

失眠的我又想起一位网名叫"温水中的青蛙"所发的帖子："在别人眼中，我们高原军人只能吃苦，忍耐，如同贫瘠的土地一样，只用生命和躯体作为革命的本钱。""我们是富有的，同时我们也是高贵的，也是诗情画意的。"

是的，青藏线上的官兵是富有的，是高贵的，是诗情画意的。我走过全军不少部队，青藏兵站部的网络建设是首屈一指的。雪线政工网上，点击率最高的老贾博客开博半年多时间，点击率已过万人，大多数在雪线执勤的官兵都有自己的博客。在寂寞难熬的日子里，官兵们通过网络结交了全军许多朋友，他们一起谈人生之路，话未来发展，互相鼓励，互相支持，在雪的世界里创造欢乐，在缺氧的天地间创造奇迹。在沱沱河兵站，官兵挑战生命禁区，在一片没有生命色彩的世界里种起了大棚蔬菜。官兵还借助网络，参加各种学习班，不少人在含氧量只有内地50%的情况下，忘记窗外的狂风，忘记窗外的暴雨，获得了大中专文凭。不少人还在头重脚轻、气短胸闷、恶心失眠中考取了研究生。某汽车团政治处主任杨宣强还发表了大量反映官兵风貌的散文，青海人民出版社已决定为他出版个人散文集。

官兵们说，他们也曾憎恨过狂风、暴雪和不近人情的大山，忧患过悄悄流失的青春岁月。但是，调整好心态后的他们，也像那一直走向天际的青藏公路一样，不屈地向层层叠叠、直入云霄的白雪冰山顶部攀升。

雪是凉的、冰是坚的、土是冻的，青藏线官兵的身上却流淌着沸腾的热血，他们并不因为艰苦活着，他们像常人享受舒适一样享受艰苦，他们像那些造就青藏高原美丽，在生命禁区里顽强生长的红柳、雪莲、骆驼草、藏羚羊一样，没有索取，只有奉献，把最美好的青春献给了四千里青藏线。

笑傲昆仑，谁能比肩？缺氧激励官兵挑战生命，孤独寂寞让官兵更加追求生命的超越和精神的升华。

躺在沱沱河沿夏季这冰冷的床上，我终于知道，面对昆仑山，面对唐古拉，高不可攀的不仅仅是那些直插云天的雪山，还有那些长年奉献在青藏线上的美好心灵。

尽管沱沱河之夜我未能入梦，但从此以后，我的心将会久久地停留在莽莽昆仑，在梦中与雪莲般的灵魂交融，四千里青藏线将会和面积占全国陆地面积四分之一的世界屋脊一起，在我的心中从平凡走向崇高，引导我像盛开在雪山上的雪莲花那样，不断进取，走向人迹罕至的高处。

哦，那一弯让人无法忘记的沱沱河的月亮。

古槐情思（外二篇）

郑彦芳

　　每次陪同宾朋好友游览古镇窑湾，有一个景点，我总会有一种仰之弥高、爱之弥深的情怀油然而生，这就是千年古槐。我会虔诚地向客人介绍古槐的年轮，并会在古槐树下合影留念，期望着客人能从古槐的千年元气中带回一些古朴和灵佑般的祝愿。

　　他是一位历史老人。我总认为古槐是窑湾古镇的第一符号，他既有天籁自然的风骨，又有历史沧桑的风貌。虬劲峥嵘的雄姿，让你体会着窑湾历史的繁华和古镇性格的坚韧。他的根扎在盛唐时期，然后穿越了宋元明清历朝历代，至今一千三百余年。他储存了多少的历史记忆？唐时的"霓裳羽衣"，可能在他的绿荫下歌舞，"安史之乱"的烟尘也可能熏炙了他的婆娑。大宋的"清明上河图"，他也许想前去兜风，朱元璋曾经大快朵颐的"捆香蹄"，他也许闻香摇枝。大清的辫子，他也许鄙夷，那就像剪掉他的半个树冠。近代百年的民族羞辱，国家危难，也可能让他一声叹息。淮海战役的第一枪，也可能让他浑身一震。如今的太平盛

218

世，也可能让他身心如洗。他的枝枝叶叶里，好像都是历史影像的拷贝，他也应该是一部史书，一部典籍。

我总觉得，古槐长寿，但并不孤单。古老的花厅文化，他一定会认为那是滋养温润他的源脉，钟吾古国也一定是生他养他的祖籍。大运河应该是他的兄长，他和大运河时代相隔不远、南北相距咫尺。泉潮律院，亦与他生于同朝，也应是兄弟情谊。我幻想着一千多年来，律院的梵声，古槐的风声，大运河的涛声，此起彼伏，此扬彼应，交响于钟吾大地的历史天空，那会多么壮美动听。他还应该有一个祖孙关系或者是父子情深的近邻，那就是山西会馆。带有标志性窑洞建筑的山西会馆，依恋于古槐身边。几百年来山西会馆也像古槐的坚韧一样，一砖一瓦剥而不落，挺拔之气傲然不减。多少风风雨雨的岁月里，或许平遥古镇和乔家大院的商人骚客，憩息于会馆，小酌于古槐树下，自豪地谈论着家乡会馆选址依傍古槐的英明。他们可能会对古槐投去膜拜的目光，以求古槐如神灵保佑他们财源滚滚，旅程平安。

古槐一定是有灵性的。每次恭敬地站在古槐树下，一边向古槐如同国旗一样行注目之礼，一边听着耳熟能详的导游姑娘的解说。古槐在抗日战争的时候，因国耻而"自戕"，表达着悲愤屈辱。后来的特殊时期，古槐又因愤时而"自凋"，郁懑着忧国忧民。这些古槐大义高节的传说，虽然牵强附会，但我的心里仍然荡漾着对古槐崇敬的情怀。今春的古槐枝繁叶茂，生机勃勃，让你置身其下，拱手祝福。古槐的树围粗壮，确实像是对世人宣示着脊梁。千年的遭逢，以致其树胸中空，但那又像是一位千年老者"大肚能容"的襟度。树干匍匐而向西南，既像他有意亲近大地，以表达他对千余年来给予他生机的根下之土的敬仰与感恩，又像他播洒洪福、庇荫众生的悲悯情怀。

在古镇，古槐是旗帜，古槐是象征，古槐是领袖，古槐是神灵。因为无论是历史遗迹，还是文化遗存，都比古槐年轻了许多，何况古槐历经千余年之后，还在顽强地演绎着生命的奇迹。我想，所有的景点，从时空伦理上都该向他致敬，从精神魅力上，都该对他景仰，在他的旗帜之下，其他所有的景致众星拱月，熠熠生辉，共同绘就一幅古镇历史和文化的宏大而又浑厚的灿烂画卷！因为有了勤劳善良智慧的古镇先人和后人，他们一代一代，一朝一朝地呵护、养护着古槐，才有了古槐的千年奇崛，生命不息，才有了明清以来古镇的繁华和今天的重生。古槐的品格和风格，也就是古镇人的品格和风格，古槐的精神和意志，也就是古镇人的精神和意志，千年不减，万年不衰。

父亲影像

五十而知天命。我对孔老夫子这句话的诠释是：一是知自然之命，人生苦短，顺其自然，再没有多少名利计较。二是知家庭之命，这就是人伦情感为生命所归。无论是在清醒的时候，还是在睡梦中，年过五十之后，已经去世三十年的父亲，时常出现在我的脑海中或梦里。他的各种影像，有时让我以泪眼表达。

中国人讲孝文化，既有传世的典籍《孝经》，还有流传的二十四孝生动事例。如果讲孝，第一个对象就应该是父亲、母亲，以文字表达对父亲敬爱之情的我，总觉着经典是朱自清先生的《背影》，如果要是歌曲，那种如泣如诉，情感悱恻，可能没有比得过刘和刚的《父亲》。

朱自清先生的《背影》，令我感动的有两个片断：一是朱先生的父亲在送儿子北上至火车站时，胖胖的身躯，跨过护栏去给儿子买桔子；二是父亲给朱先生写的信："唯膀子疼痛厉害，举箸提笔，诸多不便，大约大去之期不远矣！"特别是第二件事情，做父亲的自觉大限无多，最想跟谁倾诉心声呢，好像只有儿子。《背影》是名家名文，《父亲》是名人名歌。我对父亲的情感记忆，远远不能去比附经典，但人同此心，心同此理。对父亲的那一种敬爱和情感，随着人生的递减，却是与日俱增。这里，并不是为着拿朱自清和刘和刚作个引子，因为，每当想起父亲，朱先生的文和刘和刚的歌，会同时在心中诵起响起。

父亲在我们村子里事事乐于助人。我的一个发小呼我为舅，与其外公到我们家串门，中午父亲留饭。那时很穷，但父亲让母亲烧了一条鱼，已经是很奢侈了。饭间，我的晚辈发小全然不顾，大快朵颐，其外公责其"好吃"，不懂规矩，而我父亲怡然一笑："好吃好吃"。大一点后。与我祖父是堂兄弟的大爹、二爹，在六十年代末，响应国家号召，从南京回乡，老老小小两家一、二十口人，没有着落，父亲把自家的自留地让出来，并亲自操持，为两家建了房子。这在那个年代实在需要付出很大的牺牲。我的二舅父和二舅母一生大多寄居我家。父亲在我们家的宅西自掏腰包为他们建了两间草房。直至舅父舅母相继去世，安葬于老家。

每当邻里间出现一些麻烦的事情，父亲总是以宽让态度待人。记得我四五岁时，村邻的一个侄女，大我五六岁，带我去田间拾山芋时，被其钉钯刨到了头上，满脸满身都是鲜血。父亲把我抱到村卫生室包扎救治，也没有责怪人家一句或索取一分钱的医药费。同是这一家村邻，父亲帮忙为其修缮房屋，因房梁朽坏摔了下来，断了七根肋骨，在床上躺了半年之多。除了当事家人提来十来枚鸡蛋以表心意，医药费全是我们家自己筹措，父亲毫无怨言。

因为父亲一生太累、太苦，他真的像一头牛，拉扯着有五个孩子的家。我最不愿回忆父亲，许多影像浮现时，如未痊愈的伤疤，一揭即痛。我很信马克思的一句话，大意是：人的遗忘律，越久远越清晰，越近前越模糊，对我而言的确如此。父亲与我的生活片断，这么多年来，总是经常地在眼前晃动，在梦中回放。

我的长兄，学习成绩很为家里争光，六十年代在县中读高中。我父亲包上母亲口攒肚挪蒸的十来个馒头，步行四十余里，来到大哥的学校，给他送去。大哥每次给我讲这个故事，都是泪眼迷濛。天下的父亲都是慈祥的，但也都有严厉的一面。记得很清楚，大约在我五六岁时，二哥和三哥在外面偷了集体的瓜，看瓜的找上门来，父亲盛怒之下，把大门关起，木棒一挥，如雨点打到两位哥哥身上，最后，两位哥哥跪地认错，父亲这才作罢。

记得我上小学三年级时，有一天下着大雨，我去上学，因下雨迟到，当我在教室门前欲推门进去时，老师正在批评没缴学费的学生，口气颇为严厉。我在教室门前迟疑了半天，终于未敢跨入教室，流着泪回了家。因为我也没缴学费，而那时小学的学费每学期仅仅是三角钱，父亲此时因帮邻里修房肋骨摔断正躺在床上。回到家，父亲问我，不上学怎么回来了，我哭着说，没缴学费，老师不让上课。那时父亲已在床上躺着一个多月没有下来，这时却说：扶我起来。我扶着父亲下床，在泥泞中搀着父亲，走了三家，借了三角钱，我高高兴兴的赶回学校，缴了学费，还受到了老师的表扬。

上小学时，我从三年级转到另一村小上四年级时，数学课学习珠算，我学的很艰难，回家跟父亲说了，珠算我学不会。父亲略通文化，是小队会计，算盘打的很好，加减乘除他都在家教我，结果在班上我珠算第一。那时的数学老师叫叶旭光，每次上课，让我给同学们演算，这是我第一次尝到学习好的甜头和风光。恢复高考以后，我于1978年考上了大学。总觉得没辜负父亲的苦心。但那时。父亲因肋骨摔伤留下了后遗症。思维已近于老年痴呆。母亲和我说，每逢寒暑两假，父亲都会在夕阳西下时搬着小板凳，坐在门口，望着、望着，虽然神智已不太清晰，但他仍然记着小儿子上学，快要回来，他要等着。

大学二年级，父亲已处于精神恍惚状态。但他还要劳动，还在背着畚箕去拾粪。结果在1980年的冬天走失了，在外冻了两天两夜，当家人找到他时，他已昏迷。

待我寒假回家，望着躺在床上已回天无力的父亲，我把他冻伤的脚抱在怀里，号啕大哭。农村送葬要每天两次送丧祭庙，父亲去世时，正是大雪纷纷。那个时候，十八岁的我每次送丧，都赤着双脚，踏在雪地上，以自残来释痛，口中念叨着：父亲，对不起，父亲，对不起！因为此时刚刚成人的我，对父亲没有花上儿子挣的一分钱，遗憾万分，再也不能有一丝一毫的尽孝。

每一次读朱自清的《背影》，我都会感动得不能自已。但有时想想自己的父亲，无论是背影，还是剪影，父亲都是传统意义上善良、勤劳、仁厚的传统农民。除却文学经典的意义，如果从人伦角度上想，我的父亲比朱自清的父亲更让自己感动。我对朱自清先生心存敬仰，何敢与其比较着如何描写父亲，但从家庭人性的情怀上，天下人对父亲都和朱自清先生一样，都是一样的真挚和爱戴。刘和刚演唱的《父亲》，歌词中有几句话：人生的甘甜有十分，但你只尝了三分；人生的苦涩有七分，但你却吃了十分。这几句歌词应该最适宜我们这一代人的父子情感和人生经历。尤其是作为农民的父亲，早于前，比这种状况还要苦；迟于后，那已经温饱有余，农村生活已经是另一番天地了。

我很小的时候，父亲带着我到供销社去卖猪，之后到照相馆照相，父亲照了一张，也给我照了一张，这是父亲一生留下的唯一一张像片。父亲离世三十多年来，他在我记忆之中的影像一直是那么清晰和深刻。每一次带着妻儿给父亲上坟，我很少问候他在天堂的光景，也很少祈祷他在天之灵的护佑。默然于心静静表达的是：父亲，您是一盏灯，每来祭奠您一次，我都会带回一份光和热、敬和爱。

家教　家训　家风

任何一个人的成长，家庭都是重要的因素。自古以来，家庭教育一直备受重视。检视历代专家学者，大贤大哲，可以讲无一没有浓郁深厚的家庭教育背景。家庭教育对于一个人的影响至关重要，其表现方式相对而言，少时可称家教，长时可称家训，润染至子孙、族群可称家风。

家教一般是对孩提、少年时期，兴趣的培养、习惯的养成、基本规范的引导，打下良好的学习、做人、做事的基础。《颜氏家训》讲"教妇初来，教儿婴孩"，因此，家教是奠基之教，从小筑牢学习和人生的根基。观古今家教的特点，重在三个方面。一是知识的启蒙。古代多是从"三百千千弟"开始，即《三字经》《百家姓》《千字文》《千家诗》《弟子规》，以此培养幼年、少年时期的学习兴趣和基本功底，有条件的家庭父母亲授。著名语言学家黎锦熙二、四岁即接受启蒙教育，每天须认五个字。在其父亲湖南名士黎松安的严厉督促下，十一岁即读完了"十三经"。黎锦熙与其七个弟弟在科学技术、文化教育、文学艺术领域里，各自都有相当高的成就和相当大的贡献，被时人誉为"黎门八骏"，中有音乐家老上海名曲"夜来香"的作者黎锦晖。二是养成行为规范。童、幼时期，极早地传授传统文化的孝悌节俭，知书达礼、勤奋好学的规范，这就是家庭教养、素质养成。《三字经》中所说的"昔孟母，择邻处"，三迁其居，即为孟轲成长创造良好的环境。传颂千年的岳母刺字，更是以良苦用心规范子女道义行为的典范。再如民国时期，儿童少年接受的基本教育，亦有严格的训练。入学之后，要记住起码上面三代尊长的名字，否则，就是孝行有缺，甚至以后求职都受影响。三是营造有利于孩子成长的家庭氛围。为人父母不仅要在知识文化上对子女予以言传，还要在行为规范上予以身教。这不是一般的家庭能够做到的。如果在近代讲家庭、家族的兴旺，恐怕无过于湖南湘乡的曾国藩一族。其祖父曾玉屏虽身世不显，亦无大成，然其给子孙作的一幅对联却对曾氏家族影响深远。古训有耕读之家、书香门第之说，其联云：敬祖宗一炷清香，毕恭毕敬；教子孙两条正路，宜读宜耕。曾国藩即便做了两江总督，其夫人、儿女、儿媳仍坚持纺纱织布、打浆做鞋。此种节俭、勤劳，自古以来，有几个家庭能够做到？后来数辈代际传递，曾氏家族耀眼夺目，其来有自。近日报载著名电影导演、演员姜文教子之事，姜文对两个六岁、四岁的儿子颇不满意，所谓"娇养无义儿"，大导演也真有胆识，暂时放弃自己事业，独自带着两个儿子，跑到新疆的阿克苏，带着他们跑步、和孩子一起吃糙米饭、手抓羊肉，父子仨一起洗衣服。父亲的榜样作用，数月之后，大见成效，两个儿子改变很多。

家训，是针对家庭及家族的群体。年龄渐长，就要明白事理，家训就成了圭臬。观中华历代有文化背景的家庭，无论是成书、成篇、成句，无不有家训的规范。家训的教导已经不是"家教"的小儿科，而更多的是砥砺志向、做人规范、行事准则、利害机宜、勤俭朴实、和睦和谐、道德情操等等。如果儿时家教是"扎根"，成人之后家教就是"树干"。历史上最早有影响的家训，当数三国时期诸葛亮的《诫子书》。中有名句：静以修身，俭以养德，非淡泊无以明志，非宁静无以致远。不仅惠及子孙，而且成为千古文化人的共同追求。被誉为家训鼻祖的南北朝及隋代的颜之推所作的《颜氏家训》，皇皇二十篇，从伦理、劝学、精进、体健、情操等各个方面对其子孙训育备至。此后历代名儒名臣延祚家脉，皆有训辞，汇成传统家训的洋洋大观。至晚清时期一代文治武功的曾国藩，对其子女连篇累牍、目不暇接的家书，更是将家庭的规训推到了极致。大翻译家傅雷给其留学海外的钢琴家傅聪写的家书，自称是给儿子"做面忠实的镜子"。著名作家、傅雷的契友楼适夷在为《傅雷家书》作的序中说其对孩子的教育"苦心孤诣，呕心沥血"。读《傅雷家书》那种爱子、砺子的浓郁不化的亲情令人感动。

家风是针对家庭气脉的传承及风气、风尚的继承和光大。中国家庭特别崇尚承上启下，光前裕后。欧洲人讲历三代可产生贵族，中国人讲诗书传家，历三代可为望族。前面所讲，如果家教是"扎根"，家训是

"树干"，那么家风就是"造林"。家风是代际绵延，让家训发扬光大，形成家脉，铸就家运、使子孙后代蔚成风气。家风的内涵，是一个家族价值观的秉承，人生观的延续，伦理观的弘扬，事业观的引领。纵观历史上有三代以上传承的家庭或家族，大到国家责任、民族兴亡，中到家道恢宏，才当大任，小到居家处世，言行举止，无不浸润着文化的血脉、家规的崇高和品德的风尚。试举几例：陆游送其次子陆子龙赴任作诗曰："汝为吉州吏，但饮吉州水。一钱亦分明，谁能肆谗毁？"这是陆游劝子以国家、民生为己任，廉洁为官，大有放翁"得福常廉祸自轻，坦然无愧亦无惊"的夫子自道。曾国藩的弟弟曾国荃规训长子曾纪瑞："科名勋业、道德文章、货利声色皆是浮云之过太虚。"此是讲的人生之境界。如果联想到其兄国藩劝其之诗："左列钟铭右谤书，人间随处有乘除。低头一拜屠羊说，万事浮云过太虚。"足可见乃兄教导之功，国荃铭记于心，而又传导其子，亦是曾氏家风的例说。历史上文化大家庭的一个重要标志，就是文化传承、人才辈出、枝繁叶茂，成就了一族之风尚，一门之气脉。颜之推为颜回第三十五世孙，至其孙子辈，即出了著名训诂、音韵学家颜师古。颜师古之孙中唐时期官至吏部尚书的颜真卿，为颜体书法鼻祖，千古书家拱辰。颜氏后人至现在，尚有著名书法家北大教授颜之江，光耀颜门，不能不说《颜氏家训》繁衍的神奇魅力。被梁启超誉为"盖有史以来不一二睹之大人也，岂唯我国，抑全世界不一二睹之大人也"的曾国藩，后人更是群星灿烂，璀灿夺目。科举时代，其家族后人考中秀才、举人、进士者达二十余人。废科举以来，其门有一百六十余人接受高等教育，在外交、化学、数学、医学、文化、实业、科技等众多行业，有数十人成为翘楚人物，家庭风气造就了家庭风光，被誉为湖南文化世家的杰出代表。一个家庭自曾国藩始，六七代人为国家贡献了不胜枚举的栋梁之材。再有梁启超，亦是家风熏染，星光耀眼。梁氏亦是书信往来有如雪片，对子女关爱有加、训导有方的模范父亲。门庭九个子女，三位院士，其余亦皆为业内精英。再如近代的浙江德清俞樾、俞平伯俞氏家族，江西修水陈宝箴、陈三立、陈寅恪陈氏家族，以及江苏无锡扬名于世的钱氏家族等等，都是家族文化渊源深厚，族风底蕴。试想，如果没有良好的家教，没有严格的家训，没有浑厚的家风，绵延不断，推波成潮，积木成林的文化世家会否出现？

诚然，新式学校教育在中国已经走过了百余年，现在已经进入教育现代化时代，教育设施的现代化，教育理念的科学化，教育手段的人本化，教育结构的素质化，也彻底改变了教育模式和教育质量，已远非传统教育可比。但就教育的四大要素（学校、社会、家庭、自我）而言，家庭教育仍然不可或缺，甚或需要发扬光大。既然家长是孩子的第一位老师，那么家庭教育就是理所当然的第一所学校，而且还是终身受益的学校。

再回到传统家庭教育的话题，严于家教、立于家训、成于家风，成就了从古至今许多辉煌的家族文化气脉和家道气象，造就了数不胜数的家族教育的成功典范，值得世人尊敬和景仰。

在哈德逊河边逗留了一个春天（外一篇）
修白

盛宴

在哈德逊河边逗留了一个春天。黄昏的河边，晚霞不尽相同。有时，晚霞燃烧正旺的时候，月亮已经悄悄爬上树梢。在湛蓝透明的天空上，一弯淡淡的月芽，如钩挂在树叶儿尖上。河面的清风阵阵袭来，叫人感怀、迷恋这童话般世界。哈德逊河边自然生长的树木稀疏、高大，在天际线的霞光映衬下，树影似剪纸一般缩小。金发碧眼的姑娘裸露着四肢，攀伏在围栏上，痴迷地眺望远方。霞光尚未褪尽，灯火却在河中的游艇处闪烁。

这是一个可以停留一晚，一夜，忘记今昔是何年的地方。醒来还是要想起紫金山脚下的家，想起那里的湖畔，湖畔的天际偶尔漂浮的云霞。从哈德逊河畔飞回紫金山脚下，四处都是黄梅天潮湿的印迹。

潮湿过后的散发出霉味的陈年童衣浸入洗衣液，揉搓。一件白色贴花图案的小衣裳滚了花边，花边的颜色叫我想起画家罗伯特·德劳内的色彩，想起这些色彩曾经裹住的小小身体。多么乖巧温顺的小模样。眷恋，怀想曾经的温暖，曾经蜷缩在怀抱中的笑靥忽然就跑到水中，在手里，在可触及的衣服和不可触及的时空中呈现。一股咸湿的液体从血脉深处涌出，夹杂着陈旧童衣的霉味，水波的芬芳。指尖、揉搓、水流、时空，倏然间，纷呈落下。

水中，一件手工编织的白色纱衣，记录了那个时代的贫瘠，匮乏。而纱衣中的一团笑靥却是这样鲜活地从水中跑出来和我相遇，温柔拥抱。大地安详，万物寂静，时间拐弯，无尽回忆中窥见成长盛宴。

糯米粑粑

去贵州团龙村的路上，相遇藏青猴家族。从未见过幼猴的脸，婴儿一样白皙，精致如瓷器，娇小的身体藏在母亲怀里，像是一家三口，端坐在路边。车队停下来，纷纷拍照。更多的猴子钻出丛林，出现在路边，驻足观望一群行人。猴群与人群，尝试着接近。试探，拒绝，再接近。没有人携带食物，群猴对人类失望之余，表示了愤怒，最终消失在丛林。

到达团龙村的时候，已经是中午时分。一行人去村里打粑粑，是体力活，也是技术活。粑粑粘在木锤上，紧咬着木锤不松口，木锤粘着粑粑用力举起来的时候，第一次打粑粑的人，看木锤的神情，一脸的茫然。

新蒸出来的糯米饭，夹杂着木桶淡淡的味道，恒久的，一生一世都不会厌倦的生命初始的味道，是神的恩赐。糯米饭捶打出来的粑粑，捏成团团，放在炒熟的黄豆粉簸箕里滚动，粑粑粘了满头满脸的豆粉。粑粑经过这样的装扮，有序排列着，模样端庄起来。咬一口，渗透了黄豆粉的腥气，世俗一下子冒出水面，遮蔽了糯米饭古老、纯正的味道。

糯米团的粘性与韧性极好，见到这留有木桶香气的糯米团，矜持起来，心想，咬之前，相应的矜持才能匹配米粒高贵的身体吧；咬一口蒸熟后的米粒，咀嚼后的余香，古老的味道，溢满唇齿。糯米团所凝聚的内涵：母爱与安详，温和与平静，乳汁与初始。还有比这更好的味道？去盘子里粘了桂花蜜，另一种甜蜜瞬间融化，似一场突然而至的恋情，热烈的味道那样浓烈，这恰到好处的浓烈，只有在团龙村的粑粑场边才能体验，这样的浓烈，该是生命的欢乐吧。

万物之灵

朗溪镇的土司遗址已经没有了昔日的昌盛。高脚厢房、古巷道接近市井。合水镇的古桥，桥下有淙淙流淌的江水，水之清澈，是远古时候流过来的样子。那种双手掬一捧，低头便能畅饮的水，微微有些甘甜。似乎能看到沿着山谷策马而来的将士，翻身下马。骏马稍息，低下头颅，谦卑地吃草。近水边，马在优雅地饮水。将士蹲在马的身边，感激着什么的样子，双手掬了一捧甘甜的水，脸埋进手中。有些时间飞逝的意思，江水把我们拽到时间的期初，源头，我们生命中的源头。在源头，我们和一个纯真的单向度的自己相遇。

古桥下连成片的茅草屋。屋顶上覆盖的茅草，草的经络与韧性被时间的指针滴答着像一个超越时空的老人，全然丧失了自己的风骨，静穆如泥土。风雨侵蚀后淡然的灰暗，叫做大自然初始的颜色吧，茅草的每一株袖筒里掩藏了历史的风尘，以草的形式存在于屋顶。

茅草屋子的四周，野生构树的成熟果实，通体鲜艳，草莓样大小，表层一粒一粒米粒般排列在球体上。童年的物质沙漠里，大人一再告诫这果实有毒。渴望甜味的小嘴巴会躲开大人的眼睛，偷偷摘一颗，舌尖舔舐一两粒，刚刚品尝到一丝甜味，便在死亡的恐惧中迅速吐掉。于是，地面布满了孩子们吐出来的一滩滩口水。

一草一轮回。屋梁上的茅草们静静地等待时光的涅槃。要怎样久的光阴才能把它们化作尘埃，融入那些之前掉入泥土的生命呢。低头看见构树上成熟的果实，"吧嗒"一声，掉入泥土。方觉出泥土才是万物之灵，万灵之母。

蔡伦后裔造纸

贵州印江边的蔡家坳，留有蔡伦后裔的古法造纸场所。古桥下连成片的茅草屋，汉子在劳作，上身赤裸。构树的枝条也是赤裸的，像男人的手臂。他们都属于阳性，保持了初来世界的面目。

水车在古桥下的激流处。水车转动的力量带动了长柄木棰。沉闷的"嘭"一声，木锤落下，敲起石头上的手臂，木锤像那个远古将士的马头在低头饮水，悠扬，谦卑。空腹的手臂被木锤敲打起来，声音嘭嘭的。一直捶到手臂只留下筋骨，筋与骨在女人的指缝里纠缠，露出牙白的肉质。女人在锤子抬起的间隙，把构树的筋骨翻了身体，通身捶遍，捶得构树没有了自己的年轮。我想，浑然木头，一捶一捶，渐渐显现木麻的时候，那男子的手臂会不会觉出生冷的疼。尤其是捶到最后，许多的手臂纠缠在一起，一捶捶不急不缓的锤炼，那种疼，一定像是女人生孩子般的疼痛，鼓胀的、尖利的，深到骨头上，心尖里，疼到渗出汗珠那样的颤抖。

最后的构树，毕竟是印江边合水镇的构树，这样的构树。它们的身体是不闪也不能躲避木锤的，木锤把他们捶打成树浆之后，放在一口硕大的锅里蒸煮，加一些石灰，日后颜色不衰。

余下的手工，传到男人那里，用细网筛子，在树皮浆的池子里筛捞纸浆，水平端出，细筛上挂着一层薄薄的纸浆。这些薄的几乎不存在的纸膜，扣压在先前倒膜的一摞纸上。这一摞潮湿的水灵灵的纸，在茅草屋的庇护下，自然脱水，阴干成型，方拿得出去，照见阳光。微风从山坳里吹来，裹挟着各个时节植物的香气，香气掠过纸张胸脯的时候，纸张便活泛了，有了阳气，像婴儿的出生，一声尖利的啼哭，似大快朵颐一样，成就了纸张

爱你在心口要开

侄女把她的一本日记给我看。扉页上一行醒目的艺术字体：想你每一天。翻过这页写的是：第一天，等待着你平安到达的消息。下面画了一部彩色的电话机。第二天，平平常常地度过了。下面画了两只睡觉的耳朵。第三天，接到你的电话兴奋不以（已）。下面的耳朵跳起来。第四天，盼着你早日归来。耳朵变成了飞鸟。第五天，思念你的心情真是说不出来。飞鸟滴了两滴眼泪。第六天，听说你要回来了，很高兴，就做了这张贺卡。贺卡上画了一只火精灵，火精灵的嘴吐出了红色的心形字：你是我的心，你是我的肝，你是我生命的四分之三。落款是：女儿送给妈妈。

侄女的妈妈去九寨沟旅行，且不说她对母亲的感情，单是这样的语言就叫我感动，做母亲的读了也是异常感动的。

童年的时候，父亲在云南教书，一年回南京探亲一次。寒假结束的前一周去火车站送他，他抱着弟弟，父子难舍难分。我却远远地躲在一角，当火车启动的时候，父亲的脸从窗口探出，他的大手不停地朝我们挥舞，母亲的眼泪模糊了双眼，弟弟哭喊着爸爸！爸爸！追着火车飞跑。只有我，强忍住泪水，默默地站在原地，看着火车从视线中消失，伤心的感觉久久不能平复。绿色的车皮和看不见尽头的铁轨，在我幼小的心里，埋下了最伤感的地带。

这一年中，思念我们的父亲，眼里永远是儿子哭喊着爸爸追赶火车的定格。多少个冬天，多少次离别，我永远躲在角落里，看着站台上的亲人告别时的哭泣，暗自伤心，悄然垂泪，却唯恐任何人看见我心中的泪水，我脸面上的冷落，形成了大人眼中最冷血最不讨人喜欢的孩子。

其实我内心不是这样的，为什么我要把真实的内心藏起来，让大人误解？由误解而产生的隔阂和生分，造成了亲人之间的摩擦，原本是爱的天空，无缘无故地被阴霾遮住，就因为我们不善表达，羞于表达，我们错过了表达爱的机会，由此而错过了被爱的可能。

我忽然明白，做父母的喜欢或不喜欢哪一个孩子，除了传统的重男轻女思想，孩子自己的成才与否之外，还有一只感情的砝码啊！这只砝码时常体现在日常生活中是否善于情感表态。

就像伯母，旅居欧洲，偶尔回来，去机场送她，边检的最后一道关分手时，她吻我并深情拥抱，看着我们生离死别的样子，一旁的武警禁不住问道：她是你妈？"其实我心里知道，伯母并不特别喜欢我，她喜欢翩翩少年郎，表象和真相有时就是这样迷惑人的眼睛。

记得我临生孩子前，有一天回家看父母，骑着男式的大扛自行车，吃过晚饭，走时，母亲一再叮嘱："小心啊，慢慢骑，看你一向横冲直撞的样子，我都担心死了，我真为你担心，你小心啊！"父亲躺在藤椅中看旧书，专心的样子，全然不知道我要走。

我在母亲的唠叨声中下楼，一丝酸楚流过，我赶紧冲下楼。其实我是多么想父亲送我，又是多么担心他的安全！回家必经的城河村小桥，十年前一派漆黑荒凉，桥中的小土堆上，堆满了阴森森的坟头。我胆战心惊地骑过小桥，总算回到自己家的小院子，锁自行车时，忽然感到有人跟踪我，猛回头，是父亲！我的心一下子狂跳起来，泪水借着黑暗飞流，我尽量用平静的语调说，"你怎么来了？""嗯，给你送瓶酸菜来。"父亲冷漠地说。大步走到我前面，把酸菜丢在锅台上，看都不看我一眼，掉头就走。

我上初中时父亲调回南京，兴奋之余，经历了一段彼此十分抵触的时期。我是一个没有在父亲身边长大的孩子，也像大人一样需要有一个磨合的过程。更重要的是，我们从来都没有向对方表达过爱，尽管都爱着对方，却不能承认和肯定对方，更不屑或是羞于表达心中的爱意，这就造成了隔阂，自然就有了抵触的情绪。

我的女儿和侄女的性格相反，她不善表达，每次分别之后，总说不想妈妈，问她为什么？她说没有时间想。她讲这话的时候，仓促地低着头，十个指头纠缠在一起，局促不安的样子，好像我的问话不仅多余，还使她感到了尴尬。

女儿长大一点的时候，每次出门，她开始挑剔我的穿戴，嫌我土气不会配饰。她总要对我的穿戴指手画脚，时间久了，搞得我在她面前越来越没有信心。

几代人一脉相承的东西，现在，在我女儿身上看出了端倪。

去年夏天的暑假，分别多年的友人约好了来家里玩，看到她在做作业，很惊讶地说："你怎么一点不像妈妈，和你爸爸一个模子。"话音未落，她从沙发上弹起，一路小跑，朝镜子奔去，边跑边语："完了，我不像妈妈？"她一动不动地站在镜子边上，瞪大眼睛，一副惊惶失措的样子。

过了几天，她去奶奶家，奶奶家门口的小朋友去找她玩，看到我过去的照片，就对她说："你妈妈和照片有点不像。"她听了赶紧说："我妈妈比照片漂亮多了！你看不出来？"

我听到这话时才反应过来，她原来和我一样，把认可你的都深藏在心里，剩下的挑剔是为着表达至深的爱。她对我所有的挑剔和指责，是为着我的更完美，她是爱我的，我才知道。

而人性又是这样的脆弱，只拣动听的买单，却往往把另一种形式的爱忽略了。我这才明白，人和人之间，爱你在心口要开。

看见和看不见的
于燕青

广场与石门楼

要到达乐土村的亚热带雨林，必须经过石门楼；进入石门楼就进入了 21.3 公顷的亚热带雨林区域。一下车，先看见那两座石门楼，一前一后的两座青白石门楼矗立在那片不算大的广场上，像所有门楼那样雄伟耸拔。一座普通的石门楼，然而门楼与门楼不同的是上面的字。这座门楼的前门楼横匾上书"聚翠苑"，后门楼上书"天人合一"。这就告诉人们，这门楼不是建在某个城市的老街区，而是大自然的某一隅。拾级而上，通过这两座石门楼，便进入向往已久的亚热带雨林了。这是个很容易让人想到"天"的地方，进入这聚翠聚绿的亚热带雨林，真是天人合一了。拾级而上便带着瞻仰的心，进入石门楼就像进行了一项短暂而庄严的仪式。没人放炮没人剪彩的典礼，没有隆重的礼仪性程序，那是一项看不见的仪式。你看不见，但你必须要有仪式感，要让这一时刻与其他时刻不同，不同于钟表指针所指的时间，这样瞬间的区别，凸显某种神圣与尊严，使寻常日子里单调普通的事不再单调和普通。黛玉葬花何尝不是为盛大的凋谢、为美为青春为生命举行的一场仪式。在中国，门楼其实都带有仪式般的庄严与盛典。就好像是，肉身凡胎进入洁净的植物王国所必须要有的仪式与提醒。石门楼也不仅仅是仪式与提醒，更像一个郑重其事的前奏。也就是说，在这里，要让心情有个稍稍停顿，掏空，以便更好地拥抱、充满，这是怎样广博的拥抱与充满。

石门楼以内平均气温是 20.4℃的亚热带气温，越往里走越能感觉出植物的清香、花草的甘甜直沁心肺，我必须打开我所有的感觉器官。打开被污浊热气麻木了的感官来迎接这热带雨林对人类的深情表达。乐土村的亚热带雨林号称"东南沿海面积最小的原始植物群落"，也号称"南方的小西双版纳"，不管这个或那个"号称"吧，我只管体验我自己的所见所闻，可我分明感觉到，已经有看不见的事物迎面而来。

石门楼里面，繁茂的植被层层叠叠如一片绿色的海洋，各种树木组成的绿色屏障包抄而来，磅礴之势如怒腾的浪涛。这景象很震人，我不由得倒吸一口气，这时，我明显地感觉出空气里有一条分界线，感到了那看不见的却泾渭分明的界线。那一定是石门楼以内的清气与石门楼以外的浊气交锋厮杀出的一条分界线，像正与邪那样的交。那是纯净的清凉的与污浊的炎热的一场持久战，一定有我听不见看不见的声势浩大，那是一种看不见的神秘的力量。我想起非洲一些部落与敌方争战时，会对风跪拜，他们认为风加咒语可以杀灭敌人。虚空幽秘的诡异的东西总能震慑许多人的精神。

越过那片与石门楼相连的广场，回望，广场就是一个铺垫。

宗祠

草坪上的那座古宗祠有点规模，说有点规模也就是几间连在一起的大厝。我们进到里面看了介绍，知道这是一座历经了六百多年沧桑的大厝。据说这里出过许多名人，这是一个黄姓宗族的宗祠。同来的一位黄姓作家很受鼓舞，让我一定要把这座宗祠写进我的文字里去。

宗祠坐北朝南，占地约二十亩。结构为两进带两厢悬山顶式面南风格建筑，有庭院围墙、西南向门楼，典雅古朴。宗祠飞檐斗拱、雀替雕花工艺精湛。瓷雕彩绘图案带着浓烈闽南乡村风格，雕琢太过，色彩也太杂，且没有深浅色的层次，都是浓烈的深色系。深蓝深红深黄深绿这样堆砌在一起就俗了，描金也甚多，更显得俗艳。但从文化层面来说，像这样的建筑，是可以称赞其富丽艳美的，称赞其技艺精湛巧夺天工。因为那是昔日的气派，你必须穿越到这座建筑物里第一代人所生活的年代。那个时代没有外来文化的借鉴，交通工具只是牛车马车和人的两条腿，即使在天子脚下的皇城建筑，也难免其俗。简洁与流线型是后来受西方影响才有的。

据族谱记载，黄氏肇基始祖与明洪武年间迁至此地。其子知识渊博，通晓天文地理，于是择地而居，在有着卧牛睡姿的地形，并依靠风水林，始建宗祠。黄氏子孙枝繁叶茂，已有二十四世。黄氏后裔谨遵祖训，严禁砍伐宗祠后面的大片风水林，因此宗祠附近的森林得以保护完好。我想"风水林"是一个关键词，也许就因了这看不见的所谓"风水"让人有所畏惧，镇住了人的贪欲。我一直以为，无论什么东西，若只用道德层面的东西来约束是很难做到的，必须有超越道德之上的东西做支撑。那是来自另一个世界的东西，哪怕是晦暗不明的，也不被人忽略。不觉想起网上那个写着："祝抄袭我文者得癌症！"的文字，虽有些残酷，却有着杀毒软件之于病毒的功效。想起"不随地吐痰"被写入电梯的"温馨提示"却不奏效。一日，电梯里写满了"吐痰者死全家！"于是吐痰的现象大大减少，是诅咒起作用了。总之，我们来到黄氏宗祠的时候，还能看见梦一般的田园景色，深感宽慰。大片的草坪延伸开去，一直延伸到茂密的遮天蔽日的森林王国。参天古树接天连地，各种古藤虬结遒劲，也就是所谓的风水林。宗祠安然地坐落在大片的草坪中央，一头牛悠闲地卧在附近，一群肥肥的白鹅摇摇晃晃地走过，几只白鹭从天上飞过……这些飞禽走兽似乎与这样的古建筑更相宜，它们是那样安然妥帖。

上世纪六七十年代，宗祠成为上山下乡知识青年的居住地。改革开放初期，又恢复宗祠原有功用。后来由台湾各地黄氏宗亲捐资重修，现存建筑依然保持清代风格。是的，有些东西是需要保护的，保留完好的森林与古祠是一座容量巨大的博物馆，一个历史的器皿，承载那些消逝了的人与往事。宗祠门前有一月牙形泮池，来的人必须涉水而过，就多出许多的诗意与梦境。同时，一个宗族盘根错节的脉息与宏大叙事也融在其中了。那一月牙形泮池，更像一个时代的分界线，现代与古代的分界线，透过时光的云雾，涉水而来，仍能看到一些看不见的东西。

肿瘤

肿瘤科住院部是一座三层楼的旧楼房，那种八九十年代的红砖砌成的楼房，夹杂在医院后来盖起来的现代建筑群里，显得很矮小很无奈。进入肿瘤科住院部，顿时感觉一股冷气侵来，那冷气不是来自中央空调，不是外面自然的冷风，像是从另一个世界来的，心里立马笼罩着幽暗的阴影。无论你从多么灯红酒绿的地方多么喧嚣的地方来，走到门口就立马肃然起来，连门口的树也显得肃穆庄严，让人联想到重大的人生问题。当然，在这里想到的重大问题必是与死亡有关的。每次从肿瘤科这样的地方出来，都像是逃离。匆匆地在门口按了按消毒液喷剂，匆匆地擦在手上，不敢大口喘气，大步疾走直至融进喧嚣的街道，才使劲地呼吸起来，一辆汽车正在我身边发动，我也顾不上汽车尾气了。

这是我这一个月以来第三次来这种地方了，我和一个朋友是来看望我们共同的老熟人 K。K 因肺癌住进这家医院肿瘤科，一发现就是肺癌晚期了。第一次来 K 就已经是病入膏肓的样子，深知自己不久于人世，他渴望再见见我们这些老熟人，看得出他是那么的留恋他所认识的一切人。痛苦使他坐卧不安，我顾不得传染的危险，我双手握住他的一只手，我为他祈祷，祈祷他不要那么痛苦。那个时候 K 还能说话，他很吃力地看着空空的病床上空说，那个滚动的球又来了，K 的妻子马上斥责 K 说："又胡说八道了！"然后 K 的妻子难为情地看了我们一眼，那一刻 K 痛苦地申辩说他没有胡说。我至今还记得 K 的神情孤独而决绝，我真想对他说，我是相信的！可我还是没有勇气说出来，这是我至今很后悔的一件事。第二次来，他住过的那张病床已经空了，我心里一凛，知道不好，问过护士值班台的几个护士，果真 K 已经去了我看不见的地方。我扑了一个空，我站在那里愣了很久，深深自责自己拖拉的坏习惯。据说 K 最后的时光是窒息而死的，我想起 K 活着时总是一根接一根地抽烟，就叹了一声气，感叹生命是需要珍惜和爱护的。

　　可是我怎么也想不到肿瘤会与 L 有关系。L 没有不良嗜好，可以说是生活习惯良好了，而且这么多年 L 一直是精力充沛的，无论哪一方面都是我学习的楷模，也是让我艳羡的。L 堪称社会概念中典型的有福之人。他的幸福是那种均衡的幸福，自己事业有成，且德高望重，妻子贤惠美丽，儿女亦是优秀。太突然，我听到这个消息的时候，像被当头棒喝。哗啦啦，这世上的一座幸福的巴别塔倾颓了，让我即刻对这个世界的留恋度大打折扣。L 说前年体检还好好的，连感觉也没有的，精力一直很充沛，若不是本次体检发现，还真不知道。那看不见的，连感觉也没有的，像撒旦安装的一枚定时炸弹。谁也不知道肿瘤是怎样在两次体检的间隙里偷偷地长起来。但已是万幸，因为肿瘤界线分明，手术效果还是很好的，撒旦的定时炸弹被成功拆除了。还是祈祷吧，祈祷那看不见的未来是安宁的美好的。

我的台湾之行

赵波

高雄的爱河还有其他

不参加旅行社活动的好处是自由，也许会错过很多耳熟能详的旅游景点，但是你去的每一个地方因为是自己精心选择反而更印象深刻。

是在一个忘记了片名的香港电影上，我无意中看到爱河还有彩色穹顶，拍摄地注明是高雄，那是一个缉毒警察黑帮情节的故事，可是留在记忆里的却是高雄的这两个地名。

我在南京青岛路曾经住过，旁边有一个半坡村咖啡馆，有一阵恰好是从高雄到南京的刘杰在经营，向我灌输了很多来自她家乡的吃喝玩乐各种线索。

于是 2015 年 12 月 16 日晚上从南投到了台中高铁站，正好天气遇到寒流就取消了台中逗留计划，马上买了到高雄的高铁。到了高雄打车找旅店，正好住在六合夜市旁边的中山一路，附近就有美丽岛捷运站。后来才发现，从这里可以走到我想要去的爱河，而且电影上那个彩色的天空其实就是美丽岛捷运站下面的一个立柱顶棚。

不能不说一路走来所有的停留都是缘分。

中山一路路边有一个 248 公共汽车站，后来的日子我经常坐着这路车环游高雄，一路上会经过老的台北银行，原来的高雄市政府所在地现在改成的历史博物馆，还有鼓山轮渡，高雄港，渔人码头，驳艺术区，每一个地方都值得一去再去，让我不虚此行。

也是在这个爱河边，看到一个 168 车站，站名上赫然有一个高雄邓丽君纪念馆，可是真的坐过去，那里的纪念馆已变成了一间空屋。

高雄的青年路集市还有美丽岛捷运站附近的观光市集也都很容易消耗时间，台湾的菜市场和超市，服装街有时混在一起，边吃边逛，卤肉饭，排骨酥汤，四神汤，春卷，鱿鱼汤，油炸肉圆，吃个肚圆。我在集市上买了一双很贵的鞋子，上面是金光闪闪的轻便鞋，走再长的路也不累了。

在高雄住的旅馆是一家非常怀旧的老旅馆，开门进去的时候差点会让人以为是住进了王家卫电影中的 2046 客房，好看的旧旧色调的绿色上面白点的壁纸，老式电视机，衣橱，还有沙发和床，以及洗手间。每天早晨在楼下的小咖啡吧还有一位妈妈年纪的服务员做好隔天就订的早餐，你要什么口味的饮料都提前说好，下来的时候报自己的房号，阿姨就会端来你的咖啡或者果汁红茶，刚刚煎好的蛋，三明治，温馨周到的服务非常吻合我的心态，以后还想再来。我想他们一楼大堂的服务员大概也对我印象深刻，因为我的六楼房间网络信号不好，而我又习惯性在几点要收听一下江南的电台节目，于是，她们都认识了我，在那一周高雄的日子里，经常在白天逛完街回来，坐在大堂的角落里，一边隔着玻璃看外面的人流车河，一边听着自己平板里的电台节目，有些老歌恰好来自台湾，有些广告却是来自她们不熟悉的大陆。

某些时刻所谓情景交融大概就会产生难忘，这样的记忆对于我来说也很难忘。

台南的吃

去台湾之前，我在先锋书店特意买了一本叫《行走台湾》的书，里面有一篇前几年不幸已经离世的台湾作家韩良露写的《台南府前路旧梦重温》。开头便是说：在我最青春激荡的岁月，因为古都的宁静，让我不仅懂得了好多食物的美味，也开始爱上写作与思索，我的府城独立时代，成了我生命史中难忘的一页。

她还说自从高铁通行后，她已经三番两次赴台南去重温青春旧梦：搭上最早的南下列车，抵达后，还有大把的时间可以去永乐市场吃碗现宰的牛肉清汤，吃个金得春卷当迟来的早餐，之后还有一整天的时间可以在古城里转转悠悠。

每次回到台南，她说她一定会去重温当年情的地方就是府前路，只要走在府前一带的大路，小巷小弄之间，她的心就会沉静下来，许许多多昔日的记忆立即就会自然地围绕着她。

她的这种种感觉和我回到江南故乡常州的时候很像，但是我在家乡现在已经找不到小时候曾经去过的店家。吃食相同的还有，味道却也有了改变。

但她当年喜欢吃的一家孔庙对面的肉圆店，不好意思我去吃的时候一点没有吃到她曾经的感情和感觉。遥想当年她和她的台南阿公一起去吃，他们坐在大灶前，在很近的距离下，看着蒸笼蒸出一笼又一笼冒着水蒸气的粉嫩肉圆，阿公一下子能连吃三碗，才心满意足地跟老板要大骨清汤喝。当年肉圆店没有现在出名，那时候好吃的东西到现在变了味道也是正常的。

据说台南有八百多家值得去尝试的吃食，很多都不在导览旅游图推荐的名单上。有时候一家看上去完全不起眼的路边小店就有让你吃了叹为观止的鱼汤，羊肉饺，还有小笼包子。

第二次从高雄回到台南的时候，我在台南文学之家住了一晚，这家文学机构刚刚成立，只接待过一位外国男诗人，他在这里做了一个月的创作驻场，我成了这里接待的第二位客人，还是一位大陆作家。当天晚上和当地的文学青年一起去美食街吃了最好吃的虾仁饭，名贵的乌贼鱼子什么的，住后醒来的第二天，出去找吃的，幸运的遇到一位在外面经历大风大浪，股市上赔掉上亿资产然后回到家乡台南的朋友，他开了一家楼下是小吃店、楼上有他收藏的古董家具的小店。他至今单身，弟弟也娶了一位大陆姑娘生了一对双胞胎，我打趣说要给他再介绍一个身强力壮的大陆姑娘。

在这位回到家乡转型小吃的朋友家里吃到了比美食街上更好吃的虱目鱼汤打底的鱼丸还有粿麦，虱目鱼是台湾比较常见的鱼，据说在大陆这个名字很不受欢迎，只能改名才能生存。在小吃店过去几家的地方就有一家正在分工合作处理虱目鱼的加工工场，很多工人在忙碌，有的切分鱼片，有的把批下来的鱼头鱼皮归在一处，鱼骨还可以卖出去做鱼汤。

这一切实在是非常原汁原味的台南味道。

幸福小镇和南投的紫南宫

喜欢在台湾坐旧旧的老式火车，火车站站台很像记忆中大陆很多火车站曾经有的样子。很亲切。

张志民是南投的民意代表，当他听他的朋友说起我正在进行一个考察，想做一个关于台湾大陆偶像剧的事后，就想安排我去看看他说在的地区。

我查了一下资料，同意先来南投，顺便看一看离这边不远的日月潭还有中台禅寺。

到斗六车站，张民意代表开车和朋友接我去吃的澎湖海鲜恰好也在南投的南京路上，而当南投遇到南京，是这两个地名如此相似的地方，观光局想在 2016 年做的一个集体婚礼项目。让南投结婚的新人们来到南京，南京准备结婚的新人们去南投，在他们彼此感到陌生的地方举办各自更加印象深刻的集体婚礼。听着都觉得很有意思。

当天下午民意代表安排我住进了幸福的竹山小镇上的百年旅馆，他的舅舅也是民意代表工作室的工作人员，对整个小镇了如指掌；他开车带我四处逛，看最古老的玛祖庙，竹制品博物馆，农产品产业园，印象最深刻的是当天晚上去拜当地土地公公庙——著名的紫南宫。

紫南宫的著名在于他的乐善好施，没有钱的人都可以在这里借六百台币走。很多人借了这里的钱，来年会十倍地还钱。不管是多少钱，土地公都会拿来做善事，每年春节门口都会排着长长的队，人们来祈福，还可以领到一枚紫南宫发放预示着好运和福气的金币。

台湾的寺院香火都很旺，我在街头看到各种小的祭祖的香阁，也供着佛像，人们在这里叩拜，烧香，默许着各种心愿。非常虔诚。

当天晚上我住在百年老店里的榻榻米房间，醒来店主告诉我不远处整天街都有早市。我在早市上吃了可口的早饭，然后一路沿着早市一家家看过去，有吃的，喝的，衣服鞋帽，蔬菜，肉类，水果，海鲜……我买了农人们自己发明的围脖连着口罩的帽子，讨价还价，感受着这个小镇的民风淳朴。幸福小镇里有很多面墙都画着各种幸福的涂鸦，和那些涂鸦比起来，我更喜欢这里的空气，平淡流动的每一刻时光。

到南投的第二天，我跟随张民意代表的舅舅开车去了著名的日月潭和中台禅寺。可能是一个阴天的缘故，空气有点灰蒙蒙，可能风把北京的雾霾吹了过去，使我对日月潭没有留下什么深的印象，中台禅寺还是不错的。

半坡的黑米和诗人鸿鸿

南京的半坡村咖啡馆里有一只南大学生捡来送到咖啡馆的黑猫，名叫黑米。

大学生们喜欢这只小小的黑猫，但是宿舍实在太小只好来求半坡村的刘杰，说他们把黑米寄存在这里，然后他们会给它猫粮，还会定期来给它洗澡。于是，黑米就留了下来。时间一天天过去，黑米长大了，它不再是小时候那个模样，也多了很多人们不懂的心事。

我认识黑米的时候，它常趴在门口的桌子上望着远处发呆。有时候我去了它也会陪在身边坐在里面的沙发上，可惜还是经常想着心事。

它开始出门了，有时出去一天回来，有时是三天，七天，最长的一次是十二天，当南大学生们和半坡村的店长都以为黑米走失了的时候，他又有点瘦有点憔悴地回来了。当我们以为它特别聪明一定不会消失的时候，在我来台湾之前，黑米真的消失了。这次已经超过了一个月，两个月，黑米为了爱情真的把自己走丢了。

半坡村在南京有二十年的历史，以前一直是作家画家音乐人各种文化聚集的地方。

台北也有一家这样的咖啡馆，生意比南京好很多。可能因为台北更重视文化，而大陆更喜欢创新，一家店做几年生意不好了，急功近利的老板便急于脱手，于是没多久原先的地方就改头换面，坚持成了一件很难的事。

我在台湾认识的诗人鸿鸿有一个微信群叫卫生纸诗人群，里面聚集了香港大陆台湾三地的一些诗人文化人，到了台北后他给我一本他的诗集《仁爱路犁田》，里面的诗歌有很多是关于对各种社会现象的反抗，台湾的文化人有很多机会参与社会，对他们来说诗歌好像从一种生活方式变成一种对抗生活的方式。他在在诗里写到：114 个张晓风站在这里／守护每一块美好的湿地／但是我们不会下跪／我们会怒吼 我们会保卫／我们会站成一条良心的防线。

最早知道鸿鸿，其实是很多年前我无意间在街头盗版碟商人那里买的一个叫《人间喜剧》电影，当然是小众的台湾文艺片，但是里面的几个小细节却让我非常喜欢，一个是卖鞋的女营业员是梁朝伟的粉丝，她帮着张贴梁朝伟要来演出的海报，整天心神恍惚，有一天给一个顾客递了一双鞋，也没有理会他的咨询，等他出门了，才听到议论纷纷，原来刚才那个顾客就是梁朝伟。电影里还有一个故事是戏剧社里的男生演出遇到的烦恼和问题。鸿鸿现在还在仁爱路林森北路的一栋小楼上做一个戏剧社，还在排练戏剧。我在离开台北前夜在那里看了他们读剧本的排演。那天下雨，我看完排练坐捷运回旅馆。

那天我穿了一件有毛毛领子的黑色中空棉，走在故事一样在歌里存在了很多年的忠孝东路，突然地觉得自己很像南京丢失了的黑米。我们每一个人在某一瞬间都是那只无家可归四处流浪的黑米。

在南京街头的那只向往自由的黑米，它现在哪里？它究竟去了哪里遇到了什么没有人知道，我曾经突发奇想想给黑米身上安置一个远程摄像机，这样它的所见所闻就天生是一部电影，一只猫眼中的世界，或是它的所见所闻。后来听说国外还真的有人实现了我在黑米身上想实现的梦想。

可是，黑米还没有告诉答案就再也不回来了。

它存在过又突然消失，完全像一个美丽的谜。

台北的文化印象

2015 年 12 月 21 日，我在台南长途车站坐大巴去台北。

车子在晚上七点多经过三重市和淡水河快要进入台北市的时候，我手机里正在播放一首《river side》，时空切换，犹如一场电影，正在拉开大大的画面，真是让人陶醉。

在台北我住在南京西路，就在中山捷运站旁边。台北是一座不夜城，不论几点窗外似乎都有人醒着，可以找到好处的小吃和美食。

空气里有一些忙碌的温柔气息。

这座城市有着匆忙的脚步，也有着怀旧的色调。

有时候下雨，但是连雨都是细细的，一会就会停。

我在台北丢了一把伞，后来的日子，没有伞却也从来没有淋湿过。

在台北住的时间越长，越会感觉到这个城市对于地铁的依赖。城铁加上高铁几乎没有到不了的地方。

刚到台北的第一晚，五种颜色的地铁线路文湖线，淡水信义线，松山新店线，板南线，中和新卢线让我眼花缭乱没了方向，后来的一周却越来越熟悉，每天可以定好计划就巡线前往各处。有次在西门汀附近武昌街，还遇到了以前台湾各色文艺人士聚集的明星咖啡馆。生意至今仍然很火。

难以忘记在台北地方当局里面的探索馆带给我的印象，旁边就有 101 大楼，却因为去找寻何日君再来邓丽君文物纪念展，我才找到了在地方当局里的探索馆。

台北探索馆二楼特展的邓丽君文物，除了有她最初的家，最初原版报道，历年唱片，成长记录，还有一个惊喜是在一楼浮空投影区为展览特别量身打造的虚拟邓丽君，特别借助好莱坞重量级视觉团队结合最新科技，在一个小舞台上再现了邓丽君，让我们这些排队领号的粉丝在一个小黑屋子里用半小时体验了在现场观看她演唱的亲临感觉。那种佳人穿越而来的感动无法言说。

唱歌的佳人已经别去多年，曾经给邓丽君凤飞飞写歌的老人却还在台上，诉说着当初的见证。这样的画面大概只有在台北才可以亲身体会。

凤飞飞曾经对林煌坤说她人不在了，那些歌一定还在。确实是，她做到了。

我没有去看故宫博物院，没有登上101大楼，没有去很多景点，这些都没有遗憾，相反我很感恩，感恩我在12月13日踏上台南土地就与推迟两个月的sing文学音乐节相遇，在那次活动上，第一次看到和听到了对我来说陌生却同样让我喜欢的声音：929乐团，23号半，罗思容与孤毛头乐团，谢铭佑与面包车乐团。在吴园的户外草坪，一整个下午到晚上，蓝天白云下，人们自由弹唱，空气清新，台下的人看上去都很文艺，让我初次到这个地方却没有丝毫陌生，仿佛原本天生就该属于这样的美好自然世界里。

同样感恩有缘与民谣之母陶晓清的人生花园讲座相遇，这次讲座是保险公司举办的，他们的会员在活动之前会相互击掌热身，跳舞，互道祝你收获满满，气氛相当活泼热情。还有侯吉谅书法工作室的一对英短兄妹猫，看着侯先生的书法作品还有自己研制的纸上绘品，一边体会着两只小猫拨弄我衣裙的小爪子，这也是我在台北难忘的经历之一。

我刚到的时候，角头音乐创始人张四十三带两位他的萌萌的小公子来旅馆楼下看我，后来又带我去他位于重庆北路的角头音乐公司；家庭式的味道，一栋老楼，里面有自己的工作坊和录音室，还有发往全世界各地的角头音乐唱片仓库。张四十三开车带我去看了很多旅行社不会去的地方参观，这些关于监狱法庭还有自由广场的记忆将成为我深藏的一页。离开台北的前夜，去诗人剧作家鸿鸿的剧场看他们的读剧本活动，对一出即将要公开演出的话剧，用读剧本的方式来听取观众意见，这样的方式很新颖。这样来和鸿鸿相互赠书告别的方式也很台北。那夜又有细细的雨丝降落，去搭乘捷运的时候，我想我的台北之行非常圆满，这次没有去成的花莲，垦丁，台中，台东，鹿港只有留待下次了。

西郊映月

骆圣宏

是谁在我们这小城的西北角，建起了这么一座万顷后花园，让故乡的月亮，从此有了一个心灵的栖息地？

早春的新月，犹如一株不怕冷的柳芽，天没黑，就早早地挂在那小城的上空，似一笔漂亮的括号，把故乡鳞次栉比的高楼、连绵不绝的花海和浩荡万里的春风，统统括进去，一如游子梦中无边无尽的水墨画。

我忽然想起，括号的另一半。它在哪里？掉落在小城的楼群里？还是藏在人如潮涌的花海中？我要把它找出来，否则我夜里睡不着。

如织的游人渐渐离去。湖中央小岛凉亭中，一对恋人紧紧依偎在一起，看着西沉的夕阳，久久不愿离去。新月、夕阳，湖光、树影，凉亭、恋人，成为这个后花园里最美的剪影。

料峭的春寒掠过湖面。一对倦鸟，划过夕阳的余晖，戛然而止般飘落在桥头一颗小树上。尔后，成群的归鸟从四面八方飘来，风一样忽起忽落。一忽儿消失在枝桠丛生的树林里，一忽儿掠过成片的花丛，一忽儿俯冲进湖面。就在你以为会集体坠落水中时，忽又折过水面，无数翅膀拍起千层细浪。伴随着呼呼声、惊叫声，直冲夜幕。

忽然，幽暗的湖面中，亮起了一弯新月！这不正是括号的另一笔么？是归鸟衔来的么？可恶的归鸟！湖水还很冷的。我要把它捞起来。我要把它捞起来，挂在我家阳台上，日日夜夜，和我一起说说悄悄话。

闷热、潮湿的夏夜，如潮的蛙鸣响彻云霄，让我们住在城里也能听到蛙声一片。

"呱呱——""呱呱——"厚重的云层挡住了月亮的身影。青蛙用自己的鸣叫，呼唤着它的名字。想用这雷鸣般的叫声撕开厚厚的云层。"呱呱呱——""呱呱呱——"冲天的怒吼，掀起万千声波，射向天庭。突然，云层里划过一道闪电，照亮了整个宇宙，紧接着，天庭里滚过一阵闷雷。群蛙被这突如其来的闪电雷鸣吓住了，一起停止了鸣叫。一阵凉风吹过，拂过湖面，拂过群蛙。几秒钟后，群蛙又不约而同地发声歌唱。声音更加洪亮、更加悲壮。又是几道闪电雷鸣。跟随着一阵狂风，瓢泼大雨倾盆而下，像天河决堤，劈头盖脸地砸了下来。湖中的小船，像逆来顺受的群猴，乖乖地倚在岸边，任凭风吹雨打。

群蛙欢快地唱着赞歌，而我，多么希望能冲进这夜幕里，和群蛙一起，迎接狂风暴雨，和群蛙一起放声歌唱。让暴风雨淋透我的身体、清凉我的热血、敲打我的灵魂，放飞我那久禁樊笼的心灵！

夜深了，雨停了。群蛙渐渐睡去。厚厚的云层终于被破开了一个偌大的缺口。月亮羞涩地探出娇美的脸庞。湖边的夏花，抖落身上的雨水，舒展着窈窕的身姿，把花朵伸出水面。从冬等到春，从春等到夏，只为去年的一个承诺。月亮笑了，说着道歉的话儿。花儿感动地丢下一片花瓣，抛向水中的月亮，然后暗自伤着神。湖中活跃的小鱼，咕咚咕咚地跃出水面，打破了这静谧的夜晚。月亮挥挥手，重又躲进了厚厚的云层里。

此生只合秋月老。月华作天灯，一支残烟，星星点火；半卷闲书，香草地，溪水边，秋芦作伴；采一捧红果，将万古愁肠化作袅袅青烟，无限花事，只作笑谈。

平生最爱书中颜如玉，我和秋风共邀你，同度良辰美宵。厚厚的金菊，是我的婚床，无边的月华，是我们的纱帐，萧萧落木，做我们的被囊。我在桥上亲吻你，有水中的月亮为我作证；我在凉亭中亲吻你，有天上的星星为我祝福；我在草地上亲吻你，有秋夜的夜游虫为我吟唱。在桥上亲吻你，我许你情深意长；在凉亭中亲吻你，我许你像湖水拥戴花岛一样把你捧在手掌；在草地上亲吻你，我许你，到老也要给你芬芳。你不来，我扛一支花枝去看你，花枝虽无半瓣花朵，至少还有黄叶几片。

荡一只小船，徜徉在湖中央，秋露为餐，通江达海，抑或终老港汊平湖，任凭秋风做主。

深冬的西郊，寂静而冷漠。昨日的繁华与喧闹，仿佛是一场不曾有的梦。"满地霜华浓似雪。人语西风，瘦马嘶残月。"千古蟾宫，想是恨春太晚，借风刀剪碎月华作霜花。树枝上、石桥上、草坪上、凉亭上，就连游船的船帮上，遍地都是。早起的残月，冰壶一般高悬枯树之上，孤寂清碧。正可谓："月挂霜林寒欲坠。正门外、催人起。""晨起动征铎，客行悲故乡。"寂寥的公园里充满着苍凉与古意。也正是文人骚客把酒对月、霜夜小酌的绝佳美境。一壶浊酒，抑或一盏热茶，端坐于石桥上、凉亭里或那游船中，和不老的月华，一起数林中的鸟窝、湖中的白鹅、水上的石桥，一起回叙这里曾经的潮起潮落、这里曾经的炊烟袅袅、这里曾经的白帆点点，一起唤起大海里的朝霞，在小城的额头上戴一朵绚丽的太阳花。和不老的月华一起，看天老梅花骨，看霜后黄花尚自开，看断雁飞时霜月冷，看劲竹潇洒带霜枝、独向岁寒时节。问一问不老的月华，千万前年的古人，可曾想像有这般年华？问一问不老的月华，远在他乡的游子，是否也像我一样想念他？问一问不老的月华，千万年后可否问一问我们的子孙，可曾想像今日之古人，也曾在这黄海之滨，改天换地，也曾在这西郊公园扶栏遐思、小坐凝望？

晓风渐起，月华西移，惊起数声寒鸦。

旧金山杂记

李晓星

一

旧金山显然是中国式名字，十九世纪华人到此采金称金山，后来澳大利亚墨尔本也开始采金，为区别就叫成旧金山现在的名字。然而，当地华人一直叫这座城市三藩市，因为英语名字的模糊读音是圣富朗西斯科，大约好记省事干脆来个一举两得，那就中庸一下取英文前两个读音叫三藩吧。旧金山官方名称是旧金山市县，即市县合一的行政区，人口只有八十几万，相对密集的热闹的地方就那么几处。

要以前的我答出能知道些旧金山的什么，凭记忆似乎只有《旧金山和约》、金门大桥，还有李小龙。来了几天才慢慢生出些现实的印象。

从飞机第一眼往下看到大海和陆地连接，引入眼帘的是时断的山丘，散落的矮楼，一会又会出现圆圆的球场——非常明显。

出了机场就感觉有海的凉爽，一路过去扫不到心想会出现的高楼，直到临近中心才隐约出现几座。路两边的房子各有所好，随路依山错落有致。

孩子住在 33 街，后来听说还有一个 33 街，管理者用不同的单词作为"街"的代号以示区分。每家外面都有醒目的门牌数字，打车邮件紧急呼叫，只要报街名和门牌号码就能办事。大部分居民有自己独立小楼，大部分的街区整日安静。繁华地段也谈不上熙熙攘攘，虽然唐人街和日本街迥然不同。如果说旧金山四季如春，赞成票不会少于反对票，所以频频听到宜居一词。住了几日不经意就看见了衣着的春夏秋冬——春夏为主，秋冬为辅，尽管你按美国西部夏令时间作息。

街上的马路牙大都坚硬，几乎见不到缺省。感觉他们似乎并不在意路面的美观，而在意施工的质量。昨天见到了孩子的房东，他来此地三十多年，在此搞过施工。他告诉我们，路面坚实一方面是因为用材质量严格，更因为施工不敢也不会偷工减料。原因每个人都清楚。

按常理道口容易坏损，所以这里的工序就要多些。除了黄色的盲人铺面外，道路交汇处的路牙、弯道都很耐走。极可能用的水泥标号高，所有的路走上去感觉坚硬——难怪灰尘飞不起来，虽然这不是灰尘少的主要原因。

市政厅有意思。作为市长办公所在地，前面照例有广场。不可思议的是离它很近处有一块圈出来的菜地，看牌子知道是一个社区的菜园子，说是种出来的菜免费供给这个社区的百姓。

居民可以进市政厅参观。先安检，即把手机拿出通过小门，没有叫声表示可以进去了。过了小门就可拿走手机，然后按指示牌路线行走。首先进入我视线的是很多铜像。匆匆看了介绍，其中大都是前任市长，包括最早的，不过其中也有与这座城市有关的且有贡献的名人。这让人自然想到总统的官府。儿子说美国并不刻意宣扬名人的高低排名。我想，名人是别人眼里的，是变化的，是地域的，更是身边的。

过了五点是下班时间了，却没人叫我们出去。整个一楼展厅就我们两个，门卫也下班不在了——出口的门锁了。别紧张，楼下有另外的出口，很快就有人告诉你。

很多办公的房子能从外面看到里面的陈设，里面可谓简陋。进门左手是一个税务管理部门，桌子靠桌子，只有往里才能看到屏风。市政厅上世纪二十年代建成，册子上介绍其穹顶大小位列世界第五。当时开工典礼的铲子陈列在橱窗里，惊讶的是至今像新的一样；更惊讶的是——铲子上面有字。只能说明，策划人想留下这段历史。1913 年到现在，果然如此。记得还见过当地中英文报纸大幅头版：本市夺得 2016 年全美超级杯橄榄球承办权。注意是"夺得"，不是"决定"，因为投票竞争残酷。而且上面管不着。现任旧金山第一位华裔李市长和前任市长一起握手庆祝。

二

如果说市政府大楼放几幅油画可能是为了点缀的话，那么在这座城市里随处可见的艺术场馆就让人称道了。艺术院校也不少。比如旧金山艺术学院。它是私立学校，创建于 1871 年，美国西部最早的艺术院校。难以相信的是在校生仅有六百五十人，每年招收外国学生仅占百分之十左右，来源却涵盖约四十个国家。学校占地面积很小，大部分建筑按美国立国时间计算属于古董了，虽然经历了 1906 年的大地震。

其实，这座城市还有很大的一所艺术大学（一万两千在校生的规模）给孩子发来研究生录取单。于是一头高兴地赶过去。后来经过反复调查研究，最终选择了这所较早录取他的学校。为什么选它呢？这所学校确很特别：它一直顽固地致力于纯艺术的追求。为此，它几乎坚守执著勇往直前。而事实上他的视觉艺术和电影门类在美国研究生教育排名一直靠前。试想，对于这样一所规模的学校是多么不可思议呀？虽然这里没有把规模当什么的习气。可以为证：今年毕业典礼校方请来的校友有很多年轻人知道的《拆弹部队》女导演凯瑟琳·毕格罗和策划师保罗·席梅尔。前者为第一位获奥斯卡奖的女导演，后者为美国艺术展的策划大师。二人的演讲貌似风趣，却也不放过任何机会宣扬各自的主义。不同的是，除了演讲，学校并没有对名流格外的优待，学校的网站不去搜索很难找到。反而当地媒体提前跟进，不过多是对其未来事业成就的重彩浓墨。

学校临近大海，安静如水，安详如水。中国以前有处子隐士，他们喜居深山幽林。旧金山艺术学院的思想家不是隐居，而是努力顺时出世。

三

儿子开车带我离开旧金山去加州一号公路，路的一段是有名的17哩路，开到那儿大约要两个小时。关于一号路和17哩，有时间可以百度它的美，我只想说这么长的路还能这么美，你还能去赞扬谁呢？

还是让我给您说一个小餐馆吧，名字叫 Fish House，是卖海鲜的。奇怪的是餐馆老板没有给它弄个网站，这在美国是少有的。要了张名片，上面老板的头衔写的是主人（owner）。餐馆在蒙特雷县，来吃饭的看上去好多是当地人，也有如我们慕名而来的。

喔，忘了交代，是小辈们在网上看到人气介绍才特意带我来的。到了那儿已是下午六点半了，门口已排了十来人。大约二十分钟我们进去了。啊，满满腾腾的。墙上写了餐馆最多容纳六十七人（这里很多房子有规定最多容纳多少多少人），桌子挨桌子，吧台边按老规矩也坐了一排。

墙上有些老照片，没有文字说明，好像是这座餐馆早先家人的。有政府机构发的表扬证书。还看到装在镜框里的一封信。为什么在这里摆一封信呢？读完才弄明白。写信的人是一位曾在这儿就餐过的法国游客，他回到法国在一家餐馆用餐时遇到了一对来自美国的夫妇。当妻子问到丈夫觉得哪家加州餐馆最好时，丈夫立刻提到了 Fish House。没想到，这位法国食客竟然写了一封信给这家餐馆：因为他们英雄所见略同。不仅如此，他还要向餐馆的主人表达自己的爱慕（不是爱情的那种）！

要了两杯当地酿的红酒，是问邻桌客人的。不吃西餐的我也觉得味道好极了。环顾四周，有一家来的，有朋友围在一条长桌的，还有已经进门排队的。大男人喝一杯，多半是在品酒，浅浅的慢慢的。大概是因为当地人居多吧，许多人无拘无束地说着笑着，真开心。

看不出排队的人不耐烦的样子，前面的客人走了，他们并没有过来争抢，而是等服务生收拾干净请了才从容入座。但是，我们还是走吧，好让座给还在排队的人。走吧，夜色衬着月亮还在等着我们穿梭。走吧，也许很快我也会像那位法国人一样写一封信给我难忘的 Fish House，蒙特雷的 Fish House。

四

在美国，上帝，教堂，是绕不过去的。随处逛逛就发现离住处几步就有一座。这天上午九点多，我便走进了那座洋人教堂——

Grace Evangelical Lutheran Church。美国的基督教分支有浸信会、福音会、路德会、循道卫理会、长老会等，这座属于路德会。

来的人年岁大都较大，和别处相比人不算多。穿的衣服依据责职有颜色区别，有的还披有红绶带。大厅正面墙上有带有十字架的画像。据我邻座的说，这是一件艺术品，特别之处是画中有画。厅的一边整齐地摆放着应该是教堂建造以来用过的几架风琴钢琴，擦得非常干净，仿佛刻录着这座教堂的年轮。

我完整地参加了活动。首先拿到小册子，内有具体的安排，即什么时间什么人做什么。今天是圣灵降临节（Day of Pentecost），册子开头就有几句简介。程序大约有讲解经文，唱圣歌（颂诗），好多次的祷告，圣餐仪式（Communion）。很多处我听不懂。主讲人不时还会引来轻轻的笑声。圣歌听上去悦耳激昂，也就是我理解的美声。弹琴的那么投入，也许她就是印在小册子里的音乐指导。仪式快结束时大家都坐到前面。主持人手上有两个杯子，一个里面是红色的液体，一个是白色的，每人发一个小饼，我模仿大家也将饼分别蘸了吃下。旁边的人没对我惊讶——我终于松了口气，因为深怕违规。然后大家一一相互祝愿：Peace be with you。（祝你平安）。

整个活动，和我交谈最多的是一位七十左右的女士，我问的问题她答不出时就叫她先生帮助。临近午餐时，她给了我一张只有电话和名字的名片，名字下有 J.D.。儿子的朋友告诉我这是法学博士的缩写。难怪这位女士说她退休前在这儿一所大学教书。印象深的还有，我问为何年轻人来的少，她的回答大概是：现在沿海的相对较少，而内陆较多些，并谈了她的见解。她微笑着问我："What' your religion（你的宗教信仰是什么）？"我停住了——回答不出。她和她先生始终面带微笑，语气平缓。得体的着装，整齐的发式，额头上那布满和善的皱纹，不禁让我回来后推想他们一定有着从容的岁月。哪怕是和他们这么简短的交流，留给我的是他们的平静。

下午四点又和儿子及他的同学去了一座华人为主的教堂，叫做"浸信会基石神恩堂"。来这座教堂的人特别多——坐的满满的。这里的 Nancy 阿姨对我孩子非常好，而她是我在纽约的同学介绍认识的。我的同学至今没和 Nancy 见过面，只是因为 Nancy 的母亲和我同学认识。这个教堂很多事项和上面说到的相同。这里的册子是繁体中文，里面还有一些文体活动安排。两个册子都注明今天午餐晚餐由谁赞助（hosts）。印象深的是有一位女士做了见证，即她信奉主耶稣的切身体验。她是一位知识人，出生大陆军人家庭，现在从事医务工作。听过来，感觉她理智清醒，从彷徨犹豫到坚信不疑，丝毫没有拉你过来的意味。

晚上回来细看了英文册子，在最后有"本周纪念"——纪念三个人。后两位是科学家，一是哥白尼于1543年5月24日去世，另一是我不知道的数学家莱昂哈德·欧拉，1783年去世，维基百科后知道他是旷世奇才。

5月26日，我在旧金山的最后一个星期天。十点十五分，我和儿子走出了他租住的小楼，临上车前，我不由自主地向那座教堂看了一眼。有好几个人从车上下来，那位莫非是给我名片的法学博士吗？你身边的第一和最后就这样结束了。途中忽然想到两部电影，《南京1937》，《1942》。里面都有牧师教堂。走投无路的，绝望的，很多很多人都涌向了那里。《1942》中那个中国牧师心快要撕碎了，编剧也没让他责骂上帝。

五

在美国生活没有私家车肯定不方便，但很多人出行仍然乘坐公交或者骑车。许多人在私车牌照的数字外面加了显示个性或喜好的边框，也可以直接用字母组合，这个要另外收费。

孩子住的地方33街附近就有大辫子公交，还有两列长长的连在一起的公交地铁——不管地上还是地下都在轨道上行驶。特别的是，出了地面它由人工控制，该停就停，该慢就慢。残疾人乘坐公交受到的优待让人徒生艳羡。比如，公交车靠近车门处的椅子可以控制折叠，用来方便残疾人自己的轮椅上下停放。

马路大都没有我们的宽。每个交汇路口根据预计流量，行驶标志相应不同。如不在繁华市区，很多路口没有红绿灯。流量大的路口，每个路口会有STOP（停下）的单词刷在地上，每个开到路口的司机都要自己看好没有车子过来时才能开过去。有车相会时，大家一般都会相互谦让；只要有行人，更是示意行人先过马路。当然，行人大都会走人行道。许多行人或司机在被谦让后会微笑挥手或摇下玻璃向对方做一感谢表示。流量少的路口，有的路口有STOP，有的没有，有STOP的路口司机到此必须停下，没有STOP的只要没有过来的车可以直接开过。

为什么有的几米路牙被刷成红色？问了才知道凡是靠红色路牙处绝对禁止停车：原来此处有消防设施，以备让消防车随时用上。注意是"绝对"。某天，在一卖场停车位几乎都满了，也没人敢停在这种地方。看到过一辆特别的巡查车，上面只有一个穿制服的人，她是专查违章停车的，别的不管。无意还看到一辆消防车驶来，所有的车都主动让开。经常看到接送学生的黄色校车，上面有醒目SCHOOL BUS字样，看上去显得老旧，好像用了多年。

美国的东岸西岸是美国人的熟词，可见影响的广泛。西海岸边上连缀着华盛顿，俄勒冈和加利福尼亚三个州，而加州是它的主要城市。沿海岸线的加州一号公路北起旧金山金门桥，南达洛杉矶，约七百四十公里，其中的十七英里海岸线尤为迷人。最好自己开车随意停留，这也得益于公路边不时会见到的依地形而建的停车处，既考虑到了安全，又便于游人观赏。沿途风景如诗不说，单看那湛蓝的天，天底下碧波万顷的大海——你的心也瞬时变得干净变得宽广了。好在互联网已把我们连在一起，人们搜索的影像会看得更加清楚。不过，我还是想奉献一点我的意外感受——我和儿子下车在海边漫步时，无意中看到一个纪念牌。上面有张模糊不清的照片，照片上有简短的英文说明：观景点乔。乔是谁？他是一个中国人。二十世纪初他一个人住在这个观景点附近。他住的房子是用大海里漂浮的木头搭建的。为了生存，他一边养羊一边卖些自制的小玩意。

乔的英文是Joe，本来在英语里就常用于称呼不知名的人。为什么要为一个查无此人的中国人，特地在这么一个地点设立一个标志？我的猜想是，当时这个地方很偏，也很荒凉，他又是个中国人，或像一个中国人；再者，那儿的人包括后来的人觉得他伟大——一个异乡人坚强地活着；再就是重要的，他们把他当作了可贵的生命去纪念他。

忽然又想起在渔人码头，我和儿子及同学在闲逛时，忽然看见一个穿着印有"中国"二字文化衫的老美。儿子马上就说，"我见过他！我开车在路上见过他，还大声跟他打招呼的。"

我抓住机会跟"中国"聊了起来。他自费在北京一所大学学过两年中文，喜欢中国。可能回来久了，中文断断续续，难免不时有英语。想不到的是，他说他每个周末抽一个下午要到咖啡屋写书。好像这本书还与中国有关。可惜时间有限，我们没能继续。不过他特别叮嘱我们周末一定去那家咖啡屋——因为他提到的那条街儿子很熟。可惜时间有限，我们没能多谈什么。但旧金山的点点滴滴还是在我心里汇聚成一幅画。这幅画时常浮现在我的脑海，有时是色彩鲜明的油画，有时是模糊的中国水墨。

雪中长城

施向平

小时候就铭记伟人的名言，"不到长城非好汉"，心中一直憧憬着去看长城，但明日复明日，一直没有遂愿。3 月 17 日，心中又有了去北京看长城的强烈欲望，便打了去北京的火车票，并在网上联系了北京的一家旅行社，当晚便出发了。

乘了九个小时的火车，第二天早晨六点多钟到了北京。火车停下来时，我一看车外飘起了雪花，幸亏穿着棉衣，不然要挨冻了。我同旅行社通了电话，他们按时派车到车站门口接我。到了七点钟，我们乘上旅游大巴出发了。车上人满满的，讲解员不停地讲解沿途与风水有关的建筑和门前吉祥物，特别讲解了貔貅。我估计是诱导旅客到时购买什么物品。她尽情地讲解，我尽情地看周围的雪景。我想，在这三春天看雪中的长城一定别有一番景致，向往着早点到达长城。

由于下着大雪，开始封路了，还好我们的车事先赶到了目的地。雪仍纷纷扬扬的下着，四周围沉浸在一片雪色之中。山坡上的松柏等浑身粘满了棉絮般的雪花，美丽极了。我们进入居庸关。居庸关，是京北长城沿线上的著名古关城，位于昌平县城以北二十公里的峡谷中，距北京六十公里，距八达岭长城二十公里，地形险要，是长城重要的关隘。关城所在的峡谷，属太行余脉军都山地，以险著称，大有"一夫当关，万夫莫开"之势。早在春秋战国时期，燕国便于此设防，当时已称"居庸塞"。居庸关长城所处地带地形独特。这里有雄奇的天然峻岭，同时有纵深的溪沟，为军事防御提供了天然屏障。古人在此基础上，修城墙，建城楼，因地制宜，建造出如此巍峨壮丽的长城要塞。

我站在"迎恩坊"前，向上看是陡峭的山峰，向下看是狭窄的山坳，这山坳现在已成了南来北往的行车道。而古老的居庸关长城就是扼守这山坳，以防外敌入侵。我向上来到一块大石碑前，石碑上面是毛泽东的题词："不到长城非好汉！"我不禁感叹，终于到达长城了，我是好汉！

因为下雪，坡陡路滑，我鼓起勇气小心翼翼、步履艰难地往上爬，但爬了一程还是停了下来。此时我更感到古代守边关的将士的艰辛，他们穿着"铁衣"，盼望着春天的到来，更盼望着得到各种恩赐。我回望"迎恩坊"，更加领悟其内涵，它寄托着戍边的将士多少的期盼！我想，我算不得好汉，我没有攀爬长城的体质和毅力，那些守边的战士日复一日，甚至是多年在这里跌爬滚打，同敌人战斗，他们才是真正的好汉。

雪纷纷扬扬的下着，松树上满是大朵大朵的雪花，别有一番景致。我仔细地欣赏着这一颗颗松树，这沾满雪花的美丽松树，心中又矗立起曾在此守卫边关的将士们。他们在雪中，在冰天雪地里站岗放哨，英勇战斗，守卫着祖国的边关，守卫着亿万人民的安宁；心中又矗立起在当今和平的年代在雪色中守卫边疆的人民解放军战士，他们在边疆站岗巡逻，牺牲自己家庭的幸福守护着和平，守护着亿万人民的幸福。也正是因为有了他们的守护，才有了我们和平和幸福的生活，我才得以来到这里旅游，得以实现多年的梦想！

雪中蜿蜒伸展的长城，是十分美丽的，也是十分奇特的，雪中看长城令我收获颇丰。不到长城非好汉，是的，不到长城怎么能看到如此壮阔的祖国河山，怎么能真切的感受到长城雄伟、壮观的气势，怎么能感受到守卫祖国疆土的英雄们的千辛万苦，又怎么能成为具有阔达、豪迈胸襟的英雄好汉呢？！

游长城结束了，但那那雪中的长城，雪中的松树一直印在我的脑海里。

冲绳印象

王正宇

一

国人所知道的冲绳，大多数是从史地书、或是从媒体中知晓的：历史上的琉球王国、中国的藩属国、日本吞并、冲绳岛战役、美军占领、嘉手纳空军基地、美国大兵在冲绳犯事、美军飞机扰民、冲绳市民抗争……不妨说，一部冲绳史，就是一部充满悲情的历史。

在我国明朝时期，冲绳（琉球）是对明王朝臣服的藩属国，也是具有独立主权的国家。1879 年，这个完整的国家被日本武力强势吞并。日本不仅推翻了琉球独立的王朝，还毁灭了它的运行体制，更从根基上铲除了它的文化（语言）。百年间日本实施的同化、奴化和殖民化的政策，最终使得琉球变成了冲绳，变成为日本版图的冲绳县。

踏上冲绳的土地，有心人能够感受到它繁华、温情背后的悲情色彩。

首里城是冲绳最著名的景观。这是一个明显带有着中国唐、明朝风格的宫廷建筑群。依山而建的亭台楼阁，高超的石垒墙技艺，威仪庄严的建筑格调，可见昔日的威权与繁华。这里既是当年的琉球皇宫所在，也曾是我国明、清朝册封的场所，是琉球王国政治、外交、文化的中心。然而在十七世纪以来的几百年里，它历经战火，饱受屈辱，国王被掳，国家灭亡，豪华大殿被付之一炬、化为灰烬。现在游人们所看到的建筑物，几乎都是依照当年绘画和回忆，重新复原而成的。

万座毛是冲绳的知名景点。毛，在冲绳是草地的意思。这个景区位于海边的一座断崖上，是较为典型的石灰岩地貌。它面向东海，以一个伸向大海的象鼻山和悬崖上的一大片草坪而得名。海岸边是陡峭的悬崖，远处的海浪汹涌而至，与近海的礁石撞击形成了巨大浪花和轰然声响，尽显大自然的雄伟气势。导游告诉我们，二战期间，为了抵御美军，冲绳日军将当地老百姓强行抓壮丁，凡不从者，就在这里被摔下大海。站立悬崖边，遥想那种惨绝人寰的血腥、残暴场景，让人有不寒而栗之感。

美国村是基于美国风情的都市休闲小镇。不远处便是驻日美军的嘉手纳和普天间空军基地。冲绳是美军在美国本土之外驻军最多的地方。美国村的建筑风格完全是美式的，虽然缺少摩天大楼，但酒吧、餐厅、娱乐、超市以及汇聚最新时尚消费的小店，沿街商铺的装饰、装潢、广告，街头弥漫的音乐等，都是典型的美国情调，迥异于冲绳其他地方。美国村无疑是美军存在的象征，街头上脱了军装的美国大汉随处可见。夕阳西下，美国村的标识——巨大的摩天轮在缓慢转动，现代文明下存在的特殊殖民现象发人深思。

冲绳的主打产业是旅游业和海洋业。58号国道贯穿本岛。迷人的亚热带风光，阳光灿烂、空气湿润、雨水充沛、植被丰厚，全年气温平均二十三度。连片常绿的棕榈树、槟榔树和白色沙滩、蓝色海水，构成了一幅幅美丽的图景。

冲绳的旅游可以用五花八门来形容，并非贬义，当地的旅游推销广告就是这样宣介的。在冲绳，能够让人感觉到琉球文化、殖民文化、海洋文化的五彩斑斓，也能让人感觉到旅游项目的多姿多彩。

许多游人称冲绳是东方夏威夷，是因为这儿的海水层次丰富、变化多样，显现出别样的美丽。冲绳近海海底有着丰富的植物、礁石、珊瑚等，晴空万里、白云飘飘、阴雨绵绵、阴霾笼罩，在不同的天气条件下，这里的海水会呈现出不同的色彩。时而深蓝、时而宝蓝、时而湛蓝、时而墨绿、时而深褐。海风轻拂，站在白色沙滩上，观看变化多端的海面，游人的心绪也会随着潮起潮落尽情地放飞。

冲绳县由一条一千多公里的岛屿链和一百五十多个岛屿组成。冲绳本岛两千多平方公里，海滩就有四十多个。众多参与性的海上项目，如潜水、冲浪、空中滑索、出海观鲸等，吸引了不少游客。冲绳有很多离岛，大部分已经开发了旅游项目。稍近的，需要坐船。稍远的，要坐飞机。古宇利岛算是最近的，一座两公里的大桥将它与本岛连接起来。观赏蓝天碧海是到此一游的重点。古宇利岛又被当地人称作恋人圣地，岛的外侧有两块呈心状的石头，寓意恋人的心心相印，不少恋人以此为背景拍照留恋。看起来，地老天荒的爱情题材，也是极具旅游开发价值的。我国的青岛、珠海等也都有这样成功的范本。

作为曾经的琉球王朝的权力中心，这里的建筑风格和文化习俗与日本本岛有着明显的差异。我们所参观的首里城、波上宫、琉球村、万座毛等，都带有着浓郁的琉球风情。冲绳中部的琉球村，是数百年前的琉球时期生产、生活状况的集中展示，从陈列的民居、民俗的展览中，从传统服饰体验和艺能表演中，从太鼓舞的激情敲打中，都能够让游人感受到琉球文化的独特魅力。

旅游业属于第三产业，作为服务业的繁荣发展，冲绳以及日本在这些方面是值得借鉴的。在这里，城市化进程已经完成，城乡实现了一体，环境整洁干净、待客彬彬有礼、餐饮精致卫生，这些是给游人留下的美好印象。旅游业离不开服务。什么是服务？什么是被服务？人们到此一游就会找到诠释。是的，世界上各民族都有各自的优势，也都有各自的不足，只有相互包容、相互取长补短，才能够构建人类命运共同体。缺乏包容宽容精神，采取排斥、抵制的态度，奉行民粹主义，显然是胸襟不大的短视行为。

冲绳的吉祥物是狮子。当地人称石狮爷、石狮公，也叫做琉球狮子。这里的狮子不是来自动物园，更不是来自山林里，而是带有猛狮外形的各类装饰物。这是在冲绳随处可见的一道靓丽风景。这里的狮子的外形与我国各地的狮子大致相似。给人的感觉是，灵动中透出威猛，庄严里透出机敏。狮子是冲绳人的吉祥宝物，主要是起守护神的作用，负有驱魔压邪的使命，属于纳福辟邪的镇宅之宝。我们见到的狮子，基本上都是成双成对出现的。导游告诉我们，一只是公狮子，大张着嘴巴，寓意是把厄运吐出门外。另一只是母狮子，紧闭着嘴巴，寓意为把幸运留在家中。

狮子的材质主要是石头、陶土，也有水泥、青铜之类，经过艺术处理加工，掺杂进主人们主观想象，出现在人们眼前的，就是色彩华丽的各种艺术造型。冲绳狮子的款式繁多、造型各异，其模样也各有特点，有的雍容华贵，有的慈颜善目，有的威严肃穆，有的娇态可掬……

在冲绳，无论民居还是商家几乎都摆放狮子。它们大小不一，形状不同，形状各异，或站着，或蹲着，或镶嵌墙上，或在印刷品中。住宅屋顶、商场酒店大门、船首、桥头、售票处、游戏机顶，甚至碗筷、调味品瓶、纪念物，几乎都能见到狮子的身影。狮子在冲绳无处不在、无时不有，足见当地人对于狮子的钟爱程度。

相传冲绳狮子还是我国明朝时期流传到琉球的。冲绳西临东海，东濒太平洋。历史上这里的人们饱受海盗、列强的残害，赖以生存的海洋渔业生产经常遭受惊涛骇浪的袭扰，每年还有如约而至的强台风肆掠，历经劫难伤痛的人们对大自然充满敬畏和恐惧，他们期望安宁、祈求平安的心理就是十分自然不过的了。作为守护神，冲绳狮子既是信仰、也是图腾、又是祈愿，它已经是一种文化氛围，一种历史传承，一种精神寄托，寄寓着冲绳人祈求平安顺遂、幸福吉祥的朴素而美好的心愿。

二

冲绳的海洋馆据说是东南亚规模最大的海洋展览场所。这里是接受海洋科普的好去处，它注重将展示的内容与大众喜闻乐见的形式相融合，寓教于乐的海洋科普方式确实让人有别开生面之感。

冲绳海洋馆入口处矗立着一个十米高的巨大的鲸鲨雕塑，彰显着这个海洋馆所独具的特色。体型庞大的鲸鲨一次饲养数条是世界性的难题。但是，冲绳海洋馆以人工繁殖鲸鲨为目标，人工饲养多条鲸鲨已经获得成功。这个海洋馆人工饲养四十年的公牛鲨和人工饲养二十三年的鲸鲨，都已经成为当今世界纪录的保持者。

海洋馆共分为两大块，一部分为水族馆，另一部分是海边景区。

水族馆的水吨位、鱼种类、水槽厚度、鲨鱼种类等等，都堪称世界第一。这里有着全世界最大的亚克力观赏窗，有着全球最大的珊瑚展示，它还拥有深海、近海、浅海的上千品种的鱼类。在这里，游人可以观察并触摸各类珊瑚礁，可以多角度地观赏五彩缤纷的热带鱼，还可以考察鲸鲨特殊的生态环境。那些白鲨、虎鲨、公牛鲨、鲸鲨近在咫尺，那些不知名的斑鱼自由游弋，还有那叫做鬼蝠魟的稀有鱼种的优雅泳姿等等，都使得游人大开眼界，获得了许多关于海洋的新鲜知识。

水族馆设计的展览线路实在是别具匠心。由于冲绳周边海域是由黑潮、珊瑚礁和深海构成，这三项要素形成了海洋生物的栖息环境。这里的游览路线也就循着海洋沿岸、海面和黑潮的路线，将游人逐步引入深海。通过游人的观赏和导游的介绍，游客们充分领略到大海的美丽、神奇和珍贵。

　　海边景区主要是海龟馆、海牛馆、海豚剧场、海豚湖。最吸引游人的大约就是海豚表演了。在海豚剧场，几十只训练有素、动作敏捷的海豚，在表演池边或拍手鼓掌、或摇头摆尾，或爬上池边，摆上各种Pose，与观众互动，向游人致意。表演的高潮部分是八只海豚分两侧跃出水面的瞬间，海豚划出的空中优美弧线，入水时的优雅姿态，博得了观众们热烈的鼓掌和喝彩。但是，也有一只体态肥硕的海豚，跃出水面时动作明显变形，坠落水中时激起了一池水花，引得游人们满堂哄笑。

第六辑　乡韵

沃土变

叶弥

天刚黑，农家的灶头做饭烧稻草，小风中刮过来一阵阵焚烧干稻草的香味。这是此地傍晚特有的味道，每次闻到这香味，对于生的爱恋便又增加几分。于是忽然起念，要去外面看看月亮底下的风是什么样儿的。

关上门，走出院子，回头看一眼院中的花、树和菜。半生搬家二十多次，唯有在这里是住得最久的，再有三个月就是整十年了。十年的缓慢生活是一笔财富，漫长清静的日常生活收获颇多，给了我生命感动的，就有小院中的这一小块土地。当初没有用水泥浇掉它，是出于禾锄种植的考虑。近十年的时间证明，这种考虑是对的。

其实院子里的土，并不适合种植了。

苏州位于以太湖为中心的浅碟形平原的底部，我住的西南，位置略高，有太湖万顷，群峰连绵。沃野良田，属于高产水稻土，水边是沼泽土，丘陵地带是黄棕色森林土。

我住的这个小区，原本也是肥沃的农田，前面是小镇，后面是村庄。

272

十多年前批给了房地产开发商，便成了这一带第一个"高档"小区。房子造好，开发商在院子里倒上建筑垃圾，这些建筑垃圾主要是石块、水泥、木块，平整以后，在建筑垃圾上面覆上一层薄薄的土。我搬来时，院子里杂草丛生，遍地小石块。我除去杂草，捡掉土里的小石块，撒下蔬菜的种子。最先种的是青菜、丝瓜、南瓜、韭菜。第一年，烧了些草木灰，浸了些豆饼肥，蔬菜们居然也肥壮。

然后开始种花。买花苗要坐公交车进城。从我家里步行五六分钟，有一座小桥，桥下流着碧清的水，听当地人说，这条小河通向太湖。小桥边有一个公交车站，所谓的车站，就是一根铁管子竖着，上面插了一面站牌。来来往往，就是一路车，下午五点钟，这路车就不再运行。挑着筐子，提着篮子、背着蛇皮袋子的阿爹、阿婆，也在这里上车，交三块钱，坐一个多小时，到城里某个熟悉的菜场周围下车。筐子、篮子、袋子里的蔬菜、水果、鸡鸭，在这里能卖个好价钱。我也在这里下车，然后再换乘另外一路公交车，来到花木市场，选了当令的花苗，塑料袋里拎着，再去坐公交车，倒来倒去，一般坐到家里也是末班车了。

坐公交车的岁月里，我碰到过一位与众不同的司机。他会扔下满车的乘客，去盒饭店里排队买盒饭。开车时，突然唱起歌，在座位上浑身扭动起来。我也只当他是个好笑的人。直到有一天，一位挑着菜篮子的老阿婆，在车下仰脸问他，师傅，这是几路车？这司机跳起来大骂不休，我才知道他不仅是个好笑的人，还是一个可笑的人。于是就站起来，说了几句让他气恼的话，大意是老阿婆土里刨食辛苦了一辈子，年老力衰又不识字，问你一句，你就这么骂？你不是娘养出来的？……好吧，有一天我一个人候车，公交车停下，恰好就是这个司机，我刚上车还没站稳，他猛然发动车子冲了出去，我跟跄之际，他突然猛踩刹车，如他所愿，我跌倒在地。这个报复事件让我的骶骨留下了永久的伤疼，阴雨天或者劳累时，如约而至的难耐疼痛总是让我哭笑不得，提醒我不要多管闲事。如果实在要多管闲事，也要避其锋芒，讲究一点策略。但我不后悔当时没有去他的车队反映，去的话，也许他的工作不保，事关他的谋生，我只能谨慎从事。

在种花的时候，我就发现了土的问题。面上这一层土，不肥。肥的是被层层建筑垃圾覆盖下的泥土，要看到这层土不容易，必须刨掉上面一层垃圾才行。这些垃圾真是五花八门啊！我记得我第一次刨垃圾的时候，刨出了塑料袋、蛇皮袋、水泥块、烂木头、烂布、脸盆大的两块石块。我就像一个考古工作者，但我的目的不是找文物，而是找泥土。我第一次挖到垃圾下面肥沃的泥土时，我额头上的汗珠已如黄豆那么大，它们掉在泥土里几乎是有回声的。

这是一场旷日持久的战斗，到现在我也没有打赢。院子里刨出无数的大石块，但是石头们也许会生出新的石头，这情形颇像我写作时遇到的障碍。到我开始种树时，我便决定不再刨大石块，而在石块中间的土里种上树苗。这样种植一点也不妨碍树们稳稳地扎根、生须、抽叶、开花和结果。

走出我的小院子，我便不再想看月亮下的风，因为这一天是农历初五，半个上弦月已经落在了西边的天幕上。于是，便信步沿街而去。

小区的大门外，十年前过来，一条小土路，路上没有路灯，有月光的日子里，一地的月亮光，照彻小路，可以在月光下轻快地步行，哼歌。跳舞也行。土路的另一边，是一大片稻田，我是为了这片稻田来的，刚搬来的时候，每当夕阳西下，我就站在二楼的西阳台，迷醉地看夕阳，看这片稻田。当稻谷变成一片金灿灿的时候，吹过来的风带着米香。一粒不起眼的稻种，从出苗到育秧、插栽、抽穗开花、结谷成熟，从满田翡翠到满目黄金，一天天看过来，生命的痕迹印在眼瞳里，生命的灿烂冲淡内心的浮躁和孤单。

现在这里已经变成又一个小区了，你根本不会想到，一幢幢楼房下面，也曾稻谷飘香。然后边上修起了一条宽宽的水泥路。我对水泥没有好感，它是不透气的，不会冷暖调节的，是简单粗暴的。但我也记得一位年轻的爷爷，马路修好，路灯大放光明的时刻，他带着一个孙子和一个孙女儿在马路上跑着笑着。孙女儿吊着他的后颈，趴在他的背上，孙子坐在一只竹筐里，他双手背在后腰，反手提着竹筐。祖孙三代不再顾忌土路的崎岖，泥土的粘脚，也没有扑面灰尘和绊人的土坷垃，他们放开心怀，快乐无边。任何人听了他们的笑声都不会无动于衷。事物就是这么矛盾，同一样事物，有人喜欢有人厌。

我现在要朝南走，往南去，是小镇。往北，是村庄。村庄在夜幕里静悄悄地叹息，我喜欢聆听它深夜的呓语，这些自然形成的小村庄仿佛是活着的，是不朽的。

路边整齐划一的绿化带里，长出几根芦苇、扫帚菜和割人藤，提醒我们这条路昨天的历史。

朝南三百米，是一座小桥，小桥下面的河通着太湖，夜里河水便涨满。时不时有小船驶过，载着太湖里的鱼虾到镇子里去。桥上有一个公交车站，什么也没有，只有一根铁管子，上面插了一面站牌，现在的公交车站很漂亮了，就像城里的一样……公交车站后面，也是高楼耸立，豪华小区，小区边上饭店一家连着一家。上回我在这里等车，听得两位农妇扯家常，喜笑颜开，说做梦也没想到这里变得像城里一样。听到她们的谈话，我很惶恐，知识分子为什么不能与普通百姓一条心呢？他们喜欢的，往往是我们不喜欢的。我很乐意看到历史来证明谁对谁错，但更有可能的是，没有对错，变化才是永恒的王道。

是的，我更喜欢十年前来到这里的光景，至少三年前，公交车站的后面还不是豪华小区，一大片农田连着西边的大道。农民们把这种田地叫做"野田"，是河边的沼泽土，野草芦苇丛生，脚也插不进，有心的勤俭之人便一寸一寸地开荒，向纵深处蚕食，谁开荒便是谁管着，吃这田里长出的东西。这种田地不是好田，贫瘠，怕下雨，怕干旱。勤快的人开发了它，日夜劳作，施肥、浇水、整土，一般两、三年光景，生土变成了熟土，贫土变成沃土。垄成一方方的小地，整整齐齐，春夏秋冬，每一季都葱茏。候车有时候要半个小时，我就尽情欣赏身后的菜园子，除了欣赏菜地里种的茨菇、茭白、芋头、青菜、韭菜、豆角一类，顺带着也欣赏田里飞舞的蝴蝶、蜻蜓、蹦蹦跳跳的青蛙和癞蛤蟆、憩脚的白鹭。我最爱的是这片田地里有两座无法开垦的小山丘，遗世独立，上面长满了树。傍晚，各式鸟儿落满树丛，呼朋唤友，鼓噪不已，不知道为什么，突然就安静下来，一声也不吭了。那时候鸟儿真多，叫声好听的与叫声不好听的，羽毛漂亮的与羽毛不漂亮的，体型大的与体型小的——全混在一起唱歌。

神秘的自然界，有土才有一切！

我们最该热爱的是泥土。泥土，包容一切！生长一切！成就一切！

离开小桥边上的公交车站，继续向前走，十年前空空荡荡的一条小街，现在大路朝天，灯火通明，从寥寥几家旧货收购、医药店和建筑材料小店，到现在的餐饮连锁店、美容院、鲜花店、宠物店……。街两边停满私家汽车。十年前，不管什么季节，下午四点后，这里就少有人迹。现在，晚饭过后，连老奶奶都出来聚众跳广场舞。十年前，有一次我走在这条街上，看到一群人挖开路边的一层水泥安放下水管道，我看到层层泥土之下，将近一米深的地方，露出让人惊艳的浅黑色泥土，没有丝毫杂质，细腻松软，油亮光滑。一见之下，便无法放开目光，呆立欣赏半晌，不由得万般滋味，热泪泛起。世上最宝贵的是泥土，奈何泥土命运多舛。

从公交车站开始，继续朝南行走五百米，是一个大十字路口。十字路口朝西去四百米左右，是镇中学，前不久镇政府开放了中学的大操场，每天晚上在这里锻炼的人不下五、六百人，操场外停满私家车。镇和乡里的中老年妇女们成群结队，在操场上快步行走。穿着吊带裙或超短裙

276

的时尚女郎夹杂其中。打篮球的、踢足球的、打乒乓球的、跳广场舞的，孩子们玩溜溜球，爬障碍网，穿着旱冰鞋飞驶。好多狗也跟着主人过来玩，它们一碰到熟悉的狗就扔下主人，跑到场外的草地和马路边上去玩了。所以你经常会见到这样的情景：主人们在操场上欢聚，他们的狗在场外一群一群地寒暄。主人回去了，狗还在这里玩耍。如此轰轰烈烈的夜锻炼，我想全世界只有中国才有。但我感受最深的还不是人多，而是我发现这里的人语言习惯在悄悄地改变，有了鲜明的时代感，妇女们称孩子为"宝贝"，温馨又时尚。男孩向心仪的女孩直截了当地当众表白："我爱你！"买鱼大叔用的微信名叫"查理九世"而不是土根、金根、水根，他向世界表明的不是浮夸的野心，而是融入时代的决心。

从里到外，这个昔日的小乡镇越来越像个小城市了，对于大城市的模仿和学习，给人带来新一轮的文明思潮。

但我散步的习惯不是从十字路口朝西去，是朝东边去。东边一拐弯就是一座大桥，有两条路，一条通桥下，一条往桥上去。桥下有一所老人院，老人院边上有一块不小的河滩荒地，起码三亩。渐渐地被老人院里的工作人员开垦成良田，现在也成了一个小公园了，因为地势高低起伏，所以鲜有人在公园内逗留。

我向左拐个弯，上桥去。这座桥从这头到那头，桥体长两百米。桥南一大片地，成了这个镇最大的公园了。每到晚上热闹非凡，这里与镇中学的操场又不同，这里又时尚一些了，全是跳交际舞的。远乡近邻，开着汽车和摩托过来，有些是来跳舞的，有些是来看热闹的。看热闹的人太多了，就里三层外三层地。有一次我挤在人堆里看热闹，一位本地口音的男士过来邀请我上去跳，我对他说我不会跳这个舞，等我学会了再与他跳吧。这位男士便不屑，奚落我说："你怎么连这个舞也不会。"

过后想起他的话，忍不住暗笑。说不定一年前这位男士全部的生活还是讨论种子和天气、收成之类，现在也学会了邀请陌生女士共舞一曲。

有时候我暗自思忖，改变就是发展，发展是必经之路，全世界都是一个道理。不同在于，发展过后怎么办？就如这位想跳舞的男士，他必须要在跳舞中寻找到自己的一些东西，譬如快乐、价值、意义。但是跳舞过后怎么办？他有没有寻找到他所要的，跳舞永久地改变了他的什么？他所代表的这群民众，把什么东西以一种隐秘的方式传给了一下代并影响了社会？

且走过，左拐弯上桥，再靠着左边的桥栏走下去，走到桥下坡那儿，我要这里里凭栏五六分钟，或者更长的时间。我看的不是桥下的河，这里没有河了，下面是小村落，桥下面的这一家，是个普通人家，破旧的三间小平房，有个小院子，院子里种着几棵花和两棵树。我站在这里的目的就是看院子里一棵大茶花树，这棵大茶花树有三米多高。行家看树不说高几米，而是说它的胸径有多少。恰好这棵树的胸径很好目测，它是一根独株，一半高的地方才有分株，它的胸径不会低于三十公分。它姿态雄劲，疏密有致，把一楼的窗户遮得严严实实，它更像是一棵大树而不是花。所以当它开满一树的大红茶花，显示出艳丽的本质时，我惊诧莫名。真的特别爱看它靠在夜里透着灯光的窗户上，花朵明暗不一，却都灼灼如火焰。

曾经无数次打主意，想把这棵树买回去放在自家的院子里日夜相对，却每次都打消念头。一怕人家不卖，二怕树移不活。五年前的一个夜晚，我像往常一样走去看树，却见树无踪影。我敢判断，这树是被主人高价卖了。那一阵子，大凡农家有好树好花，都会被人相中，高价买走。它流落何方？从此不知死活，空留下我对它的牵挂。

走到茶树这里，便往回走了。走到桥的另一边，凭栏眺望。这里有河水，夜里远眺，河水看不真切，看的是灯光。白天我也会来，看的是一位农妇。

这位农妇不同寻常，我要装作若无其事地走过。即使伫立，也不便仔细打量她，而是左顾右盼。

好吧，她不同寻常的地方在于腿，她的双腿是断的，膝盖以下空空荡荡，用布一层一层地裹着，布的外面再用塑料纸加护。桥南边的一大片土地那时候是荒地，低洼不平，低处长着芦苇，高处长着杂树，也是有辛勤的人开垦，一点点地蚕食，荒地变成了熟田。她是其中的一员。我来得晚了，没有见过她怎样开垦，我见到她时，她总是匍匐在属于她的那两小块地上，拔草或者整土。她很安静，安静得溢出知足的幸福，让看到她的人也感到幸福和知足。她也很专注，不管桥上车轮怎样辗过，脚步怎样急促，她从不看别的，她只看她的土地。她的耳朵里连鸟儿的鸣叫声都留不住，她对土地的爱惜和痴迷，就像妈妈面对自己的可爱婴孩。她是安静的，却又是激越的。看到她，总能使我麻木的灵魂激荡起来，血液加快，脑子里锣鼓齐鸣。

我多次想给她照一张相，先是照相机，后来手机也能照相了，但我每次总是打消了念头。照相无非是想炫耀我的发现，她，这位断腿的农妇不可拿来炫耀，只可放在心里永久记挂。文字的纪念，或可对得起她。

桥南的一大片低洼之地，后来填上了一卡车一卡车的土，无数的土，填到与桥身一样高，上面种了各种树和花，造了亭子，铺了漂亮的石子路，就成了现在这个样子，晚上无数的人前来跳舞，有一位本地口音的男士来邀我一同跳起。

总是几家欢乐几家愁！正当我惦念这位无腿农妇时，巧了，我在镇子里碰到了她，她也是来逛街的，一手撑着一面小板凳，一面"走"，一面与碰到的熟人说话。我这次看清了她的脸，她眉目疏朗，带着淡淡的笑意。她不知道，她淡淡的笑容给了我多少力量？

站在桥上，回首往事，多想猛一回头，华灯齐上，满地月光，满地树影，四处蟋蟀歌起，蛙鸣起，它们唱着不变的情歌……桥下阴影处，那位农妇在打理菜地。一街寂静，鸟儿在树上说梦话。

风却没有变，风中弥漫的是乡村的味道，米香和稻草香，唤醒我们遥远的记忆，温暖疲惫不堪的人们。

善庆塘桥上的女人们

李云

　　江南多桥，桥和桥相连，每一个人回家或出行，都要经过一座座桥。新桥旧事，古桥遗风，交叉、平行，携手凝望，多少都会衍生出一些情怀——婀娜过桥的人啊，捂在胸口的手，正好抚摸在旗袍领口的盘扣上。就好像掌握了一座桥的心事一般，多了几丝惆怅，然而，分明又是欢喜的。

　　这座善庆塘桥，名字叫起来总有点拗口，不禁纳闷：怎么有这样一个名字？桥同巷子一样，每一条都是幽深的，名字也是幽深的，曲折的，剑走偏锋的。

　　最简单的例子，我居住的地方叫南麻，也没有什么明确的来历，也考证不出具体的出处。民间倒有些传说，但这是不可信的，多半带有戏谑的成分。而我烦恼时则会喟叹：嗨，一团乱麻呀，这生活就是一团乱麻呀！

　　所以，每次过桥，都有点胆战心惊——因为又要走进一双眼窝里，走进源源不断的泪水里。

善庆塘桥是一座贯穿生活和心灵的桥梁，我们走过，又走过，从这头出发，上班，又从那头迎着落日回归，日子啊，仿佛就浓缩在一座桥上，出发，归来；归来，再出发，人人事事，情情爱爱，一代又一代繁衍。

至今，桥的那头，还住着很多老人，他们固守在那里，仿佛一座古老的钟。

而很多年前，我看桥，便是那一只愁肠百结的眼。我站在桥上，水在四周晃荡、漫漶，哀愁又多情，汹涌又波澜起伏，谁主沉浮，唯有涛声多依旧。一只船乘风破浪而来，站在船头的女人体态轻盈，周身有风，双乳晃荡，甜蜜的乳汁慢慢地粘合着什么。之后，是一片灯火升腾，小镇的夜色迫使这只眼闭合起来，它是该沉思或者回味一下，今天站在船头的女人是谁的挂念？

作为一条运河的支流，又贯穿麻溪，绕镇一圈，再一个摇摆，它就走向天涯了。南麻就这样成为了一条河不留心抛下的石块，逐渐坚定、光滑起来，每一个夜晚，都被再次涌来的水摩挲着，安抚着，信任和依赖着。

很多人上了桥，又下了桥。从此岸抵达到彼岸。

她短发，弓着身子，推着自行车上了桥，又顺着自行车圆圆的轮子下了桥。她在桥上没有停留，没有张望，没有一丝儿思想。她每天都要过桥，因为桥那边有菜场，有商场，还有她上班的地方。那边是她的希望，努力和寄托。她过桥，收起的小腹和提起的臀部，挺婀娜的。桥会心地一笑，托举着她的人生一次次地涨潮。下桥之后，她却是从来不回头的，她从最后一个台阶上跳下，直接舞起一丛黑发戳伤了飞翔中的蝴蝶的翅翼——断翅落在桥面上，轻薄、透明，被晒干，又被雨水带走，总归是掉落了一些东西的。

就这样了，桥沧桑了。桥不是自己沧桑的，是被过往的脚步和人事弄沧桑的。人来了，走了，活得好的，爱得深的，都从世俗的眼睛里滑落，成为一座桥的记忆与传说。

于是，有人说，桥的这头和那头，一头是守望，一头是离别。好比那个留守下来的开小店的女人，她白白净净的，常年坐在店里，着孔雀蓝无袖真丝衫，卷发一律朝后扎去，眉毛淡淡的，眼睛小小的，一身的白皮肤散发出耀眼的光芒——不知为什么，很多人总能够从这片光芒里嗅到食物的力量。她呀，跟个团子一样呢。她一辈子住在桥头，成为了一座桥的时代人物。她分明记得，桥对面的照相馆里，那个穿着皮夹克、留着小胡子，脖子里挂着相机的男人，这个跟无数的女人拍过照片的男人，她却没有找他拍过一张照片。

但不知为什么，女人想起他，内心就会矛盾重重，他是她眼里的景观，她坐在店里，发现了他很多小秘密。比如跟那些女人照相时，他总会借故去摸女人的衣领、头发，小手。他冠冕堂皇的，你看这里还没好，这里也不对……其实呢，他就是喜欢这样干哦，你看他的眼里，是长了梳子的，一把一把，一下一下地梳着，每个女人就被他梳舒展了，于是，腰身软了，靠到桥栏杆上去了，胸部抬到了水面上，风拂过，眼梢和发丝都媚态十足，任他咔嚓咔嚓地收割着！

女人定定地坐在小店里，平静地看着。吹了这些年的河风，听了这么多年的涛声，看了那么多人上桥下桥——这之间包括被小胡子男人拍过照的女人。女人看见她们总会感叹，只觉得她们都被小胡子眼睛里的梳子梳多了，心气不定。女人的心莫名地就恶毒了，顺手取下挂在货架上的小镜子看着，直到看到镜子里溢出一汪一汪的水来，她的眼睛才会瞥到门口的小葱小蒜上面。

当然，女人坚持不上桥，她惧怕过桥。似乎只要一过桥，身体就会被小胡子男人眼睛里的梳子接住，她怕被他梳理。虽然，面对一河摇曳的水，她幻想过被他梳理，也憎恨过被她梳理的女人——你看呀，她骚啊，身上的骨头都没了！

女人也会故意看着自己种植在岸边的两大盆太阳花和小葱儿，默默地诅咒着这座桥，诅咒着桥上的男人和女人。然后，端着一小碗螺蛳壳走到岸边，狠狠地将螺蛳壳倒在花盆里，残留在螺蛳壳上的唇印深吻着每一朵花每一根小葱——桥、花、葱便是一阵猛烈地战栗！水，波澜起伏，凌乱地拍打着驳岸！

与此同时，女人还看见了照相馆男人的老婆，举着小镜子走出了屋门，她站在院子里照啊照的，她是那么在乎美丽这件事。

这个女人比桥头的女人不淡定，她站在那里，眼里只有手中的小镜子。镜子与水与桥见面，是幻灭与永恒；与女人的脸和眼睛见面是无情和摧残。当镜子里出现了女人的脸，这张被白粉覆盖、却皲裂着的脸明显干燥得很，它适合躲在幽暗处，或，索性到舞台中央；灯光深情地打着，应该是能打出另一种苍凉的风情的。可她站在大白天里，白的很干燥的皮肤，托举着颧骨上用胭脂涂抹出的高原红，她是极其可怕的。更可怕的是，她还画了很长很细的眉毛，眉梢一直拉到鬓角，嘴唇却无力地苍白着，仿佛一直在等着咬破一个人的肩膀——用鲜血来祭奠苍白！

于是，女人站在这里，跟镜子里的人一样，都不属于这里。镜子送走了青春，也为她送走了喜悦，她落寞地唉声叹气地靠在水边，没有唱戏却有了戏里的哀愁。然后，面对动荡不安的水面，她打开胳膊，像一只白鹭振翅——她在试图飞起来，脚尖一次次地掂起来，再掂起来，拉长的腰肢，又将脖子深深地拽住，拽到骨头里去了。于是，她没有飞起来，也没有跳下去，她选择了保持一种摇晃和故作镇定地站立姿态在岸边孤独地飞翔着……

嘻嘻，嘻嘻……她的男人正热闹地跟一个女人在桥上拍照，他们张扬、肆无忌惮地打情骂俏着，笑声一波波地传来，像一把把匕首穿透河水直接戳了来。然而，女人的表情又是镇定和平静的，仿佛一切都是河水推送来的幻觉，不真实。

桥头的女人猜想着，只要小胡子男人下桥，走到他女人的背后，为

283

她躬身一拍，一张非常悲情的艺术照就出来了。这个女人呵，仿佛一生都在准备着男人给他拍照，她为其化了妆，换了衣裳，还学会了并模仿好了一套适合拍照的姿势，每当男人跟别的女人在桥上拍照，她就在桥下的院子里"飞翔"。她在用一个悲凉的但又无比坚定的背影等待着……

小镜子里还有秘密，里面不单单是女人自己一张粉扑扑的脸，还有桥上的小胡子男人和一个搔首弄姿的女人。还有将男人和女人捆绑在一起的桥栏杆，和一张压抑的天空。女人将手中的镜子轻轻地转动着，侧面的，高大的，矮小的，歪斜的人影和世界啊，全都倾斜了！

她也终于看见了男人的冷漠，和他镜头里的另外一个世界，他热爱手中的相机，虽然不是如今的什么高档东西，但他一定将镜头拉了很远，越过了被拍者的乳峰和手势，抵达到了河的对岸。人是不是都这样呢，世界都在距离自己很远的远方。从熟悉的世界朝陌生的世界窥探，让一条河在镜头里流淌。男人自傲地说：他不喜欢拍身上只剩下骨头的女人。那个时候，他的眼睛是看着河里的，水在涌动……男人的秘密显山露水了，当男人无意间从镜子里发现了这个秘密，他便挎着相机转身而去了，他的背影消失在水的尽头。黑色的皮夹克像一潭死水淌过，他从镜子的斜面里，晃一晃，就晃到不见了，从墙角的拐弯处消失了。

桥头的女人低低地叹息了一声，继续着平淡的日子，只是她永远是气定神闲的，一脸白净，淡淡的眉毛，紧闭的嘴唇。夏天露在真丝衣衫外面的白胳膊，宛如一截莲藕，天真一般的可爱，又涌来一阵阵的月色，她到底是诱人的。

女人仍旧有事没事看着桥发呆，心事重重的，若有所思的，但她从不过桥。仿佛从来没有这个冲动一样。

女人就这样成为了一名桥的记录者，很多年过去，她记得桥上还出过事，一对年轻男女留下一个用鲜血书写的爱，便从桥上跳了下去。一对男女走了，"爱"并没有留下，因为男女来自外地，无人认识，故事的精彩部分只能被"陌生地"隐去。时隔十七年，桥还在，开小店的女人还在，夜色依旧深沉。但一切都显得异常孤独。过桥的人呢？照相馆的遗址上，开着一家仁和堂药店，白炽灯打着冰冷的玻璃药柜，永远找不到店主一般，门口保健品的宣传被灯光狠命地打着。

也有人在桥上亲吻，古老爱情的延续者，像一枚新石墩焊接在桥栏杆边。时节正值初秋，寒意渐浓。一个小伙子已经穿上了黑色夹克衫，他的怀里紧密地藏着一个姑娘。姑娘的脸被深深地藏着，只有一条穿牛仔裤的腿从小伙子左腿边露出来。那截小腿结实得很，姑娘应该长相敦实。但她仍旧被爱人的怀抱藏住了。被爱情包裹着。人影粘贴在一起，像两块磁石深深地吸引着。

静止，在此时，则显得异常妖艳。月亮，只是一个意外的升起。

另一条河流从女人的身体里奔涌起来，它会被月亮的清辉牢牢拴住吗？

女人又摸出一面镜子照了照，这个过程她仿佛做了一辈子，照见了很多人和事。关于桥的，也有跟桥不搭界的。但女人会走神，思维的另一条河流里，镜子的变幻中，幽深的巷子尽头，一盏昏黄的灯影下，一扇半开的斑驳的木门前，一个中年男人冲着前方说：你去干嘛呀？

清脆的女音在远方回答：我们去散步吧。

男人说：好呀，你等我。

女音回：好的，我等你。

随即，吱呀一声关门，水一惊，重重地拍打在石驳岸上。

桥，一眼迷蒙，眨巴眨巴几下，再次陷入沉默。

女人将镜子反扣在膝盖上，又一次低沉的叹息了一声。她的眼前，水雾蒸腾，世界在另一片的清辉和朦胧之中慢慢地愈合着。女人做了一个起身的动作，但她分明感觉到身体不再轻盈，并且还重了许多。

而月光下的善庆塘桥，仍旧岿然不动，一脸的麻木和淡然，仿佛一个阅尽沧桑的老人。倏忽间，一个女人鬼魅一般的笑声遥遥地传来，像水中的涟漪，一圈圈地荡漾着。女人打了一个哈欠，她有点困了。

微山湖之荷

宋传恩

看荷花，是微山湖风光旅游中的一个亮点。

有人到微山湖，就是冲着万亩荷花来的。

世间名花众多，它们以不同态姿在洋洋洒洒的艳诗丽词中浮来荡去。古今中外，文人骚客对它们的顶礼膜拜可谓不厌其烦，我却独偏爱荷花。"出污泥而不染，濯清涟而不妖"，其风骨又有什么花能与它相比。坐在荷塘旁，清香四溢，顿觉神清气爽，心旷神怡，其它花丛是无法达到这种境界的。

微山湖成于明代，荷花随湖而生，真是天赐尤物。湖里的荷花尽管品种单一，迎春而生，入冬而息，顺天应时，自生自灭。在南方，我看到人工培植的荷花，在冬季却能逆时而开。虽品种众多，可荷花栽在水缸中，梗细叶小，花恹恹弱不禁风。微山湖中的荷花，则丽质天成，花开恣肆，宛如年未及笄的青春少女，活力四射。如果说培育的荷花是养在深闺的病西施，微山湖的荷花则是浪漫在湖畔的村姑，虽村装野束，绝不掩国色天姿。

我的家在微山湖畔，从小就在湖边厮混，荷的花开花落，兴衰枯荣伴随湖中风雨滋润着我的成长岁月，对荷特殊感情的持有成为生活的坚守。置身微山湖上，他们是来赏荷，我是来看望。看望从小相守耳鬓厮磨的朋友，看望助我度过饥荒厄年的亲人。只有湖畔的人才懂得，除了赏荷之外，还要懂荷、知荷、亲荷。荷从春到冬，尽管经历着湖中的风风雨雨，却把它的神韵、风致彰显在岁月中的每一刻中。

晚春，"小荷才露尖尖角"，在微波涟漪的湖面上，它给你送来出水后的第一声问候，声音虽然稚嫩，如叽叽呀呀的孩童，却把清新和蓬勃的朝气带到湖中。数日之间，枝枝新荷拱出水面，尖尖小角迎风抖动，像风中还没展开的旌旗。团团荷叶在水面坦然舒展，青翠欲滴，细浪卷来，水花如珠玉滚过。此时，你邀三五知己，摇一小船，泛舟荷田，水清荷碧，偶有水鸟展腾其间。侧耳水面，似可闻新荷吱吱竞长的蓬勃声。展望四周，渔船犁过水面，水推浪卷，芦苇沙沙作响，数只野鸭从头顶匆匆飞过，消失在远处。你置身此景之中，安逸恬适，岂会把生活、工作、旅途的种种郁闷、失落带来接受湖水的洗涤。

盛夏，荷花怒放。"清水出芙蓉，天然去雕饰"，这不艳、不俗、不妖，自然天成的清新挑起了诗人的感慨。"惟有绿荷红菡萏，卷舒开合任天真"李商隐生动的描述，把荷花推向了另一种极致。

提起杭州西湖，总会想起"三秋桂子，十里荷花"的诗句。西湖的十里荷花何以与微山湖的万亩荷花相比。"接天莲叶无穷碧，映日荷花别样红"，湖中的荷花映衬着诗人的意境。倘若你站在船头，放眼荷花荡，田田莲叶，叠翠堆锦，遥遥漫无边际。有的恣意舒展铺在水面，有的斜枝翻卷不拘形态，荷叶虽高低参差，却千姿百态。荷花红白相间，亭亭玉立，遍布荷叶之间。白的淡雅、恬静，宛如初上云天的新月；红的温润、秀丽，恰似晨妆梳罢的新妇。整个荷花荡构成一种美艳、壮观和慑人心魄的气势，毫无顾忌地洋溢着蓬蓬勃勃地豪放和热情。更令人叫绝的是闲置在荷花荡中的湾湾明亮的清水，如田间时隐时现的小路，如密林中曲曲幽幽的小径，蜿蜒曲邃。稀疏低矮的苇丛中偶有水鸟出没，低吟浅唱，婉转动人，给这绿意盎然的荷田，增添了许多情趣。

傍晚，天光云影，洒落一湖，湖水浩渺一望无际与蓝天相接。远眺，湖中渔村，炊烟四合。运输船队，缓缓而行。忽闻歌声盈耳，声调浑厚高亢，却不知歌从何来。乘舟暮归，你才知道，一日之中，不同时辰，荷花会有不同的风韵。夕阳中的荷花荡，层层叠叠的莲叶姿态各异，万种风情凝泻一湖的静碧。此时荷叶墨绿浓郁，沉静而厚重。荷花送别炙烤的骄阳，似从梦中醒来，有的如出水晓妆，嫣然娇媚；有的倦而初起，憨态雍容。风吹落花，花瓣在清风里打旋，飘落在水面上，鱼儿争食，荡漾出一圈一圈的涟漪。浓浓的荷莲的清香随风四溢，吹散了炎夏的烦躁，留在心底的是清逸的缕缕荷风，人被脉脉荷香浸润得欲醉欲醺。

暮霭在你不知不觉中笼罩在湖面，几分朦胧月色，几分迷离凄清，袅袅的，弥漫在傍晚的湖上。你可信手采几枝含苞欲放的秀荷，插瓶中置于案头，淡淡清香弥漫室内，亦可摘几片花瓣，做书签数枚。偶尔翻书，睹物思景，清清的湖水醉人的荷香会扑面而来。

秋末，湖中的荷花荡又是另一番景象。"秋荷独后时，摇落见风姿"此时的荷已洗尽铅华，进入盛年期，褪去绿装，叶面渐渐泛黄。偶有几枝晚开的荷花依然亭亭玉立，在荷叶的呵护下，鲜活水灵，含苞欲放，愈发显得娇贵喜人。夏日被层层荷叶密密盘盖的水面露出片片水域，终于得到阳光的眷顾，水面上偶有秋风摇落的荷片飘浮。"翠减红衰愁杀人"，那是古人的感伤。月缺花残，尚黯然泪下，更何况他面对的是丽质天成的荷花。

秋天的荷叶虽接近似枯萎，但是荷花却率真地袒露着她的心胸，金色的花蕊洋溢着生命的热烈和奔放，花蕊包裹下的莲蓬呈现出她的厚重与骄傲，它把用生命积聚的成熟和丰腴的果实奉献给人们。这时候会有许多采莲的小船活跃在湖中，如果你加入他们的行列，你不仅得到收获的欣喜，还会陶醉在青年人嬉戏调笑的恋情中。"无端隔水抛莲子，遥被人知半日羞"，唐朝诗人皇甫松动人的描写将会真切地呈现湖里的采莲中。

秋天的微山湖水域茫茫，寥廓苍远，虽然面对的是败荷残叶，但你置身于那欢乐的采莲中，耳边跳动着采莲人的欢声笑语，仍会感到，这十万亩荷花荡，依然情趣盎然。就是湖中只留下残莲枯荷，"留得残荷听雨声"，不也是对寂寞心灵最好的慰藉吗！

冬天的来临，湖中的荷花荡景象独特，令人深思。荷开始沉静，沉淀着往事悠悠。静静的湖水下孕育着来年的希望。天地之间，生死存亡，花开花落，任何生命都会从起点走向终点，遁入自然界的规律之中。但是，有的了无痕迹，有的却风骨依存。千姿百态，昔日的绚烂随风而去；风情万种，曾经的芳华黯然远遁。荷花荡中，残荷横陈竖列，腰折倒伏，沉静在冬天的寒风中。这沉静是饱经沧桑后的淡定，是经历枯荣兴衰后的坦然，是对灿烂生命最终回归的默默感悟。面对残荷静静不张扬的姿态，我看到了生命的尊严，看到了物种至高至上的境界。

沉静过后，春天的光临，荷依然是花繁叶茂。

是的，冬天来了，春天还会远吗？

扁担瘤

蒋琏

插队下乡三个月便挑河，"方整化"，住宅区河，后来我的草房就盖在这小河的边上。

1969年的冬天，插队第二年，挑北洋河，这条河距离红阳大队十多里路，地处南通地区和盐城地区交界的地方。队里分的土方任务重，队长对我说，你也上河工，还省得你一天烧三顿饭。

民工的装备简单，一把大锹，一根扁担，一副泥络：河边上寻两根桑树条，弯成满月，扎上横担，网上细绳。我的大锹是去角斜农具厂买来的，插队期间一直跟着我，钢口磨去了有多半寸。泥络上的粗绳细绳都出自我的双手，队里每年都种一点苎麻，每户分一点搓绳。人类搓绳的历史可能不少于一万年，出土的原始社会陶器上就常见有绳纹。我不如我们的远祖原始人，我学搓绳很吃力，磨破过手掌心的皮。

十五个男劳力，内中一个专司伙食。各人自带棉被一条，饭碗，毛巾、面盆。问队长要不要带换洗衣服，队长说，才十来天，穷讲究什么？大队统一出发时间，队伍浩浩荡荡，由一辆手扶拖拉机开路，车上满载粮草。那年头拖拉机稀罕，能闻着扑面的浓烟是一种享受。到得一个叫"汤灶"的地方，我们小队住一户农家，那农家只有一个年轻女人，带着一个小孩，睡东房。西房和堂屋民工睡，打地铺。泥地上厚厚铺一层稻草，摊上棉被，一颠一倒，两人伙盖一条被。因为人数成单，有一个人享有独睡的特权，队长把这特权给了我，说，细皮嫩肉的，架不起别人大脚板搓。

屋子里鼾声如雷。人挤人。人挤人的好处是暖和，不好是互相干扰，起身还要当心踩着人。凌晨，有线广播里军号大作。拎着裤子往厕所跑，位置早就让人占了，我刷牙的当儿别人已经端起了早饭碗，原来全队就我一个刷牙。早饭是玉米糁儿粥就棉籽油炒胡萝卜条，管够。早饭之后去工地。因为是开工第一天，平地挖河，淌了几身汗，不算太吃力。中午萝卜头玉米粞子饭，一人一碗青菜，上头盖豆腐。饭后继续挑河。晚上摸黑回到住处，有马灯。就着马灯的光亮喝粥，内容与早上雷同。睡觉前，一个大盆的热水，烫脚，解乏。六只八只脚一起上下，就像车水。

第二夜磨牙，说梦话。第三夜添了酸腐臭味，人人身上的内衣都馊了。第四夜，倒头昏睡。半夜醒了，疼醒了，浑身疼，腰断了，腿断了，胳膊也断了。最疼是肩膀，火辣火辣的。翻个身，衣裳擦着皮肉，摸不得，揉不得，那一种疼没有办法不呻吟。

踉踉跄跄，咬牙切齿，挑着二百斤的担子，整日奋力爬坡。昔日的同班同学之中，幸运儿已经去了部队。那个年代"人的因素第一"，《语录》和"老三篇"赋予我们以精神的力量。心里一遍一遍念叨"下定决心"，有一点像许多年后风行的气功。别人有用没有用我不知道，于我有用。还有《愚公移山》也管用。我的身上压着山，家庭出身的山。和愚公一样，这座山应该挑一担少一担。

民工都不容易。同队一个民工，疝气发作，裤裆里夹着一个大皮球，不挑泥，只挖泥，感到沾了众人便宜，吃饭时总是最后一个去端饭碗。另有一个民工，胃痛得死去活来，去工地卫生所开了几片止痛片了事，还说人就是个挨搅的命。

公社革委会景副主任是水利团部的领队，走到哪里手里都拿着铁皮喇叭。景主任认识我，有一回，举着铁皮喇叭给我打气：向红阳五队的知青蒋琏学习！向红阳五队的知青蒋琏致敬！

河一尺一尺挖下去。每天夜里抽水机都要抽水，早晨上工，第一件事是打"龙沟"，冰冷刺骨。没有套鞋，球鞋不管用，很多民工赤脚，我也赤脚。脚踝上一道一道血口子，麻木了，也就不疼了。

第十二天，终于打道回府。

感觉浑身不对劲。反应迟钝，举止沉重。骑自行车莫名其妙跌得鼻青眼肿。照了一回镜子，镜子里的人十分陌生，面黄如纸，像个逃犯。回十多里外的镇上老家剃头洗澡，母亲见了大惊，拉我去医院看医生。医生说，黄胆肝炎，会传染。开了药，让在家休养，叮嘱少与外界接触。隔数日，江湖郎中朱先生从门前过，母亲央其诊视。郎中把脉良久，对母亲说：什么黄胆肝炎，你儿子是做伤了，不要吃药，要歇劲！要吃好茶饭！

后来的几年里又挑过很多河。

上河工完全用不着脑子，用不着智商。一个大队一个民工营，只需要水利工程员一个人的肩膀上长脑袋。我们大队的那位水利工程员整日里嘴里叼着香烟，手里拿着皮卷尺和水平仪，脚上蹬着高筒雨靴。有几次我想凑上去看个究竟，工程员如同防贼一般赶我走。工程员掌着分配土方的大权，哪个生产队对他不恭他就在皮尺上做文章，把你累个半死，你还得冲他赔笑脸。

我没有非分之想，我并不羡慕高筒雨靴。丈量土方并用不着什么的学问，不过就是对面积和体积的简单计算。插队的日子里，我接触过一次皮尺。队长家的自留地傍着小河，是一处多边形，其中还嵌着他们家的住房、猪圈和出脚路。有人怀疑队长家的自留地多了，队长让我去丈量。我画了图，将多边形分解成长方形、梯形和三角形，计算的结果让我大吃一惊，队长家的自留地竟然比规定多出了好几十个方。这个结果不只队长不相信，连有疑心的社员也不相信，说我这个知青的知识没鸟用。

我的计算并没有错，队长家自留地的实际种植面积肯定超标。其实，生产队里家家都超标，都开了河坎，"吃"了家前屋后的隙地和出脚路。我的那点知识不合民情。

有用的只有水利工程员。我们队的农民老实，只知道下死力，挑的段面常常比人家的宽，我们认命。

挑河的日子并非天天枯燥乏味。

印象深刻的有两件事。

头一件是在镇海河工地上吃肉。

队里杀了一头猪，一个民工一斤半猪肉，一斤大米，外加若干斤萝卜头。几天前就开始念叨，生活在期盼之中是一种幸福。开饭了，一人一只大海碗，结结实实，尖尖架架，萝卜不多，肉多油多，特香，特解馋。那顿饭人人眼睛放光，吃得爬不起身，肉饭阻到嗓门眼了。爬不起身也要爬，挑河去。那个吃了肉饭的下午，进度有一点慢，大概谁都让肉饭撑得迈不开步，起码我是这样。

还有一件事，在东风河工地上看芭蕾舞《白毛女》。

正在埋头爬坡，大喇叭里通知，晚饭后有电影，芭蕾舞《白毛女》。工友们很兴奋，问我什么是芭蕾舞。我说，就是踮起脚尖来跳舞。

晚饭后，借了房东的大凳，去队场看电影。隆冬，正是滴水成冰的日子。挑一天的河，晚间看露天电影，是一种要命的享受，并不比杨白劳轻松。

那一回的电影有一点名堂。此前看电影，都是16毫米胶片，一部放映机。那一次两部放映机，32毫米的胶片，银幕又大又阔，恰似饱涨的船帆。

电影开始了。银幕上"北风那个吹"，队场上也是北风那个吹。队场上的风比银幕上的风还紧，刀一般割着脖子，人人缩作一团，拼命吸溜清鼻涕。后来，不冷了，紧张，血脉贲张。一是因了银幕上的故事，二是因为放映员。我坐的地方靠近放映机，隔一会儿就听放映员嚷，糟了糟了，要断了要断了。跑片。那个晚上，县城电影院也在放《白毛女》，放完一本就往东风河水利工地上送一本，来去一百多里，用三个轮子的摩托车送。这就有个衔接问题。衔接本来不是大问题，碰着样板戏就是大问题，政治问题。

我蛰伏的智商因《白毛女》而苏醒。我忽然明白了，我必须做一点什么，否则，杨白劳有可能真是我的榜样。

第二天一整天，我的心思全在《白毛女》上，肩上的泥担似乎有了生命。晚上，我霸占了工棚里的马灯，趴在地铺上写广播稿，电影观后感，"阶级斗争的瑰丽画卷——样板戏《白毛女》观后感"。写在作文纸上，一千字。第三天，上午，邮递员来工地，我请邮递员投县广播站。隔了两日，挖"龙沟"，工程进入尾声，最艰苦，忽然就听见大喇叭里播《阶级斗争的瑰丽画卷》，竟然还播了作者的名字和身份。

挑着泥担的我僵立在河风里，一时间泪流满面。

下了乡，很快弄清楚所谓的广阔天地，只是本生产队的一二百亩土地；所谓大有作为，就看你挑得挑不得二三百斤的担子。什么担子都离不了扁担，扁担是男劳力最原始最重要的生产工具。

我的第一根扁担是上山下乡办公室发的毛竹扁担，与之相配套的是一副让人爱恨交集的大粪桶。粪桶是杉木粪桶，那年头杉木金贵，如果不是"方整化"整出几块棺材板，找一块做钉耙煞的杉木头千难万难。

我那副粪桶又大又霸实，社员都羡慕。羡慕归羡慕，不欢迎。那时候种田全靠人畜肥，一户农民允许养两头猪，不为赚钱只为赚屁股。队里收粪肥以担为计量单位，我挑着一副大粪桶上门，简直就是破财的灾星到了。

大粪桶让社员吃了亏，让我受了累。

毛竹扁担很快香消玉殒，填了灶塘。队里的小木匠用桑木给自家做扁担，剩下阴面的那一半问我要不要，五块钱。我当然知道阳面好，阳面扁担两头翘，阴面的做成扁担咬肩头。咬肩头就咬肩头，桑木扁担韧性好，经久耐用。

这根其貌不扬的桑木扁担一直陪着我，在我的肩上磨出了肉头厚厚的扁担瘤。离开农村的时候，浑身上下肉头最厚的地方不是屁股，是肩颈之间，扁担瘤。

家庭出身这座山，硬是让我用一根咬肩头的桑木扁担挑走了。

每每有人扯淡，说什么不插队成不了作家等等，我总是一笑了之。几十年过去了，就在几天前的深夜，依稀听见哨声，我还当成队长催促上早工的哨子。我想起了不知所终的我的桑木扁担，下意识去摸颈肩间的扁担瘤。扁担瘤是许多许多年后消失的，其实也没有消失，是转移，转移到肚皮上了。

扁担瘤，肉馒头。

头上长瘤呢？头上长了瘤，那还不就是天塌了？

就有过天塌地陷的恐怖。

刚刚定格为大劳力，一天十个工分。四夏大忙，挑了一季小麦，忽然就发现头顶上长了一个瘤！

发现头顶上长了一个瘤的不是我，是我的草帽。

草帽忽然就浮在头顶上，戴不稳了。硬朝下压，发现了异常，头顶上的异常。

头顶上长了一个瘤。比鸽子蛋大，软软的，不疼，推一推，好像还会动。肯定没有遇到重物撞击，重物撞击会疼。那怎么就突然长了瘤呢？脑袋上长了瘤，那就是脑瘤。那时候已经知道有一个词叫做"癌"，还知道不疼不是好事情。得了癌症，那就是得了不治之症，只能坐在家里数日子。

中午一下工，我就去大队卫生室。医生不在。我坐等。坐在卫生室门口树荫下，树荫动我不动，懒得动，懒得躲避太阳。

我得了脑瘤，没几天好过了。

我刚刚能养活自己，就要死了。

我没有在这世界上留下任何痕迹，连恋爱都没有谈过一次，就要英年早逝了。

有人叫我的名字。我在死亡的恐惧中等来了医生。

"发了呆了，这么毒的太阳，想中暑啊。"

我等来了救星，赶紧把头伸给医生看。医生摸了又摸，连声问：疼不疼？痒不痒？头昏不头昏？不疼。不痒。有点昏。医生盯着我看，说，会不会是让太阳给晒昏了？我说不知道。

"走两步。你给我走两步。"

医生和赵本山一个师傅。

我走了远不止两步。还跳了几跳。

"血瘤。你这是血瘤。挑担挑狠了，血管破裂，血跑出来了，估计没有颅内积血，否则没有这么便宜的日子你过。"

我紧张得说不出话来。挑担关血管什么事？血管破裂，这血不是应该往下淌么，水往低处流，怎么会流到头顶上去了？晚上还能不能躺着睡觉？躺着睡觉会不会一腔血喷薄而出？那还不就是死路一条？

我问医生怎么办，医生把手一摊，说，没办法，只能观察。又说，没办法可能就是办法，人的身体自愈能力很强，你福大命大，说不定休息一段时间就好了，关键是不能挑担。

男人不能挑担，就成了废物。

医生换了怜悯的语气。

"身体是革命的本钱，没了本钱，你还革什么命？叫你下乡接受贫下中农再教育，又不是叫你来拼命的。要向贫下中农学习，新娘子放屁，悠悠的。"

关于新娘子的话听得多了。

新娘子如果是个"铁姑娘"呢？

铁姑娘放屁，地动山摇。

哈哈一笑，头竟然不昏了。

回到生产队，我不敢向别人出示头上的血瘤，害怕让人瞧不起。那时候我已经是大队的土记者，一个月有三个软工分。连续三天不挑担，全大队四处游荡，采访。

我不知道头顶上的血瘤是何时消失的。

在我们那里，看你是不是男人全看你扁担上的功夫。秋收的时候，我衬着挑，一边挑稻子一边摸脑袋，担心哪里再冒出来一个两个鸽子蛋。

爬上岸的梦想
刘伟红

　　"河家山"没有山，它是水网遍布的七河八岛中一座朴素的小村庄的名字。想必当年这是个好地方，我的太祖父母在抗日战争时期，从仙女庙的砖桥流落到此，从此在这里安家落户，生下了我爷爷。太祖母在生我爷爷时难产死了，仅仅给我太祖父留下了我爷爷这棵独苗苗。但爷爷这棵独苗，却像太祖父母在金湾河旁种下的一粒强壮的种子，铆足了劲地生根发芽，多年后，我们得以在他这棵大树上开花结果。

　　父亲兄妹九个，大伯和二伯都在兵荒马乱的年代去了远方，在那个饥荒的年代，他们去远方没有诗意可寻，是为了找一只赖以生存的饭碗，他们从此在河南安阳和上海安家落户，故乡的河家山，在他们十六岁的记忆里停滞不前。五叔因无力抚养，一出生就被送了人，六叔入赘人家当了上门女婿。所以，在我童年的记忆里，父亲的兄弟虽多，却被饥荒的车轮碾压得五路四散。唯有四叔和我爸守着河家山的几亩薄地相依为命。

我出生在七十年代中期，我的出生，带给父母不是欣喜，而是深深的失望。在两个姐姐出生后，父亲满心期待着一个带把子的儿子呱呱坠地，而我的出生，把他的期望再一次掐死。我的童年在农村合作社的集体所有制里摸打滚爬。从牙牙学语时，因无人看管，母亲出去上工都要带着我。插秧、播种、打猪草、搓麻绳、养蚕、磨粉……地里有永远干不完的活，家里有永远填不饱的肚子。我们时刻被饥饿的大嘴咬啮吞噬着。贫穷像魔咒一般，对这帮劳苦的人穷追不舍，他们成了广袤田地里，被蒙上眼惯性拉磨的驴。

　　八十年代，改革的号角吹响，河家山这座小村庄，也在春风里苏醒。村上的男女老少，纷纷摩拳擦掌准备大干一场。彼时，我又多了一个妹妹一个弟弟。家里这么多人，张大嘴等着吃饭。常常看见父亲端着一碗稀粥汤，搛几块萝卜干，坐在天井的小板凳上边喝稀粥边若有所思。几天后，在母亲的坚决反对下，父亲执拗地承包下了村里新开挖的五十亩鱼塘。

　　我常常想，父亲这一生，活得与众不同的地方有两点，一点是他冒着计划生育的风险，生了我们姐弟几个。另一点，就是他在所有人都不看好的时候，义无反顾地承包了村里的五十亩鱼塘。

　　鱼塘是迫不得已新开挖的，那五十亩地地处低洼，也就是所谓的湿地，无论是种旱谷和水稻都没有好收成，地是农民的命根子，怎忍心眼睁睁地看着这片田地荒芜。于是那片地在我们村，被率先注入了改革开放的潮水，因地制宜开挖成养鱼的鱼塘，而父亲则成了这片汪洋里一尾挣扎的鱼。

　　新开挖的生塘，一汪清水，像新开辟的处女地一样贫瘠瘦弱，要想把鱼养的丰腴起来，得下血本。于是，父亲开始像喂养他的五个儿女一样，对他的鱼塘任劳任怨夜以继日地倾注心血。每一天，父亲都斗志昂扬地走在调配鱼苗和购买饲料的路上。母亲则丢下我们姐弟几个，起早贪黑地劳作在鱼塘上。一车车鱼苗、饲料，装回来倒进鱼塘，父母满怀信心，夜以继日地精心饲养着他们未来生活的梦想。

父亲忘我地忙他们的鱼塘。而我常常放学后借故找母亲，偷偷跑到鱼塘上去溜达。我的少年时代，对父亲的鱼塘充满十足的好奇心。五十亩的水域，在我单纯的眼中，仿佛就是一片海了。我常常站在那一片白茫茫的堤岸上，想象着远方真正的大海，想象着有一天，能看见它如大海一般涨潮时的雄浑气势，能看见退潮后的安宁舒缓，而我可以赤脚奔跑在沙滩上，向我的梦想迈进。然而，我每次去看它，它依旧像我们那时贫穷的日子一样死气沉沉，波澜不惊。

多年后，我常想起父亲的鱼塘。那时候，这片鱼塘就是我们全家的梦想，我们的梦想在水中生长，它像一枝或清晰或模糊的摇曳水草，悠悠地在水中向我们全家招摇。父母的梦想潜藏在水底，在那些一条条欢快游曳的鱼儿身上。而我们孩子的梦想则浮在水面，是海市蜃楼，是惊涛拍岸。

后来，如果不出那一茬事，我想这个梦想是不是离我们全家的美好生活会近一些。

那一年的梅雨季特别漫长，拖沓冗长的梅雨，每天如约而至，大雨过后就是闷热的蒸煮，空气中弥漫着潮湿和霉变的气息。喂鱼的草，成片被闷热的雨水煮死，囤积的大量鱼食发霉了，长期晒不到太阳，缺氧的鱼儿成群成群死。鱼的尸体，大片大片地浮在水面上，就像飞翔的鸟儿凋落的羽毛。父母亲那时候本来繁琐的劳作，忽然变得单一，他们每天所做的就是在河边打捞死鱼，一箩筐一箩筐的死鱼，和着父亲的愁绪和母亲的眼泪，被工人抬出去掩埋。

也就是那个梅雨季的一天夜里，下着倾盆大雨，鱼塘里因连续阴雨，河水上涨过多，堤坝被河水浸泡的有一处溃烂决堤了。看鱼塘的工人老钱冒着大雨，一路跌跌撞撞地奔到我家，嚎哭着敲开我家门，父亲摇着他的肩膀，问他究竟出了什么事，他竟然只顾着哭，一句话也说不出来。父母亲急得连鞋也没穿，拔脚就往鱼塘上跑。随后，我和姐姐们跑到鱼塘，在大雨如注的夜里，父亲手握一把铁锹，无助地站立在鱼塘的堤坝上，那把铁锹在暗夜里支撑着他瞬间佝偻的身板，宛若拐杖。鱼塘里决堤的洪流，宛如出圈的千军万马，到处横冲直撞，向着沟渠、农田和村庄奔去。

就是那一年，父亲勤劳致富的梦想，被这决堤的洪水，冲刷的溃败不堪。父亲原本斗志昂扬的雄心，跟着一尾尾越狱的鱼儿一起销声匿迹了。挫败和失意令父亲从水中艰难地爬到岸上，但他已经颓丧得如一头失去斗志的老牛。

我如今依旧想念鱼塘的堤坝上，春天的青草和秋天的芦苇，更有那刚起水的新鲜的河虾鲜美的味道。父亲会在夕阳西下时，和一盆面，然后喊我一起来搓成小糖丸大小，搁点香油，在锅里煸炒一下，盛在搪瓷碗，我则抢着抱着碗，炒面团的香气四溢，馋得我会忍不住偷吃一两个。父亲则在一旁一门心思整理虾网，虾网是父亲用竹篾自制的，两根竹篾截成五十公分长左右，等长交叉重叠，纱布剪成四方形，扎在竹篾的四个角上，在四个角上各坠上一个小石头，一张虾网就做好了，然后跟着父亲一起去夕阳里钓虾。

夏日的傍晚时分，是钓虾的最好时候。那些在深水处游曳了一天的虾们，会在傍晚时到河岸边浅水处透气。站在岸边，就可以看见那些灰黑色的透明的虾，在水中快乐地嬉戏。在虾网里放进去两粒炒熟的面团，然后把虾网沿着堤坝一路下到浅水处，等十几张虾网放完，就回过头来收网。收网的时候，你会看见那些落网的馋嘴虾们，正在欢快地咬食面团。此时，收虾网要果断，速度要快，在你犹豫或者动作慢一拍的时候，那些机灵的虾们就会被惊跑了，他们对危险的敏感度远远比你想象的要高。我和父亲钓虾，从夕阳西下到太阳落山的一刻功夫，我们的晚饭桌上，就有一大盘新鲜的虾，供我们姐弟几个大快朵颐了。

离开了水的父亲，俨然像一个搁浅的水生动物一般。他每天吃过饭，就漫无目的地在河家山的小村庄上溜达，背着手在田埂前眺望一会，在树下发会呆，再到村庄的小河边洗手。三面环水的河家山，背枕着运河的支流金湾河，金湾河像一条玉带，优雅地把她的水袖一直甩到长江口。河家山这座小村庄，在金湾河水的滋润下，也出落的清雅秀丽，常常寂静的像一幅田园油画，村里的男劳动力几乎都奔出去打工了，连妇女也去了附近的大小加工厂或者工地打零工，学龄的孩子都进了学校，村庄也就留守的一些老人，扎堆摘菜、做针线、拉家常。父亲常常眉头深锁地出去转个圈遛个弯，很快又折了回来，在家里呆不了多久，又跑到庄上去溜达，他沉重的脚步声，常常踩踏在母亲无奈的叹息声中。

父亲又回到了他的鱼塘，鱼塘的堤坝重新加固了，新的鱼苗重新倒进了水里。河家山还是那个寂静的小村庄，鱼塘还是那片鱼塘，只是它不再是我心中的那片海了。一切似乎都没变，其实都在不经意地变了，或许有的正在变，有的已经变了，只是我们有的看见有的看不见。

河家山的土坯房，一栋栋被推倒，一幢幢又建起来，土坯房变成了光鲜亮丽的二层小楼。这些小楼像风格迥异的火柴盒子一样，仁立在金湾河畔，掩映在河家山的绿树丛中，他们跟小楼的主人一样神气活现。泥泞的乡村小路变成了宽阔的水泥路。村庄上原本步履蹒跚摇摇晃晃的老人，一下子挺直腰杆直立行走了。孩子们放学后在村口广场上嬉笑打闹的声音，常常像烈日下沸腾的触点，把小村庄的晨昏点燃。村庄还是旧的村庄，只是它从每一棵树，每一株花的叶子里都呼吸出了新鲜空气。

父亲的鱼塘也变了，新建的高速路和高铁横穿而过，鱼塘被填埋，近四十年的光阴，沧海又变成了桑田。从八十年代注入改革开放潮水起，我们全家的梦想就一直飘摇在水中，像一尾难以捉摸的鱼，如今，我们的梦想终于爬到岸上落地生根。河家山越来越热闹了，父亲却老了，老成了河家山一座寂寞的墓碑。

黄桥美食（外一篇）

刘江

黄桥，一座千年古镇。

在这里，青砖恋上了灰瓦，翠竹迷醉了庭院。

一条条老巷，穿梭的是历史，呼吸的是回忆。

我不想做黄桥人，因为，我配不上它的厚重。

我不配做黄桥人，因为，我给不了它更多骄傲。

黄桥的痕迹中，烙刻上了太多精神图腾。何氏的满门进士，丁家的时光影像，硝烟的依稀弥漫，烧饼的幽幽甜香。

满目繁华仍在，而我，却迷失在了这座城的美味中。

江郎的家，在一条并不出名的巷，鹰扬巷。石板路上的青苔，缓冲了摔倒时的无奈。巷口的护墙石，还是昨天的淳朴模样。那时的我，常常会挥舞芦竹站在上面，如登基的帝王般，宣昭我在孩童中的主权。

从几间沧桑的老屋内穿过，便到了这家光绪年间便已经家喻户晓的汪记糕店。几间陈旧的瓦房内，糯米的清新气息，混杂着红豆沙的香甜，无意中将人挑逗得食指大动。汪记糕点的男女主人，正在屋内辛勤地忙碌着。整个古镇逢年过节，婚庆喜事所需要的糕点，大半都出自于他们之手。

夹沙糕是古镇的传统美食之一，老人家们都说这寓意着"一年高一年"的吉祥祝福。四十八岁的汪国强，正是古镇做夹沙糕的好手。精选的优质糯米被磨成细粉，再加上调制好的红豆沙，芝麻糖，花生仁，这些普通的食材在汪国强的手中，片刻间便能转化成这种简单却又脱俗的美味。

在特制的松木糕箱内，将雪白的糯米粉均匀的洒落，逐步形成夹沙糕的原型，待糯米粉填满半个糕箱，便可以将各种馅料均匀地添入。看似简单的工序，却需要制作者有着熟练的手法。否则加工出来的糕点，无论从外形还是口感，都会无法达到味蕾的巅峰。

古镇一直以来有个风俗，逢年过节，孩子高考，子女婚嫁，家中都需要购置一份"高中团圆"，也就是夹沙糕，粽子，糯米团和豆沙圆。据说吃了"高中团圆"的孩子，考试总能顺风顺水，而婚嫁的人家，也是家庭和睦。这些寻常的糕点，在特殊的时节之下，升华成为象征吉祥的图腾。汪家制作的夹沙糕，也因为上面印制的几个简单汉字，而变得意义非凡起来。每天清晨和傍晚，当汪家糕店的小车走上街头之时，糯米香便开始在大街上缓缓蔓延，将一群馋嘴的孩子，和怀旧的老人家们吸引了过来。

米巷古朴，连店铺皆不例外。李家粉皮店的招牌虽因岁月沧桑而斑驳不堪，但一股清新的粉皮香气却陡然令路人侧目。薄如蝉翼，明若窗绫，洁如白璧，关于李家粉皮的赞誉早已在民间流传开来。尽管年代悠远，故人已逝，如今在这间苍老的屋内却是两个忙碌的年轻人，但这丝毫不会影响李家粉皮的美誉。傍晚时分，那慕名前来的顾客早已是三五成群，聚集在门前，只为给晚餐添上一道佳肴。

粉皮的制作工艺貌似简单，却另有玄机。材料重量须精确到克，方能令粉皮大小相若、重量相同、厚薄均匀。将绿豆磨粉调浆之后，粉皮原料便被注入原形的托盘中，放入早已烧开的锅中加温蒸煮。待得粉浆逐渐凝固，便到了最关键的步骤，揭皮。揭皮过程虽不烦琐，却包含了"七分旋，八分揭，九分摊，十分搬"的四大要诀，没有多年经验的积累，是极难制成上等粉皮的。刚出锅的李家粉皮，色泽明亮，晶莹剔透，每张三两三钱三分，平摊在玻璃案面上，显得颇为诱人。

人间有三苦，磨豆腐属于最后一苦。曾几何时，推磨打浆的场景在乡间的作坊里颇为时兴，那咯吱咯吱的转磨声，淅沥淅沥的打浆声，是何等的悦耳，何等的诱人。

白若凝脂，软似棉花，香飘十里，老少皆欢。自清朝咸丰年间，人们对蒋家豆腐的评价早已在乡里流传开来。谁家红白喜事，都会去北关桥下的老陈庄里的蒋家，包两方豆腐，切几片豆干。

每天夜里十二点，蒋家的豆腐坊里便会在豆香四溢中，罩上那薄薄的昏暗灯光。蒋家传人将那些金灿灿的黄豆，倒进磨浆机中，打出洁白似雪的浆汁。

打浆过后便是烧浆。泥坯砌成的锅灶，像一个大肚娃娃，鼓着大嘴巴，将一把一把的稻草吞进肚里。火红火红的炉火，也瞬间映亮了整间屋子。

蒋家传人操起一块抹布，抡圆了胳膊将大锅擦净，紧接着大桶雪白的浆汁便飞瀑般注入，在锅里热烈地沸腾起来。才过半刻，屋内便清香遍布，沁人心脾。烧火虽热得汗流浃背，可却需聚精会神地观察锅内的动静。待得浆汁烧透，蒋家传人便开始点卤。眼见那豆浆逐渐凝固，罩上一层白净的纱布，舀去那略带乳黄的多余汁液，豆香四溢的美味也便大功告成了。

有人说，食物的最高境界，应当隐于田园小肆之中。无论是苏轼

"日啖荔枝三百颗"的畅快，还是陶渊明"忽与一樽酒，日夕欢相持"的徜徉，都离不开这乡野之间的美味。而黄桥烧饼的博大，断不会让崇尚自然的食客们失望。

离开悠悠古风的老镇，来到风光怡人的村落，不需要太多的迟疑，食客们便能够捕捉到来自摊烧饼的动人滋味。年过七旬的农村老妪，在老灶前用稻草升起炉火。取出少许春季里鲜榨的菜籽油，缓缓注入大锅之中。

菜籽油形成的保护层，确保了摊烧饼的水分不会过多流失，可以保持柔软筋道的口感，而锅内底部的高温，让摊烧饼的另外一面变得脆而薄，散发出农家菜特有的焦香味。

作为农村最常见的食物，摊烧饼看起来技艺简单，但若想臻于完美，却需要不凡的功力。无论是面团的大小，还是下锅的时机，都需要有多年的经验。而手腕上的旋劲，不仅操控着摊烧饼的厚薄，而且决定了出锅时的口感。只需要短短几分钟的时间，便可以洒上少许盐或糖，和自家院里种植的小米葱，迅速提拎出锅。

各种原始食材的滋味交错在一起，却丝毫不会感到混乱。葱的清香，油的浓香，面的甜香，再混合着稻草的焦香，如同一曲美妙的田园交响曲，让再挑剔的食客也无法抗拒。

烧饼，也许是中国最为常见的一种食物。但如果在前面点缀上黄桥二字，意义立刻变得非凡起来。

古老的米巷内，老人家依然在用木柴缓缓点燃炉火，这是他们坚守了大半个世纪的传统。除此之外，他们还有着这样一个古老的饮食情怀，到巷尾的顾记烧饼店，买上几个筒炉烧饼。

筒炉烧饼，是黄桥烧饼的一个分支，也是最受本地食客们追捧的美食之一。砖石堆砌的筒状灶台内，放置着一个巨大的瓦缸。制作者在缸内放置木材，白煤等燃料，对瓦缸进行加热，待瓦缸的炉壁达到理想温度时，再将烧饼贴上去进行烘烤。

筒炉烧饼的原料，颇有几分化腐朽为神奇的意境。在物资匮乏的年代，人们将猪身上的肥膘进行熬制，再将猪油揉进面团之中，拌上萝卜丝，油渣等材料，进行简单的加工。这样制作出来的烧饼，不仅香气浓郁，口感细腻，而且能够满足人们体能上的消耗。

烧饼可以香酥，却绝不能油腻。只有将油脂和面粉融为一体，才可以确保良好的口感。数以百次的揉搓，挤压，让食材中的油脂和淀粉充分舒展开来，渗透至每一个角落。将面团制作成饼状，再洒上精选的芝麻，送至炉中进行烘烤。

瓦缸巨大的接触面，不仅让炉温变得平稳，而且能充分吸收烧饼中多余的水分。随着烧饼表皮的变硬收缩，馅料的发热膨胀，再加上芝麻油脂的缓缓挥发，一股浓郁诱人的香味顿时充斥了整条古巷。

正如同咖啡离不开伴侣，吃烧饼自然也少不了豆腐脑。一点葱花韭菜，洒落在滚热洁白的豆腐脑上，再淋点素油，浇半勺辣椒酱，完美的滋味搭配便在瞬间完成。豆腐碱性的清香，伴上烧饼酸性的浓香，不仅是口感的升华，更是健康的保障。

如果您不钟爱筒炉烧饼大开大合的香气，没有关系，四奶奶家涨烧饼，也许能满足您挑剔的味蕾。涨烧饼，作为黄桥烧饼的正宗传承，从正月初一，直到大年三十，始终没有游离出古镇居民们的视野。

香糯可口的稀饭，再配几片雪白焦黄的涨烧饼，几乎是古镇居民早晚二餐的标准配置。吃十年也好，二十年也罢，那些钟情记忆味道的食客们从不会感到厌烦。

上等的桂花糯米酒，洒上少许精选的白糖粉，这些，就是涨烧饼诞生的血液。四奶奶将乡间磨坊里出产的本地面粉倒入其中，经过耐心的手工搅拌，面团逐渐凝固呈型，散发出诱人的酒香。合适的温度，让酒精里的蛋白质和酶迅速分解，发酵，面团在酵母因子的剧烈运动下也开始厚积薄发，不断膨胀蔓延。

完美的发酵过程，需要制作者精确到极致的时间掌控。而四奶奶的发酵手法，几乎达到了炉火纯青的境界。她根据四季温度的细微变化，凭借经验控制整个发酵过程。少一分火候，或者过一分时间，面团便会在硬和酸的尴尬中徘徊。

烧火，放油，下面，涨烧饼的制作流程似乎简单到了极致。大音稀声，大象无形，表面简单的事物，却自有它的神奇之处。油中煎制的涨烧饼，看似浓油重彩，但切开一看，却洁白纯净如雪。只需品尝一口，桂花酒的甜香便会在唇齿间弥散开来，而那柔软缠绵的质感，始终盘绕于舌尖。

这些个头硕大的美食被搬上小车，运至巷口，临街叫卖。日出日暮，年复一年，寂寥走向繁华，青春迈向沧桑，涨烧饼的滋味动人如昔。只是那背后的那一张张亲切的面庞，如流光影像般，变换着时代的更迭。

肉渣故事

记得在年幼的时候，我为黄桥，写下了人生第一首儿歌：

"黄桥好，黄桥大，黄桥不比香港差。你拍手，我拍手，黄桥爷们爱喝酒。"

稚嫩的童声背后，是我对黄桥这方土地的热爱。这是连泥土都散发着芬芳的家园，这是让无数游子渴望落叶归根的桃源。

黄桥人的勇敢，黄桥人的朴实，都掩盖不了一个动人的事实，黄桥人好吃。

再简单的食材，到了黄桥人的手中，总能妙手生花制作出直击心灵的美味。

1988年，因为肉渣，江郎犯下了人生中唯一一次与"窃"有关的错误。那时候的古镇，常常有木质的板车停在路口，带着草帽的农民卖力吆喝着一样神奇的物品，肉渣。肉渣制成的大饼，如同一段被切开的圆木，随便掉下一块，都是让人垂涎的享受。

江郎很小，看见买肉渣的板车，都会止不住地吞咽口水，痴迷地在附近徘徊。就在那天，我趁着摊主上厕所的空暇，伸出了罪恶的小手，在那个巨大的圆饼上，掰下了一角。

苦涩，发臭，卡喉咙，江郎流着泪疯狂地呼唤着母亲。

也就在那天，我终于懂得了，原来巨大的圆饼并不都是肉渣，也有可能是喂猪的豆饼。

江郎做了一回猪，但对于肉渣的思念，却从来都不曾停歇。

在物质匮乏的年代，肉渣的存在，通常是和食材挂钩。当时人们会将猪肉的下脚料，通过熬制煎烤的手段，加工成品质参差不齐的肉渣。这些肉渣，会被厨师制作成各种菜肴，成为餐桌上的高档食品。

食材和食物的最大区别在于，食材通常需要进行再加工，而食物，则可以直接进行食用。早在上世纪九十年代，好吃而又聪慧的黄桥人，便已经在尝试着肉渣的变革。

用新鲜的优质五花肉制作肉渣，这无疑是颠覆了传统肉渣的定义。传统肉渣，又称油渣，通常是以猪身上富含脂肪的部位制作而成，是一种多种脂的混合物，具有较高的胆固醇含量。食客们为了减少对身体的危害，常会以白菜，青菜等绿叶蔬菜进行混合搭配，以降低其油腻程度。而用五花肉制作的肉渣，却可以称为肉干，具有低脂肪高蛋白的特质。原材料的变化，也让肉渣的变革开始逐步实现。

变革后的肉渣，制作过程堪比一场艺术品的雕琢仪式。粉色的瘦肉纤维，白色的细腻脂肪，层层相间，巧妙地构筑成诱人的美食图案。投进铁锅内的五花肉，通过铁媒介大批吸收热量，体内分子开始不断剧烈运动，油脂被逐渐软化，纤维也逐步硬化，滚沸的猪油上下翻滚，浓郁的香气四处弥漫。

上等的食材，并不需要过于繁琐的生产工艺，便足以制作成顶尖的美味。二十多年的丰富经验，让黄桥人制作肉渣的水准不断提升。大音稀声，大象无形，厨艺的最高境界，往往便是朴素无华。

爆姜，后下酒，再撒葱。这几个简单的步骤，充分剖析了肉渣制作过程的全部精髓。对吃精益求精的黄桥人，曾经先后尝试过上百种香辛料的融合，但最后却没有选择任何一样。多年的实践证明，只有最传统的家常佐料，最合适的下锅时机，才能彻底让肉渣的美味彻底升华。

几十分钟的烤制，让五花肉里的饱和脂肪酸大量脱离出来。制作者让滚热的油渣稍加冷却，便要立刻开始进行压榨。在寒冷的冬季，压榨的过程需要抓紧每一分钟时间。过热，肉渣容易发酸，但如果等肉渣完全冷却，则会冻结发硬，造成松散破碎。因此掌握好肉渣的温度，需要精确到秒的时间掌控度。

神奇的物理作用，让每一块肉渣都紧紧聚集在一起，形成了浑圆的饼状。清澈的油脂，如同涓涓溪水般缓缓流淌，散发出肉类特有的醇香。这些新鲜的猪油，具有清如水，凝若脂的特点。洁白细腻，清香润滑的猪油，是肉渣品质的最佳见证。

成品的肉渣，色泽金黄，具有脆、酥、香三大特点。黄桥人用自己的智慧，将粗糙的动物蛋白纤维，精心打磨出了几分独特的细腻。摒弃脂肪，留存蛋白，降低热量，提升口感，肉渣从过去烧菜用的普通食材，摇身变成了高档食物。拌上椒盐，五香粉，辣椒面，各种口感的肉渣成为了许多黄桥人的钟爱。女人孩子们当作零食，男人们当作下酒菜，而老人们，也爱在细细咀嚼中回味着沧桑往事。

平凡的肉渣，见证了时代的变迁。当人们告别了食物匮乏的年代，开始更加追求精神层次的满足。肉渣的变革，正是社会生产水平发展的一抹缩影。随着古镇经济的蓬勃发展，人们似乎在黄桥烧饼之外，又多了一种独有的骄傲，黄桥肉渣。

端午麦事（外一篇）

徐祯霞

　　每年的端午节，也是麦子成熟的时节，因此，这个节日便不像其它的节日，那般悠闲，那般淡定与从容，它通常是忙碌的，忙得热火朝天，忙得战天斗地，忙得手脚不闲，忙得汗流浃背。

　　当然，这是指农村的端午节。

　　端午节的一早，天刚蒙蒙亮，母亲就会催床，起床了，起床了，都赶快起来，收麦啦！我们这些小孩子，多是贪睡的，总觉得天大的事，都没有觉好睡，就算知道收麦的重要，但也贪恋床上那一刻的舒服和安逸。

　　因此，母亲常常会叫三到四遍，才能将我们从被窝里叫起，我们懒洋洋地从床上爬起来，揉揉一双醒松的眼睛，嘴里不停地嘟囔着，还没睡够，就要起床！母亲这时，就会厉声说，睡觉啥时候能睡够？等麦收完了，你们再好好睡！我们只好不情不愿地穿衣下床。

　　这时，母亲已经将昨夜煮好的粽子放到了我们的碗里，吃了粽子下地。我们见到粽子，顿时又两眼放光，就像是黑夜见到了星星，眼前一亮，粽子，粽子，我要吃，我要吃。以闪电般的速度拿了粽子，急不可耐剥了粽子叶，洒上白糖，香喷喷地吃了起来。

吃粽子，对于我们农村的孩子来说，这可是一年一度的美食，当然，在我们这个村庄，或许仅仅是我们家，因为整个村子，只有我们家年年包粽子，而且母亲包粽子还一点都不将就，纵然再忙，她也会抽出午饭后休息的时间去采专门包粽子的粽叶和龙须草，给我们包制出最漂亮最好吃的四角粽子，我的母亲，虽生活在农村，但对于生活一点都不凑合，由于母亲的用心，我们总是能过上雅致的生活，吃上精美的食物。

端午节来临之前，母亲就会交待父亲，让父亲记得从县城买些糯米回来，给娃们包顿粽子吃。糯米买回来之后，她会利用中午休息的时间，背上挎篮，去一二里外的山沟水源处采回芦苇叶子，其实，有些人可能不知道，我们常常见到的或者说是吃到的粽子叶究竟是什么？生于哪里，长于何处，从何种植物上采摘而来？估计多是不清楚的，只知街上卖的粽子叶漂亮，绿油油的，水汪汪的，并不知它竟然就是芦苇叶子，对于这个，我也是上学后才知道的。以前，母亲总给它叫粽子叶，我们村里的人也都叫粽子叶，但却不知道，这就是芦苇的叶子。芦苇叶，新采回来的是脆的，要放在锅里煮上两个小时，熟透之后，才能变得皮实有韧性，煮好的叶子还要放在清水里一片一片地清洗，清洗干净后，才能用来包粽子，因此，吃个粽子，颇费事的，而母亲总是不厌其烦，纵然再忙再累，也要利用中午休息的时间和晚上睡觉的时间来给我们包制粽子。

因此，对于这一年一度的粽子，对我们来说，简直是盼若星辰，因为，在当时，能吃上粽子简直就是世界上最美的美味珍馐。在没有肉的年月，擅长烹饪的母亲会给粽子里包上红枣、花生和芸豆，白色的糯白，配上这些香甜有营养的食物，不仅好吃，而且好看，由于母亲那颗深沉而慈祥的爱心，而让粽子有了特殊的香味和滋味，以至于我们在吃着粽子时，满满的都是母亲的气息和爱在里面。

吃罢粽子，我们仿佛得到了最大的犒劳和奖赏，便自告奋勇地找镰刀、挑担，还有水壶，一人从墙上摘下一顶草帽欢天喜地地就下地了。

母亲三下五除二，收拾罢碗筷，也跟我们一起匆匆下地了，这一天，纵然是端午节，母亲也得跟我们一样下地劳作，而且比我们更卖力，更虔心，更全力以赴，因为母亲深知一年的耕耘粒粒皆辛苦的可贵与艰辛。

夏天的早晨，太阳一出来，地上就像着了火一样，股股热气从四面八方包涌而来，人就处在了股股热浪当中，这时的草帽基本上只能起到遮阳的作用，根本就挡不住太阳的万道金光带来的酷热，看着地里成片的黄灿灿的麦子，我们知道，我们得尽快将它放倒，弄回家里，这是我们必须完成的任务，我们明白自己该干什么，一下地，就迅速地拿起镰刀，挥镰割麦。

镰刀都是三哥头天晚上磨好的，相当的锋利，吹发立断，镰刀一挨到麦子，便会"嚓嚓"落地，手起刀落，一把金黄的麦子已被拢在手中，一把好的镰刀，说句不夸张的话，令我们立时有着英雄一般的豪情，看到一片片麦子在我挥舞的镰刀中应声落地，我就觉得自己非常的了不起，简直就是一个战斗英雄，此刻，我们是在收麦，我们也是在征服一块块的麦田，而这夏天的收麦，便如龙口夺食，乘着有太阳的好天气将麦子收割回来，长长的一年，我们就可以过上有滋有味的丰润生活，否则，麦子遇雨芽了，一年都得吃化面条和没有筋丝的软馍，这是我们都极不情愿遇到的年事。因此，当我真正地走进了麦田，我就觉得自己是一个肩负重任的战士，一个与天斗与地斗英勇的战士，我挥舞着镰刀，就像是挥舞着大刀，势必将这些麦子统统扫倒在地，扎捆，搬运回家。虽然我还只是一个十几岁的孩子，但我已能深深知道农事的当紧与要紧，并竭尽全力和家人一起打好这一场收麦的战斗。

不光我是这样，连我最小的弟弟也干劲十足，他忙前忙后在拣我们割掉的麦穗，将那些掉在地上的零碎的麦穗一根一根地拾起来，一会儿跑到这个身后，一会儿又跑到哪个身后，稚气的脸上挂着滚圆的汗珠，一张小脸晒得通红，他将这些麦子一把一把地拾起来，放到三哥即将打着的麦捆上，因此，我们一遍割下来，整片地里就干干净净，只有少许洒落在地中的麦粒供雀鸟闲食。

在割麦这项劳动中，三哥的活最重，他要割，要捆，还要往回挑。而我、姐姐、母亲，便多是负责割麦的，当然，麦子割完了，我们也得帮忙往回运，能挑的挑，不能挑得就抱就扛。用母亲的话说，一个公鸡四两力，抱一捆，少一捆。我和弟弟不能挑了，就一个人抱一个麦捆子往家搬，因此，在我们这个家，小孩子也没有吃闲饭的。

我们家的地有平地，有坡地，还有沙滩地，割完了这块地，去割那块地，割完了那块地，又去割另外一块地。平地尚好，坡地和沙滩地就不易，一者来说，不好割，二者来说，运送困难。可这，又是我们必须要干的活儿，活多活少，都是我们这几个人干，因此，躲懒，得干完，不躲懒也得干完，反正得将这些麦子干净利落地收回去了才算大功告成，因此，在这样的时刻，我们个个就像是打了鸡血的公鸡，铆足了劲地干，以期天遂人愿，以期颗粒归仓。

看着成片的麦子在我们面前倒下，看到一块块地被我们清理干净，我们的心里就像是灌满了蜜浆一样，充满着自豪和幸福，这是我们一年辛苦耕耘的收获，这是我们又一年基本生活赖以维持的保障。种过麦子的人都知道，没种过麦子的人或许是不知道的，麦子从头一年秋收起种，一直到第二年六月收割，从麦种下地，到冬雪的滋养，再到来年的灌浆、拔节、抽穗，哪一个阶段莫不蓄满着农人殷切的盼望和期许，几乎一年的时间，庄稼人都在望眼欲穿地等待着，等待着麦子成熟的那一天，这份盼望有多沉甸甸，这份盼望有多焦渴？在靠天吃饭的年月里，这份盼望有着多么的提心吊胆和孤注一掷！

这一日的傍晚，必定是有酒的，有节日的庆贺，也有母亲对我们忙碌一天的慰问和犒劳。

在天黑尽的时候，我们将地里的最后一捆麦子搬回家。母亲顾不上片刻的歇息，洗了手，就匆匆地给我们做晚餐。当然，这个晚餐也是节日里最郑重的一顿饭，母亲必定会千方百计的变着法子给我们炒几个菜，将那个一米见方的小桌子摆满，然后还会弄上一杯雄黄酒，给脖颈、耳朵、身上各处涂抹上一些，言说端午过后，就不会遭蚊子毒虫咬噬。而桌子中间，定是一盘诱人的粽子，在举筷之前，母亲会亲手给我们每人分发一个，来，今天是端午节，都先吃上一个粽子，缅怀下我们伟大的爱国者屈原。我们接过粽子，津津有味地吃了起来。

一个端午，虽然辛苦而又劳碌，但是却又是甜美幸福滋味深刻的。

不知不觉，又到了端午节，眼前涌现出的竟然又是那一望无际金灿灿的麦浪，那一颗颗沉甸甸的麦穗似乎正在向我招手，我的心便飞出了窗外，飞向了那麦香遍地的村庄！

一棵丁香树

门前的院子里，有一棵丁香树，那是父亲亲手栽下的。

栽它的时候，我们还是个孩子，如今父亲去世多年，它也未能开出灿烂的花朵，也未能长成一棵参天大树，只是它依然长在老屋的门前。

一个礼拜六，父亲回来了，手里拿着一棵小树苗，说是丁香，特意从街上买回来的。父亲顾不上休息，抄起锄头，来到院子的西南角，在菜园边上的空地上挖了起来，我看见父亲栽树，也赶在跟前凑热闹。

挖好了坑，父亲将小树苗栽上，培上土，用力地将小树周围的土按紧，然后从灶房里拎出半桶水，一瓢一瓢地给小树浇水，一边浇还一边说："这是一棵树，也是一棵花，它是一种很坚强的树，也是一棵朴实无华的花。做人，便应该如这丁香！"

当时，我并不懂父亲说这话的含义，只是奇怪，栽一棵树，父亲怎么会要说这么多！

丁香树很好活，没多久就长出了细碎的新叶，在父亲的精心照料下它慢慢地长大了。只是它一直没有开过花，年年就那么一树稀稀落落的小圆叶，我们看着，便都有些不喜欢，栽个这做什么呀？又不能吃，又不能看！

渐渐地，便没有人再理会那棵丁香树了，唯有父亲有事没事地爱在那树下转悠，看看它细小的圆叶，看看它蔬蔬落落的树枝，当看到它仍然健康地生长着，就笑笑地说："会开花的，它会开花的！"像是对我们说，又像是在自言自语，又像是自我安慰。

我们对于这棵丁香，多半已经失去信心，尽管传说中的丁香很美，但是这是不是真正的丁香？我们倒有待怀疑。只是碍于这是父亲栽下的，不好造次，要是旁人栽的，早就将它砍了烧火煮饭了。

又一年春天来了，门前的牡丹月季芍药竞相开放，红的、黄的、白的、粉的，姹紫嫣红，好不热闹，满院春花竞艳，流芳叠翠，暗香阵阵，随风入心。我们每天的早晨和下午都会在这些花间徜徉，顾盼，留恋，有时会在院子里呆到夜色沉沉，只为这些我们喜爱的花儿。

某一天的早上，我起了床，脸还没洗，就来到了院子中间，我在那一丛牡丹跟前端详着，昨天开过的牡丹，今天还依然饱满，丝毫没有要谢的样子，我的心里就有些高兴，然后我又转到芍药旁边，轻轻地抖动着那些花叶上的露珠，突然闻到了一股不同于寻常的香味，我深吸一口，哪是什么？我抬头四处搜寻，终于，我的眼光落定在了那棵丁香树上："丁香，丁香开花了！"我惊呼。

那棵多年都未开花的丁香树，在这个早上，树上竟然出现了一个个淡紫色细小的花苞，碎碎的，密密的，一个一个地挨在一起，虽然不是很多，但它总算开花了，让我们多年的盼望没有落空，也终于没有辜负父亲对它所寄予的深情和希望。

大家得知丁香开花了，都纷纷跑出来，围着它观望，你一言，我一语，表达着我们的惊讶和喜悦，只见树上零零星星地聚着一小撮一小撮淡紫色的小花苞，浅紫泛着梨花白，朴素而安静，虽然花不是很多，也并不艳丽，但是也足可以让我们兴奋不已，一棵在我们家生长了这么多年的丁香树，总算可以为我们的庭院贡献一点春色了。

父亲周六回来，一跨进院门，我们就将这喜讯告诉了父亲，父亲包都没顾上放下，就疾步来到了丁香树下，欣慰地抚摸着丁香树杆，看着那树上为数不多的花蕊，两眼放光，露出满脸的喜色："我就说，它会开花的嘛！"我们皆笑，它再不开花，就对不起你老人家了，大家都乐。

不久，父亲退休了，将岗位让给了年轻的同志，我们都说，你没到年龄，干嘛退休啊？父亲说："早退迟退都是要退的，反正年龄大了，让年轻人上来，给他们一个机会，他们能比我们为社会做更多的事。"单位给父亲开了一个欢送会，父亲就这样从他工作了三十多年的岗位上回家了。

父亲退休后，操起了锄头，种菜、种地，春种秋收，忙个不停，我们都心痛父亲的身单力薄，但是父亲依然故我，每天在地里耕作，见我们劝他，便笑着对我们说："没事，干点活儿，锻炼身体！"

于是田间地畔就常常有着父亲瘦弱单薄的身影，路人见了，都会说，徐老师，你还种地啊？父亲就会说，种地好，有粮吃，有菜吃，还锻炼了身体！尔后，路人再见了，便不再这么说了，只是客气地打招呼，徐老师，你种啥呢？或者徐老师，你锄草啊！父亲就从一个教师彻底地变成了农夫。

看着那个头戴草帽，弯腰弓背在地活干活的父亲，我想起了父亲喜爱的丁香花，我也才明白了父亲说丁香树是一棵坚强的树，丁香花是一种朴素的花，原来，这是父亲一直遵循的做人的原则。

听母亲说，五七年的时候，柞水发生了特大洪水灾害，洪水淹没了整座县城，为了抢救医院的病人，父亲折断了一根肋骨，此后，便不宜再出重力。本来，父亲是可以按三级残废给予定级的，并给予一定的经济补助，但是父亲从来没有向国家要求这个，而且仍然坚持如正常人一样工作，并且最后将自己的岗位让给了年轻的同志。

退休归来的父亲，尽管身体不好，但是他还是每天坚持劳动，每天耕种不止，我们吃的粮食，我们吃的蔬菜，无一不有着父亲辛劳的汗水。在家里没有水喝的时候，父亲就自己挑着扁担下河了，父亲原是不能出重力的呀，可是父亲，却从不对人强调这个，他不能挑满桶水，每次就挑上两个半桶，我们不让他去，他说："我是个男人呀，总不能还让你妈下河担水吧！"我们无言。

后来，我们兄弟姐妹各自为家，都像翅膀长硬了的鸟儿，一个个飞离了老巢，家里就只剩下父亲和母亲了，母亲先于父亲过世，留下苍老的父亲一个人独自看守着老屋。父亲悉心地看护着母亲留下的满园子的花草，悉心地看护着他那棵丁香树。每次回到老家，老屋依然如故，门前依然花红树绿，只是在岁月的风雨中父亲一天老似一天，这让我不禁有些伤感，慨叹岁月无情，时光难留。

父亲蹒跚的步伐告诉我，父亲已经身心俱疲。在一个春日的午后，父亲提着一篮鸡蛋和一吊肉来到了我居住的县城，当他从竹林旁边屋山花的路口走出来的时候，我正抱着孩子坐在门口晒太阳，见是父亲，我忙迎了过去，我看见父亲吃力地提着一大篮子东西迈着艰难的步伐，我的心里就一阵阵发酸，我责怪父亲："来了就好，干嘛要拿东西呀，自己又拿不了！"父亲说："今天是你生日，你妈不在了，我不得来看看你呀？"我只觉得眼前一热，两行泪水夺眶而出，我怕父亲见了难过，就赶快背过脸去，拭去了脸上的泪水。父亲啊父亲，你为孩子操碎了心，可孩子能为你做的有什么呢?

坚强的父亲终于没有抵得过疾病,他一如秋风中的枯草和寒霜里的败叶,在一个冬日的夜晚,父亲去了,永远地去了,没有任何一点征兆和迹象地去了,接到父亲去世的消息,我们一个个傻了眼,目瞪口呆,全然不知所措,感觉到亲情的天空瞬间塌了下来,母亲去世后,父亲是我们在故乡唯一的亲情避风港,而今,父亲也去了,在我们没有一点心理准备的情况下去世了,去得这么仓促,去得这么突然,去得这么令我们措不及防,一时之间,我觉得生命被撕裂!

父亲死于突发性冠心病,其实这病他已得了多年,医生总让他休息,不要劳累,静心调养,可是父亲为了我们这个小家,为了一家人能有好的丰富的有营养的生活,父亲全然没有将自己的病放在心上,我家门前方圆二三亩的土地,全赖于年迈的形容消瘦的父亲耕种,家里吃,给我们兄弟姐妹们带,一年到头,我单薄的父亲忙得两脚不着地。

见父亲如此辛劳,我们常说,种不了,就不要种了,您一个月有退休工资,自己花也够了。他总说,闲着也是闲着,种点菜,种点粮食,自己家里有吃的,也能给你们带一些,让你们吃到一些新鲜的绿色的食品。他自己挖不了的地,就花钱雇人挖,种下之后,就自己锄草,施肥,多年来,父亲已经养成一种习惯,每天的晨昏,都要沿着马路在他耕种的田地四周围去看一看,看看庄稼和蔬菜的长势,哪里需要锄草,哪里需要施肥,哪里需要补苗,他伺候作物的认真和虔心,丝毫不亚于他以前所教的学生。尽管我们心痛父亲,但是父亲总不肯歇下。

可是,可是,就是我这般坚强的父亲,怎么能说去就去,一声不吭地去了呢?我们始终,始终无法相信,满头乌黑,没有一根白发的父亲会去世?整天在田间地头干活的父亲会去世?时常给我们送东送西的父亲会去世?一直在告诫我们做人要自强要自立的父亲会去世?在我们以为,父亲永远会是刚强的,永远会不知疲倦,永远会生活作息都那么规律，永远老当益壮，作我们生活的指南！

记得，就在父亲去世的前几天，我回了娘家，父亲还特意去镇上给我买了我最喜欢吃的猪肝和猪骨头，父亲如此疼我们，爱我们，他膝下还有这么多的儿女需要他的关心和爱护，他怎么可能说去就去啊，怎么可能舍得下我们说去就去了啊！我一生辛劳的父亲没有在医院里躺上一天，他没有睡倒在床上爬不起来，他没有老到踉踉跄跄，走不稳路，怎么会说没就没了呢？尽管我们都知道父亲老了，但是我们从来从来没有想到父亲会死，总觉得父亲会一直一直陪伴着我们，更何况以父亲目前的状态，"死"这个字似乎离父亲还有些遥远！

可父亲去了，终是去了，任是我们怎样的声嘶力竭地呼唤，任是我们怎样的泪雨滂沱的泣诉，父亲再也没有睁开过他那双细小而炯炯有神的眼睛。埋葬了父亲之后，我给丁香树周围培了新土，我希望丁香树能够继续旺盛地生长，以后再回到这老屋，屋里没有了父亲的身影，唯一能让我安慰的便是这丁香树。

人去屋空。

老屋在岁月的风霜中一天天地凋零与衰败，白石灰搪就的墙壁已经严重剥落，朱漆大门上的油漆已经严重的褪色，门上的大铁锁生出了很厚很重的黄斑锈，满院的花草皆被好花之人移走，唯有丁香树有幸留存，是它的不事张扬，还是它的朴素淡雅？使好花之人手下留情，让它得以与老屋相伴，静静地为我们看守着曾经让我们乐居多年的家园。

入夜，我做了一个梦，梦见了父亲化作了一棵丁香树，他对我说，想家了，就回去看看，丁香树在家就在！我醒了，久久未能再入眠……